新　視　野
中華經典文庫

新 視 野
中華經典文庫

名譽主編 饒宗頤

導讀及譯注 黃坤堯

古文觀止

中華書局

新視野中華經典文庫

古文觀止

□
導讀及譯注
黃坤堯

□
出版
中華書局（香港）有限公司
香港北角英皇道 499 號北角工業大廈一樓 B
電話：(852) 2137 2338　傳真：(852) 2713 8202
電子郵件：info@chunghwabook.com.hk
網址：http://www.chunghwabook.com.hk

□
發行
香港聯合書刊物流有限公司
香港新界大埔汀麗路 36 號
中華商務印刷大廈 3 字樓
電話：(852) 2150 2100　傳真：(852) 2407 3062
電子郵件：info@suplogistics.com.hk

□
印刷
深圳中華商務安全印務股份有限公司
深圳市龍崗區平湖鎮萬福工業區

□
版次
2014 年 2 月初版
2022 年 4 月第 7 次印刷

□
規格
大 32 開（205 mm × 143 mm）

□
ISBN：978-988-8263-67-7

出版說明

為甚麼要閱讀經典？道理其實很簡單——經典正正是人類智慧的源泉、心靈的故鄉。也正是因此，在社會快速發展、急劇轉型，因而也容易令人躁動不安的年代，人們也就更需要接近經典、閱讀經典、品味經典。

邁入二十一世紀，隨着中國在世界上的地位不斷提高，影響不斷擴大，國際社會也越來越關注中國，並希望更多地了解中國、了解中國文化。另外，受全球化浪潮的衝擊，各國、各地區、各民族之間文化的交流、碰撞、融和，也都會空前地引人注目，這其中，中國文化無疑扮演着十分重要的角色。相應地，對於中國經典的閱讀自然也就有不斷擴大的潛在市場，值得重視及開發。

於是也就有了這套立足港臺、面向海外的「新視野中華經典文庫」的編寫與出版。希望通過本文庫的出版，繼續搭建古代經典與現代生活的橋樑，引領讀者摩挲經典，感受經典的魅力，進而提升自身品位，塑造美好人生。

本文庫收錄中國歷代經典名著近六十種，涵蓋哲學、文學、歷史、醫學、宗教等各個領域。編寫原則大致如下：

（一）精選原則。所選著作一定是相關領域最有影響、最具代表性、最值得閱讀的經典作品，包括中國第一部哲學元典、被尊為「群經之首」的《周易》，儒家代表作《論語》、《孟子》，道家代表作《老子》、《莊子》，最早、最有代表性的兵書《孫子兵法》，最早、最系統完整的醫學典籍《黃帝內經》，大乘佛教和禪宗最重要的經典《金剛經》、《心經》、《六祖壇經》，中國第一部詩歌總集《詩經》，第一部紀傳體通史《史記》，第一部編年體通史《資治通鑒》，中國最古老的地理學著作《山海經》，中國古代最著名的遊記《徐霞客遊記》，等等，每一部都是了解中國思想文化不可不知、不可不讀的經典名著。而對於篇幅較大、內容較多的作品，則會精選其中最值得閱讀的篇章。使每一本都能保持適中的篇幅、適中的定價，讓普羅大眾都能買得起、讀得起。

（二）尤重導讀的功能。導讀包括對每一部經典的總體導讀、對所選篇章的分篇（節）導讀，以及對名段、金句的賞析與點評。導讀除介紹相關作品的作者、主要內容等基本情況外，尤強調取用廣闊的「新視野」，將這些經典放在全球範圍內、結合當下社會生活，深入挖掘其內容與思想的普世價值，及對現代社會、現實生活的深刻啟示與借鑒意義。通過這些富有新意的解讀與賞析，真正拉近古代經典與當代社會和當下生活的距離。

（三）通俗易讀的原則。簡明的注釋，直白的譯文，加上深入淺出的導讀與賞析，希望幫助更多的普通讀者讀懂經典，讀懂古人的思想，並能引發更多的思考，獲取更多的知識及更多的生活啟示。

（四）方便實用的原則。關注當下、貼近現實的導讀與賞析，相信有助於讀者「古為今用」、自我提升；卷尾附錄「名句索引」，更有助讀者檢索、重溫及隨時引用。

（五）立體互動，無限延伸。配合文庫的出版，開設專題網站，增加朗讀功能，將文庫進一步延展為有聲讀物，同時增強讀者、作者、出版者之間不受時空限制的自由隨性的交流互動，在使經典閱讀更具立體感、時代感之餘，亦能通過讀編互動，推動經典閱讀的深化與提升。

這些原則可以說都是從讀者的角度考慮並努力貫徹的，希望這一良苦用心最終亦能夠得到讀者的認可、進而達致經典普及的目的。

「弘揚中華文化」是中華書局的創局宗旨，二〇一二年又正值創局一百週年，「承百年基業，傳中華文明」，本局理當更加有所作為。本文庫的出版，既是對百年華誕的紀念與獻禮，也是在弘揚華夏文明之路上「傳承與開創」的標誌之一。

需要特別提到的是，國學大師饒宗頤先生慨然應允擔任本套文庫的名譽主編，除表明先生對本局出版工作的一貫支持外，更顯示先生對倡導經典閱讀、關心文化傳承的一片至誠。在此，我們要向饒公表示由衷的敬佩及誠摯的感謝。

倡導經典閱讀，普及經典文化，永遠都有做不完的工作。期待本文庫的出版，能夠帶給讀者不一樣的感覺。

中華書局編輯部

二〇一二年六月

目錄

周秦

漢唐

宋明

名句索引 三八〇

《古文觀止》導讀

黃坤堯

一、古文與白話

古文，泛指古代的文字。中國文字的書寫以方塊字為主，稱為漢字。古代的漢字有甲骨文、金文、簡帛、隸書、篆書、楷書、行書、草書等各種字體，一些古老的字體如甲、金、簡帛等，很多現代的專家學者都能大致辨認出來。漢代以後楷書流通最廣，到今天還是全民日用的字體。五十年代以後漢字雖有繁、簡之分，但只是兩套並存的書寫形式，所謂繁簡由之，基本上並不影響溝通和表達。而漢字更是全世界現存最古老的有生命力而又鮮活的文字，連聯合國都在使用。歐洲的拉丁文相對來說就顯得古老陌生，流通不廣了。

古文亦指古典的文章，或指古代文體，又稱為文言文。中國古文的歷史跟漢字一樣，源遠流長。可以說，有甲骨文的時候，就有了古文；在甲骨文以前，口說流傳，後來記錄下來的，也是古文。韓愈文起八代之衰，反對駢文束縛思想，窒礙性靈；主張恢復周秦兩漢的古典文風，自由書寫，暢所欲言，具有文藝復興的意義，同時亦有普及教育的意味，因此引起了一代文風的改革，由駢入散，解放文體，這樣的局面一直維持到清末民初，而這也是文言文最輝煌的歷史。中國的古籍文獻，例如《文苑英華》、《四庫全書》等，幾乎全部用文言寫成；甚至朝鮮、日本、越南等國歷代相傳的文獻，也使用漢字載體及文言書寫的系統，以此保存文化，並視為珍寶。

古文跟現代的白話文相對，又稱文言文。晚清政府為了救亡，開發民智，面對時代的呼喚，推廣國語，提倡白話文。光緒二十四年（一八九八）《無錫白話報》創刊，之後杭州、紹興、蘇州、寧波、上海、安徽、廣東、西藏、伊犁、潮州、北京、蒙古等地的白話報如雨後春筍般湧現。一九一九年五四運動以後，白話文盛行，文言文黯然失色，也就漸漸退出歷史舞台了。現在白話文當道，但在個別小眾的圈子裏，文言文還有很大的活動空間，而且以一種有內涵、有品味而又高雅的方式存在。此外，隨着網絡書寫的流行，現代人喜歡「我手寫我口」，導致口語橫流，更因為科技發展及新鮮事物的出現，湧現了大量新創的「潮語」。或許我們可以這樣看，一旦「潮語」主導了新聞媒體及書寫領域，白話文可能很快也會匯入文言文的系統，成為新一代的古文。沒有哪種新文體是永遠年輕的，但古文卻能夠萬古長青。

為甚麼說古文可以萬古長青呢？古文也曾年輕過，隨着年代的層層累積，就像樹幹的年輪不斷加密一樣，焉能不古？古文本身就是一個龐大複雜的載體，運用吸星大法，鯨吞天下，兼包並蓄，無所不容；然後經過集體的吸收和消化，再通過歷代作者的反哺鍛鍊，漸漸定型為一種穩定規範的文體，更變得易學易用了。此外，除了食古而化之外，古文也不斷地汲取當代的新詞語、新句法、新觀念、新思維。新視野《古文觀止》所選的文章，每一篇都深具創意，各有個性，否則陳陳相因，讀者早就悶透了，又怎能流傳久遠，絃歌不絕呢？從《左傳》第一篇〈鄭伯克段于鄢〉開始，裏面就有很多精彩的對話，例如「多行不義必自斃」一句，雖是公元前七二二年的口語記錄，距今二千七百多年了，聽來還是親切明白，虎虎有生氣。其他如「肉食者鄙，未能遠謀」，「一鼓作氣，再而衰，三而竭」，「一之為甚，其可再乎」，「輔車相依，唇亡齒寒」，「背城借一」，「樂而不淫」等，都出於《左傳》，現代人讀來也沒有甚麼隔閡。由此看來，將來的「古文」仍會不斷吸收現代漢語的詞語和句法，以及外語翻譯等，融為己用，變幻多姿，自然可以萬古長青了。

假如說口語是我們的母語，也就是第一語言，那麼古文就是我們的第二語言了。第一語言是不學而能的，只要在相應的環境中生活，就不難掌握；而第二語言就得通過學習掌握，例如學好英語要多讀多聽多講多寫，而學習古文更為簡單，古文跟我們有文化上的血緣關係，通過閱讀就可以寫出簡明通順的文言文。讀者不妨做一個小實驗，每星期讀一兩篇新視野《古文觀止》所選的篇章，全書不過四十六篇古文，多讀幾次，弄懂了字詞句法，明白文章大義，那麼一年之後，文言文寫作自然就會條理清通，而白話文亦得心應手，愈見精進了。至於思維深度、意象芳華、感情意境，那就得看個人的造化和努力的維度了。進一步來說，當代的「潮語」可以說是第一語言，而白話文就跟文言文一樣，可能都是第二語言，我們寫文章不可能全依口語直錄，否則絕無文采可言，有必要通過學習來提煉和修飾。孔子曰：「言之無文，行而不遠。」（《左傳・襄公二十五年》）其實好的白話文還得從文言文中汲取養分，從而傳神寫意，揮灑自如，將來我們說不定還會回到文言文的母體之中，或文白兼融，或文白由之。但那是後話了，由於古今語言的質變，現在兩者之間還是有所區別的，不必混為一談。

二、清代《古文觀止》的出版

吳楚材（一六五五——一七一一？）、吳調侯選的《古文觀止》，與蘅塘退士（孫洙，一七一一——一七七八）的《唐詩三百首》一樣，流傳廣泛，歷久不衰，可以說是詩文選集中的雙璧，發蒙養正，易於誦讀，初學寫作，尤為實用。所謂「熟讀唐詩三百首，不會吟詩也會吟」，文章之道，與此相通。讀者如果能夠精讀四五十篇，領略語感，掌握行文技巧，自然也可以馭文有術。

《古文觀止》初刻於康熙三十四年（一六九五），五月端陽日吳興祚（一六三二—

一六九八）撰〈序〉，稱讚此書：「以此正蒙養而裨後學，厥功豈淺鮮哉！」又云：「二子才器過人，下筆洒洒數千言無懈漫，蓋其得力於古者深矣。」足見此書的功效，除了選錄名篇精品，考訂聲音點畫之外，編者二人更是汲古功深，善於把握運筆技巧。其後康熙三十七年仲冬浙江文富堂刊本，有二吳合撰的〈自序〉及吳乘權的〈例言〉，卻沒有吳興祚的〈序〉文。二吳〈自序〉末段云：

山居寂寥，日點一藝以課子弟，而非敢以此問世也。間有好事者，有所許可輒手錄數則以去，鄉先生見之者必曰：「諸選之美者畢集，其缺者無不備，而訛者無不正，是集古文之成者也，觀止矣！宜付之剞劂，以公之于世。」余兩人默然相視良久曰：「唯唯，勿敢當，勿敢當。誠若先生言，抑亦何敢自私？」退而輯平日之所課業者若干首，付諸梓人，以請政于海內君子云。康熙戊寅仲冬山陰吳乘權（楚材）、吳大職（調侯）氏題于尺木堂。

二吳似未及見吳興祚的〈序〉，否則何以刪除不錄？此外二吳似亦未及見康熙三十四年的初刻本，到了康熙三十七年可能也只有稿本而已，而文富堂本可能就是「付諸梓人」的始刻本了。其後《古文觀止》一紙風行，版本亦多，但一般都只錄吳興祚〈序〉，卻沒有採用二吳的〈自序〉，究竟原因何在？或許是吳興祚官大，名氣也大，而二吳只是沒有多少人認識的教書先生，說來可能也令人泄氣了。《古文觀止》集各選本之大成，分量適中，同時也是兩位教書先生平日課業的教材，二人精思抉奧，故有「觀止」之歎。《古文觀止》三百年來霑溉後學，到現在還是合用的，可是二吳的生平卻比較簡略，所知無多了。

吳楚材，名乘權，字子輿，號楚材，山陰州山（浙江紹興市）人。幼受家教，勤奮好學。十六歲（一六七〇）時患足疾，一病數年，仍手不釋卷。疾癒，學問大進。康熙十七年（一六七八）在福州輔助伯父吳興祚之子學習古文；其後在家設館授徒，曾多次應考，屢試不中。除了與姪兒吳調侯合編《古文觀止》十二卷之外，康熙五十年又與周之炯、周之燦編纂《綱鑑易知錄》一〇七卷（其中包括《明鑑易知錄》十五卷），亦是國史入門的普及讀本，流傳廣泛。吳興祚〈序〉云：「歲戊午，奉天子命撫八閩，會稽章子、習子，以古文課余子於三山之凌雲處。維時從子楚材，實左右之。楚材天性孝友，潛心力學，工舉業，尤好讀經史，於尋常講貫之外，別有會心。與從孫調侯，日以古學相砥礪。調侯奇偉倜儻，敦尚氣誼。本其家學，每思繼序前人而光大之。二子才器過人，下筆洒洒數千言無懈漫，蓋其得力於古者深矣。」兼寫他們叔姪二人學力深厚，具有編纂《古文觀止》的良好基礎，足以指導後學。

至於吳大職，字調侯，是吳楚材的姪兒、吳興祚的姪孫，生平資料傳世更少。二吳雖工於舉業，指導學生，可是自己卻未能考中，功名無望，只能寄意於典籍之中，從事編寫教材的工作，最後終以《古文觀止》、《綱鑑易知錄》二書知名於後世。至於《古文觀止》的初刻問題，目前尚有疑點，有待深究。

三、新視野《古文觀止》

三百年來《古文觀止》流傳久遠，版本眾多，選本、注本更不勝枚舉，網上資料也很普遍，珠玉在前，實在也沒有太多的表現空間。不過為了配合新時代的閱讀需要，有必要精選篇章，重新加以注釋及語譯，希望每篇作品都能展示現代的視野，帶出新觀點、新思維，衡文審美，古為今用，以期有益於世道人心。除了鑑賞名家作品，同時亦可用作中學生學習古文的入門參考書。此外，更希望大家認識文言文的寫作技巧，或試筆練習，進而拓展語文的使用空間，深化白話文的思緒神韻，悟識淵微，提升意境。

《古文觀止》原書十二卷，選錄古文二百二十二篇；新視野《古文觀止》選錄四十六篇，約佔原書四分之一，都是名作中的名作。

《古文觀止》所選作品，計有《左傳》三十四篇，韓愈二十四篇，蘇軾十七篇，司馬遷及《史記》十五篇，《國策》十四篇，歐陽修十三篇，《國語》、柳宗元各十一篇，《檀弓》六篇，蘇洵、王安石各四篇，《公羊傳》、陶淵明、蘇轍、王守仁各三篇；其他作者各僅得一二篇而已。可見所謂古文，以周秦古籍為主，唐宋八大家作品次之；其中尤以《左傳》最多，共佔兩卷，自是千古文章的典範。卷十二選明代古文十八篇，而不選南宋、金元及清代的作品，反映編者的衡文觀點，重古輕今。惟入選作品多屬公認的古典名篇，佳作琳瑯，長短適中，採掇英華，精彩動人，自然易於為大家所接受。

新視野《古文觀止》選錄《左傳》九篇、周秦文十篇、漢唐文十三篇、宋明文十四篇，合共四十六篇。《左傳》載錄春秋列國的史實，具有廣闊的國際視野，觀點鮮明，議論深刻，重視理性精神，反映人性的複雜，跟我們現實社會還是息息相關的，實乃千古常新，令人難以割愛。周秦、漢晉、唐宋各代文章各有精彩表現，只能嘗鼎一臠而已。明代文只選四篇，表現時代的風神，亦足以跟古代的名家爭勝，限於篇幅，有些無奈。當然，如果不以《古文觀止》的作品為限，大家重新選編及評鑑歷代文章，可能就不一定是這樣的格局了。不過大同小異，很多名篇還是會出現的，只是互有取捨而已。如果真能精讀這四十六篇作品，認識文章寫作的入門之道，必有進境。

本書所選作品，以古文為主，其他如〈滕王閣序〉乃駢文作品，對仗工整，流麗華美；而〈秋聲賦〉、〈前赤壁賦〉、〈後赤壁賦〉屬於賦體作品，音韻鏗鏘，意象高遠。此外〈讀孟嘗君傳〉則是極短篇的作品，全文只有四句，起承轉合，乾脆利落，論斷精闢，顯出力度，三言兩語就把問題說清楚了，就像詩中的絕句一樣，難度極高，值得讀者注意。

四、新視野《古文觀止》的題材分類

《古文觀止》內容豐富，牽涉很多不同的複雜話題，其中最古老的《左傳》、《國語》，距今二千五百年左右，而最近的明代作品，亦已達四百年以上了。但很多作品都有超越時空的生命力，可以跟現代接軌，跟我們對話。新視野的《古文觀止》大概可以分為君道、論戰、勸諫、外交應對、史論、史傳、德性修養、臣道孝道與師說、抒情寫意、名樓與園林、寓言、文藝理論十二項主題。

1. **君道**：在〈鄭伯克段于鄢〉中，鄭莊公工於心計，明知弟弟共叔段要奪權，搞叛變，更不斷地擴充勢力，也要讓他一步步跌入預設的陷阱之中，認為對方「多行不義必自斃」，動了殺機；然後又怪責母親偏幫弟弟，把她放逐，後來幡然覺悟，又把她從大隧之中接了出來，母子和好如初。從這兩件事來看，鄭莊公最後雖然也能流露出孝思，但心胸狹窄，缺乏國君的度量，史書評論鄭伯「譏失教也，謂之鄭志」，明顯是嚴辭譴責了。至於〈公子重耳對秦客〉，重耳在流亡途中聽到父親晉獻公逝世的消息，哭出了真情，而且巧妙地迴避了秦穆公「時亦不可失也」的建議，不談私事，不肯藉此機會謀奪君位，因此連秦國人也讚他「仁夫公子重耳」。重耳與鄭莊公相較，高下立判。

2. 論戰：在〈曹劌論戰〉中，曹劌認真考察戰場的形勢變化，提出「一鼓作氣，再而衰，三而竭」的戰略，打擊敵方的士氣，出奇制勝。至於〈子魚論戰〉，子魚則主張在楚軍尚未完全渡河之際出兵襲擊敵人，其後又請求在敵人陣勢未成列之時進軍，可是宋襄公自稱仁義之師，不肯答應，錯失了良機，甚至提出「君子不重傷，不禽二毛」的泥古之論，善待敵人，其實就是虐殺自己的軍隊，終於大敗而回，連自己也受了傷。曹劌、子魚的戰術運用均因地制宜，可惜遇上的國君不同，結果也就一勝一負了。

3. 勸諫：〈宮之奇諫假道〉與〈虞師晉師滅夏陽〉說的同是假虞伐虢、脣亡齒寒的故事。前者是宮之奇向虞公分析晉人不可信賴，不應為貪圖小利而犧牲鄰國，自取滅亡；後者則通過荀息和晉獻公的對話來析論虞公的性格，荀息認為虞公一定會為了禮物，不聽宮之奇的勸諫，並且直言「且夫玩好在耳目之前，而患在一國之後，此中知以上乃能慮之，臣料虞君中知以下也」，可見虞公為人愚不可及，人所共知，最後害人害己，至死不悟。而宮之奇面對這位昏君，只能提早率領家族逃亡到曹國去了。〈召公諫厲王止謗〉

中，召公提出了「防民之口，甚於防川」的警告，希望厲王尊重民意，但暴君又怎麼會聽到人民的聲音呢？最後還是被人民趕走了。以上兩則都講不肯聽信忠言的下場。〈鄒忌諷齊王納諫〉由鄒忌照鏡愛美，希望聽到妻妾及友人的讚美，結果一見到城北徐公，即大愧不如遠甚，因而悟出世間讚美很多都是謊言；於是以這個故事勸說齊威王，獎勵人民講真話，結果齊國大治，諸國來朝，原來吏治清明比使用武力更能得到鄰國的認同。〈觸讋說趙太后〉寫趙太后不肯派遣幼子長安君去齊國當人質，甚至聲明拒諫；觸讋入朝跟她閒話家常，希望為少子謀求一份差事，如此從關心子女着眼，談到培育子女不能過於溺愛的問題，從而打動了這位母親，令她答應放手讓孩子走出去，學習成長。以上二文充滿戲劇性情節，語言幽默，生動有趣，並表現出不同的遊說技巧。

4. 外交應對：〈燭之武退秦師〉中，燭之武挑起秦國和晉國的利益衝突，希望保留鄭國作緩衝地帶，對秦國自然有利無害，其中「鄰之厚，君之薄也」一句，一語中的。〈王孫滿對楚子〉則責以大義，指楚莊王不能窺伺國家神器，所謂「在德不在鼎」者，表示周朝仍然得到民心的支持。〈齊國佐不辱命〉一文中，齊國佐賓媚人跟晉國談判，拒絕晉國不合理的要求，義正辭嚴，最後更表明如不得已只能「背城借一」，拚死一戰，除了以武力保家衛國，更要維護國家的尊嚴。賓媚人在處於下風時仍能說出道理，該文自是一篇精彩的外交辭令。王世貞〈藺相如完璧歸趙論〉，批評藺相如外交手法過於拙劣，容易得罪秦國，更予人出兵的藉口；最後得以成功，只能說是天意，「天固曲全之哉」，有些僥倖了。

5. **史論**：李斯〈諫逐客書〉、賈誼〈過秦論上〉及蘇轍〈六國論〉，專論秦國的興衰及跟六國的關係。李斯反對秦國驅逐六國的人才，建議應善用人才，以史為鑑，成就霸業。所謂「大物不產於秦，可寶者多；士不產於秦，而願忠者眾」，消除偏狹的民族及地域觀念，天下一家，有容乃大，尤能發人深省。賈誼探討秦國由秦孝公變法崛起，經歷長期的艱苦經營，及至秦始皇統一天下，威權達於頂峰，卻又迅即覆滅的原因，在於倒行逆施，迷信強權和詐術，以致民心盡失，實乃自我摧毀。本文最有意思的是在末段將陳涉抗秦的武裝力量，跟六國的整體國力、人才作比較，發現二者根本不成比例，前者卻又不費吹灰之力就把巨人推倒了，因而得出了「仁義不施，而攻守之勢異也」的結論，令人信服。蘇轍認為六國的整體力量加起來比秦國大得多，不應該輸掉這場戰爭的，因而推論當時六國之士「慮患之疎，而見利之淺，且不知天下之勢也」；其實六國只是一個很鬆散的組織，有時採用合從政策，聯合抗秦，只是為勢所逼，大家各有盤算，根本就不具備長期合作的條件；蘇轍以韓、魏作前線，齊、楚、燕、趙「四國休息於內，以陰助其急」，即作後方的支援，相信只能短期奏效而已。最後唇亡齒寒，看來六國的覆滅跟假虞伐虢的故事有點相似。

6. **史傳：**〈伯夷列傳〉中，伯夷批評武王伐紂，反對以暴易暴的政權更迭方式，最後以不食周粟表明立場，堅持個人的志節，「求仁得仁，又何怨乎？」司馬遷借題發揮，流露抑鬱不平之氣，說出很多名不見經傳的志士仁人的心聲。〈貨殖列傳序〉糾正傳統重農輕商的觀念，刻意為商人立傳，指出商人對國家社會的貢獻，也是一篇深具史識意義的傑作。〈釋祕演詩集序〉寫的是北宋的一位和尚詩人，也是歐陽修心中「隱於浮屠」的奇男子，可惜他不遇於時，只能老病以終。〈讀孟嘗君傳〉是對歷史的深刻反思，王安石並不認同孟嘗君「得士」的觀點，末尾只輕輕的點出一句「夫雞鳴狗盜之出其門，此士之所以不至也」，可見「士」不等同於「雞鳴狗盜」之徒，其實也呼籲社會要珍惜人才，跟歐陽修的觀點更有冥合之處。〈徐文長傳〉寫的是一位奇才的悲劇，徐渭（文長）多才多藝，在詩文、書畫、戲曲方面都有很高的造詣，甚至精於謀略，在抗倭戰鬥中屢建奇功，可惜困於科場，仕途不濟，只能遠引而去；晚年精神失常，殺妻入獄，我行我素，也就無法融入現實的社會了。史傳五篇刻劃各式的人才，帶出不同的觀點。

7. 德性修養：〈介之推不言祿〉中，介之推批評現實社會「下義其罪，上賞其奸；上下相蒙，難與處矣」，因而有遁世之意，難得連母親也認同介之推的價值觀念，「與女偕隱」，自是天下賢母的典型。〈叔向賀貧〉認為當政者累積財富並不可恃，修德才能庇蔭子孫後代，「不憂德之不建，而患貨之不足」，將是滅亡的先兆。〈曾子易簀〉寫曾子臨死前都要換上適合自己身份的牀墊，所謂「君子之愛人也以德，細人之愛人也以姑息」，言教身教，至死不渝。這幾篇都是妙文，表明人要堅持原則和操守，沒有任何妥協餘地。

8. 臣道、孝道與師道：〈前出師表〉中，作者為國效忠，叮嚀告誡，希望光復漢室，沒有半點私心。〈陳情表〉中，作者感念祖母撫育之恩，希望照顧老人，所謂「臣無祖母，無以至今日；祖母無臣，無以終餘年」，坦然指出自己的困境所在，因而婉拒出仕，徐圖後報。〈瀧岡阡表〉記錄父母的嘉言懿行，弘揚家教，自是有益於世道人心。〈師説〉提出不同的教學理念，強調終身學習；同時更認為老師和學生永遠處於相對互動的關係中，只要努力，相信學生也有機會超越老師的。

9. 抒情寫意：〈卜居〉寫於作者人生最低迷的時候，他面對一個價值觀混亂、是非顛倒的世界，提出了一連串的疑問，「此孰吉孰凶？何去何從？」看來永遠都無法解答了。〈桃花源記〉描繪了一個理想世界，大家過着簡單質樸的生活，「乃不知有漢，無論魏晉！」看來更不受政治干擾了。〈五柳先生傳〉中，作者嚮往自然的生活，充分刻劃內心渴望，跟〈桃花源記〉互為表裏。〈醉翁亭記〉中，作者與民同樂，「醉翁之意不在酒，在乎山水之間也」，追求山水之外更為廣闊的人文世界。〈秋聲賦〉眾聲交響，作者百感交陳，將流動的心緒化為生命的樂章，最後回復澄明自在，擺脱哀傷。〈前赤壁賦〉中，作者將渺小的自我與無窮的浩宇融為一體，天人合一，意境壯闊。〈後赤壁賦〉距寫作前賦才三個月，而國家在對西夏的戰役中卻遭遇了重大的挫折，「曾日月之幾何，而江山不可復識矣！」蘇軾獨自摸黑登山，劃然長嘯，氣氛詭異，抒發了悲憤激動的情緒；其後託意於夢境之中，化為孤鶴，高飛遠引，顯出超越自由的意趣。

10. 名樓與園林：〈滕王閣序〉描繪秀麗風光，搖曳多姿，江山人物，撐起了大唐盛世，「落霞與孤鶩齊飛，秋水共長天一色」二句，更是千古佳製。〈岳陽樓記〉揭示了「先天下之憂而憂，後天下之樂而樂」的主旨，表現出無私奉獻的精神，更是政府官員的典範。〈閱江樓記〉寫於明朝肇建之初，「今則南北一家，視為安流，無所事乎戰爭矣」，期望尋求長治久安之道，善頌善禱。過去閱江樓只是空中樓閣，紙上煙雲，直至二〇〇一年落成之後，矗立於南京長江邊上的獅子山巔，很快就躋身江南四大名樓之列。〈書洛陽名園記後〉著錄北宋官員及名流府第十九處，所謂「洛陽之盛衰，天下治亂之候也」，可以藉此反映天下興衰和社會發展的方向。

11. **寓言**：〈雜說四〉以馬為喻，「世有伯樂，然後有千里馬。千里馬常有，而伯樂不常有」，呼籲社會珍惜人才，更強調伯樂的重要性。在〈祭鱷魚文〉中，韓愈以刺史的身份，奉天子之命來到潮州，守土安民，因此要驅趕鱷魚遠離民居。中唐以後藩鎮割據，違抗中央政府，本文更似一篇討賊的檄文，宣示主權，義正辭嚴。〈捕蛇者說〉跟孔子的「苛政猛於虎」主旨相似，帶出「孰知賦斂之毒，有甚是蛇者乎」的主題，抨擊現實，發人深省。〈種樹郭橐駝傳〉藉種樹專業戶之口，提出「能順木之天以致其性焉爾」的經驗之談，由此說明要順其自然，關懷民生。〈賣柑者言〉「金玉其外，敗絮其中」之說形象鮮明，擲地有聲，柑子爛了是小事，而國家、社會病了才是大問題啊！不過更嚴重的，是大家都選擇麻木，不肯發聲，就更為可怕了。

12. **文藝理論**：〈季札觀周樂〉中，季札在觀看演出之後，發出「觀止矣」之歎，譽為盛觀。〈宋玉對楚王問〉明確指出陽春白雪的曲調，「其曲彌高，其和彌寡」，都是不同凡響之作。新視野《古文觀止》選錄精品中的精品，希望也能帶出相同的理念，指出向上一路，提升閱讀的精神境界。

本書正文全依《古文觀止》中華書局一九五九年版，同時參考其他不同的版本及古籍原文加以校訂，改正若干字句，並清楚交代其中的情況。注釋力求簡潔明白，而語譯則講求準確流暢。而且上下二三千年之間，人物輩出，我們都盡量注明生卒年份，作為時代的定位，可供對照參考。至於地理區域，則全部依據當前的行政區劃，注出準確的縣市名稱。典章制度方面，古今的差異較大，只能簡單敍述，點到即止，以免繁瑣。至於讀音方面，為了方便不同地區的讀者需要，我們兼注粵音及普通話讀音。古文流源流長，個別的字詞往往會有異讀出現，也就是傳統的讀書音，跟現代普通話的審音不盡相同，我們隨文注出，讀者可以自行選擇，不喜歡舊讀的，可依《新華字典》選讀今音。中國幅員廣大，南北語音差異太大，《古文觀止》原書所注的直音，以漢字注漢字，只能反映清初江浙一帶的官話讀音，現在讀起來不見得準確。至於本書其他不足之處尚多，期望讀者諸君不吝匡正。

《左傳》

鄭伯克段于鄢

本篇導讀——

《左傳》三十五卷，相傳為左丘明（公元前五五六—前四五一）作，春秋末期魯國都君莊（山東肥城市）人，任魯國左史官。或先於孔子（公元前五五一—前四七九），或與孔子同時。或稱左氏，可能是古代的史官。相傳孔子作《春秋》，以魯國隱、桓、莊、閔、僖、文、宣、成、襄、昭、定、哀十二公的史記作基礎，嚴選用字，論定名分，褒貶是非，發揮微言大義，懲戒亂臣賊子，推行治道，修正世道人心。而《左傳》為《春秋》三傳之一，記錄了魯隱公元年（公元前七二二）至魯哀公二十七年（公元前四六八）二百五十五年間國際舞台上重要的歷史事件及外交辭令等，記事下限則終於魯悼公四年（公元前四六四），敘事詳悉，生動活潑，保存了大量的史料，議論縱橫，文章琅琅可誦，也是古文寫作最佳的典範。

〈鄭伯克段于鄢〉有兩組情節結構，前半部寫宮廷內鬥，兄弟相爭，步步殺機，刻劃人性的陰暗面；後半部則以潁考叔的孝行感動鄭莊公，令其跟母親和好，人性的天良復現，寫出歡欣愉悅的感覺。前後兩組的文章筆調和感情氣氛完全不同，愛恨互見，對比相當強烈，富有戲劇效果，摹寫不同的人性，同時更帶出了深刻的教育意義。雖然這已是二千七百年前的故事了，讀來仍是生動流暢的，並不難懂。〈鄭伯克段于鄢〉是《左傳》開篇的大文章，也是歷代古文作品中公認的名作。

初，鄭武公娶于申[1]，曰武姜。生莊公及共叔段[2]。莊公寤生[3]，驚姜氏，故名曰寤生，遂惡之[4]。愛共叔段，欲立之。亟請於武公[5]，公弗許。

及莊公即位，為之請制[6]。公曰：「制，巖邑也。虢叔死焉，他邑唯命。」請京，使居之，謂之京城大叔。祭仲曰[7]：「都城過百雉[8]，國之害也。先王之制：大都不過參國之一[9]；中五之一；小九之一。今京不度，非制也，君將不堪。」公曰：「姜氏欲之，焉辟害[10]？」對曰：「姜氏何厭之有[11]？不如早為之所，無使滋蔓。蔓難圖也。蔓草猶不可除，況君之寵弟乎？」公曰：「多行不義必自斃。子姑待之。」

既而大叔命西鄙、北鄙貳于己[12]。公子呂曰：「國不堪貳，君將若之何？欲與大叔，臣請事之；若弗與，則請除之，無生民心。」公曰：「無庸，將自及。」大叔又收貳以為己邑，至于廩延[13]。子封曰[14]：「可矣，厚將得眾。」公曰：「不義不暱[15]，厚將崩。」

大叔完聚[16]，繕甲兵[17]，具卒乘[18]，將襲鄭，夫人將啓之。公聞其期，曰：「可矣。」命子封帥車二百乘以伐京[19]，京叛大叔段。段入于鄢[20]。公伐諸鄢。五月辛丑，大叔出奔共。（以下刪去一段。）

注釋

1 鄭武公：名掘突，在位二十七年（公元前七七〇—前七四四），剛好與周平王同一年即位。鄭是姬姓國，周宣王弟友之封國，原在陝西華縣西北。後隨平王東遷，都於新鄭（河南新鄭市西北）。申：姜姓國，故城在南陽宛縣（河南南陽市）。

2 莊公：名寤（粵：悟；普：wù）生（公元前七五七—前七〇一），十五歲即位，在位四十三年（公元前七四三—前七〇一）。共（粵：公；普：gōng）叔段（公元前七五四—？）：鄭莊公元年封於京（河南滎陽市南），史稱京城大叔。共，故城在汲郡共縣（河南輝縣市），春秋時屬於衞的別邑。共叔段謀位奪權，為莊公所敗，逃亡到了共地，稱共叔段也就不把他看作鄭國人了。《詩經．鄭風》之〈叔于田〉、

〈大叔于田〉二詩都寫到了他的事跡。

3 **寤生**：寤，睡醒。又通作「牾」（粵：五；普：wǔ），逆也。凡生子首出為順，足出為逆，意為難產。《史記・鄭世家》云：「生太子寤生，生之難，及生，夫人弗愛。後生少子叔段，段生易，夫人愛之。」也是理解為難產之意。

4 **遂惡之**：惡，厭惡，動詞。之，莊公，代詞。

5 **亟**（粵：冀；普：qì）請：多次遊說。又亟（粵：激；普：jí），入聲訓急也，急於請求。去入音義不同。

6 **為之請制**：為（粵：位；普：wèi），為了。之，共叔段，代詞。制，古東虢（粵：隙；普：guó）國地，在汜水縣東（河南滎陽市北上街區）。虢叔是周文王的同母弟，封於東虢。

7 **祭**（粵：債；普：zhài）仲（？——公元前六八二）：鄭相，以邑為氏，仲是他的排行。或說名仲，字仲足。祭邑在中牟縣祭亭（河南中牟縣）。祭仲有寵於莊公，先後立昭公忽、厲公突、子亹、公子嬰等諸公子為君，專國政。

8 **雉**（粵：稚；普：zhì）：城牆長三丈，高一丈為一雉。侯伯國都的城牆方五里，徑三百雉，故大都不容許超過一百雉。

9 **參國之一**：參（粵：三；普：sān），通「三」。參國之一即國都的三分之一。

10 焉辟害：焉，句首疑問詞。辟，同「避」。

11 厭（粵：炎；普：yán）：同「饜」，滿足。又厭（粵：饜；普：yàn），去聲，訓憎惡，平去意義不同。

12 貳于己：貳，兩屬，即同時聽命於己，加倍賦稅。

13 廩延：鄭邑，陳留酸棗縣北延津故城（河南延津縣）。

14 子封：公子呂的別字，鄭國的公族大夫。

15 暱：親愛。

16 大叔完聚：大（粵：泰；普：tài），同「太」。建設城郭，屯積禾粟，充分備戰。

17 繕甲兵：修治甲冑及兵器。

18 具卒乘：乘（粵：剩；普：shèng），戰車，名詞用法，讀去聲，下文「二百乘」音同。具卒乘即訓練步卒，準備戰車。

19 帥車二百乘：帥，同「率」，率領。車（粵：居；普：jū），戰車。

20 鄢：鄭邑（河南滎陽市）。鄭另有鄢陵（河南新鄭市東南），但《左傳》大叔居京及所兼併的西鄙、北鄙都在鄭國西北方一帶，不可能侵佔東南方的鄢陵。

譯文

早年鄭武公娶了一位申國的貴族女子，她叫武姜。武姜生下了鄭莊公及共叔段。莊公出生時難產，嚇怕了母親，所以母親並不喜歡他。母親溺愛共叔段，希望他能夠繼承王位。她多次遊説鄭武公，可是鄭武公並沒有答應她的請求。

莊公即位後，武姜請求以制邑之地封共叔段。莊公説：「制邑是一個險要的地區，周文王的弟弟虢叔曾經恃險作亂，並因而喪命，如果要別的地方，我都答應。」她改求封共叔段於京邑，讓他得以安居，人人就稱共叔段為京城大叔了。祭仲進諫説：「都城的城牆超過一百雉，對於國家是很危險的。按照先王的規制，大都不能超過國都的三分之一，中都只限於五分之一，而小都更只能是九分之一了。現在京邑的都城建設不符合先王的規制。國君看來是難以忍受了。」莊公説：「這是母親的要求，怎樣做可以減少傷害呢？」祭仲回答説：「姜氏又怎會心滿意足呢？不如早作打算，不要讓雜草繁生蔓延，繁生蔓延之後就後患無窮了。連雜草繁生蔓延都很難解決，更何況是您尊貴的弟弟呢？」莊公説：「壞事做多了，一定會自取滅亡的。你慢慢看吧！」

後來大叔插手兼管鄭國西邊、北邊的邊地，要他們同時聽命於己，加倍徵税。公子呂説：「國家是不能長期聽從兩邊指令的，國君會有甚麼打算呢？如果決定要讓位給大叔，那麼我就請求做他的臣子了。如果不打算讓位給他，就請早日除掉大叔，以免人心思變。」莊公說：「不用擔心，他會自食其果的。」大叔又將雙方共管的邊邑完全納入自己的勢力範圍，勢力伸展到了廩延。子封說：「夠了，再加大實力人民就會支持他了。」莊公曰：「不守君臣正道，不講兄弟親情，實力再大也會馬上倒台。」

大叔建設城郭，屯積糧食，修治甲冑兵器，訓練軍隊，準備好戰車部隊，打算偷襲鄭國的國都，而武姜還準備打開城門接應他。莊公探知了日期，說：「好了，起兵。」就命子封率領戰車二百乘攻打京邑，京邑民眾叛變大叔段。大叔段逃入鄢邑。莊公親自領軍攻打鄢邑。五月二十三日，大叔逃到共地去了。

賞析與點評

《左傳》以敍事為主，除了交代事實的本末之外，還要解釋《春秋》的微言大義。即以本文為例，為了爭奪權力，鄭莊公手足相殘，但他並沒有殺弟，反而讓他逃到鄰國去了，給他一條生路。但《春秋》卻清楚記載說「鄭伯克段于鄢」，而《左傳》則提出「不言弟」、「曰克」、「稱鄭伯」、「不言出奔」四個不同的角度，解釋《春秋》寫法的準確含義。所謂「克」就有置弟於死地之意，這又是甚麼原因呢？要知道，孔子作《春秋》，就是要判別歷史的是非，下筆矜慎，每一個字都具有分量，孟子說「孔子成春秋而亂臣賊子懼」（《滕文公》下），明顯具有誅心的效應。共叔段不守弟的本分，目中無君，也沒有盡臣子的本分，一定要加以鞭撻的。《春秋》直接叫他的名字「段」。《左傳》記事，先是稱他「共叔段」，因為他投奔共國去了，也就把他視為外人了，下文複述事件時再沿用他在鄭國任職時「京城大叔」的稱號，可見內外有別，也還是各有喻意的。至於鄭莊公，《春秋》貶之為鄭伯，就是怪他「失教」，沒有好好教導弟弟，更沒有盡國君的責任，在公在私，都是失職了。其實也是莊公處心積慮所致。至於敍事到鄢為止，不提大叔後來出奔共國之事，自然更是加強責備的意味了。「難之也」一句帶有歧義，「之」究竟是指莊公、大叔，還是兼指二人呢？有時也不好理解。《古文觀止》在〈鄭莊公戒飭守臣〉（隱公十一年，公元前七一二年）一文中還提到大叔說：「寡人有弟，不能和協，而使其餬口於四方。」可見十年後大叔仍然在世，而莊公還有點內疚。後人看不懂《春秋》「克」字的意義，望文生訓，硬說共叔段給鄭莊公殺了，看來也是十分冤枉莊公的。

遂寘姜氏于城潁而誓之曰[1]：「不及黃泉，無相見也。」既而悔之。潁考叔為潁谷封人[2]，聞之。有獻於公，公賜之食。食舍肉[3]，公問之，對曰：「小人有母，

皆嘗小人之食矣。未嘗君之羹，請以遺之[4]。」公曰：「爾有母遺，緊我獨無[5]！」潁考叔曰：「敢問何謂也？」公語之故[6]，且告之悔。對曰：「君何患焉？若闕地及泉，隧而相見，其誰曰不然？」公從之。公入而賦：「大隧之中，其樂也融融[7]。」姜出而賦：「大隧之外，其樂也洩洩[8]。」遂為母子如初。（以下刪去一段。）

注釋

1 寘：放逐、禁錮。城潁：城，高牆；潁，鄭地（河南臨潁縣）。
2 潁谷：鄭地（河南登封市西南），潁水所出。封人：典封疆者，即地方長官。
3 舍（粵：寫；普：shě）：同「捨」，留下。
4 遺（粵：謂；普：wèi）：餽贈，去聲動詞用法。下句「爾有母遺」音同。
5 緊（粵：醫；普：yī）：語首助詞，無義，只有構句作用。
6 語（粵：預；普：yù）：告訴，動詞，舊讀去聲。普通話音 yǔ，沒有兩讀的區別。
7 融融：和樂也。
8 其樂也洩洩：洩（粵：曳；普：yì），原作「泄」，唐石經避太宗諱世民改。洩洩，舒散也。莊公及姜氏賦詩都是自己的個人創作，言為心聲，抒發喜悅之情。「融融」、「洩洩」各為一詩，並不叶韻。

譯文

事變之後，莊公放逐姜氏到城潁居住，更發誓說：「不到黃泉，我不會再見你的。」不久他就後悔了。潁考叔是潁谷的官員，知道莊公的心意。有人獻上美食給莊公，莊公賞賜給潁考叔吃。潁考叔將肉留下來，莊公問他有甚麼原因，他回答說：「小人家中有母親，我送給她的食物都吃過了，但從來沒有吃過國君賞賜的肉羹，希望能夠帶回去給她品嘗一下。」莊公說：「你有母親可以奉養孝敬，怎麼就我沒有呢！」潁考叔說：「請問這話是甚麼意思？」莊公說明原因，並說自己感到後悔了。潁考叔回應說：「國君又何必擔心呢？如果挖地見到了泉水，就在地道裏見面，誰又敢說不對呢？」莊公認同他的意見。莊公進入地道，高興地賦詩說：「大隧之中，其樂也融融。」姜氏走出來，也很高興地賦詩應和：「大隧之外，其樂也洩洩。」母子也就和好如初了。

賞析與點評

本文一直沒有正面描寫大叔的言行，只是通過祭仲及公子呂兩個角色，單方面指控大叔驕縱任性，目無法紀，除了年輕人「失教」之外，可能也是政治迫害所致。大叔並沒有作任何的申辯，甚至沒有太多的反抗，就被莊公兵不血刃趕出鄭國了，說不定他還是一位受害人呢！莊公工於心計，欲擒先縱，佈置周密，出手狠而準，二十二年來不動聲色，一心置段於死地；同時又有賴賢大臣的輔政，從仇恨走向包容，母子和解，可能也還是教育的成效。但愛與恨是兩個極端，能在一念之間，完全化解二十餘年的恩怨，說來亦深具戲劇效應。莊公在位四十三年，前二十二年專門對付共叔段的挑戰，鞏固國君的地位；後二十一年蔑視天子的權威，侵佔周室的土地，還不斷挑起列國之間的爭端，玩弄欺詐的手段，自是一代奸雄。母子和好的場景，不免給人偽善的感覺。這些都有待讀者的思考和論證，讀書有得，自有見地。

曹劌論戰

本篇導讀——

〈曹劌論戰〉一事發生於魯莊公十年（公元前六八四年）正月。曹劌只是一位普通的國民，眼見齊國入侵，魯國多次戰敗，而在位者又多庸碌，因此自薦為國效力。其中「肉食者鄙，未能遠謀」一句振聾發聵，最能振奮人心，同時也帶出國民的責任感。曹劌認為戰爭是民心建設工程，小恩小信，未足以籠絡民心，一定要國君公平的對待國民，察獄執法，講求實情，不使有冤枉個案，才能得到老百姓的支持。此外，曹劌又能掌握兩軍對陣時的戰爭心理，小心考察戰場的形勢，其中「一鼓作氣，再而衰，三而竭」的論斷尤為精彩，打擊對方的士氣，相對來說就是提振我方的實力，曹劌用心細密，表現出大將之才。

齊師伐我[1]，公將戰。曹劌請見[2]，其鄉人曰：「肉食者謀之[3]，又何間焉[4]？」劌曰：「肉食者鄙，未能遠謀。」遂入見。問：「何以戰？」公曰：「衣食所安，弗敢專也，必以分人。」對曰：「小惠未徧，民弗從也。」公曰：「犧牲玉帛[5]，弗敢加也，必以信。」對曰：「小信未孚[6]，神弗福也。」公曰：「小大之獄[7]，雖不能察，必以情[8]。」對曰：「忠之屬也，可以一戰。戰則請從[9]。」

公與之乘[10]，戰于長勺[11]。公將鼓之。劌曰：「未可。」齊人三鼓，劌曰：「可矣。」齊師敗績，公將馳之，劌曰：「未可。」下視其轍[12]，登軾而望之[13]，劌曰：「可矣。」遂逐齊師。既克，公問其故，對曰：「夫戰，勇氣也。一鼓作氣，再而衰，三而竭[14]。彼竭我盈，故克之。夫大國難測也，懼有伏焉。吾視其轍亂，望其旗靡[15]，故逐之。」

注釋

1 齊：姜姓國，周武王封太公望於齊，都於營丘（山東淄博市），據有今淄博市、東營市、濱州市等地。齊襄公十二年（公元前六八六）為公孫無知所弒，齊人殺無知。公子小白入齊即位，是為齊桓公（公元前七一六？—前六四三）。魯國發兵送公子糾回國失敗，齊桓公逼魯國殺公子糾，並送還管仲（公元前七二五？—前六四三）。齊桓公在位四十三年，為春秋五霸之首。我：魯國自稱，姬姓國。周公旦獲封於魯，不就封國，留佐武王。而其子伯禽則受封為魯侯，都於曲阜（山東曲阜市），據有今泰安市、濟寧市等地，傳十三世至於隱公，也就是《春秋》紀年的開始。公指魯莊公，名同，在位三十二年（公元前六九三—前六六二）。

2 **曹劌**：魯人，《左傳》二見，除了主持長勺之戰外，魯莊公二十三年（公元前六七一）夏「公如齊觀社，非禮也」一事，曹劌出言諫止。《史記》另有曹沫，以勇力著稱，嘗於魯莊公十三年柯之盟上劫持齊桓公歸還侵地。或以為是同一人，但性格各異，曹沫不像曹劌縝密持重，明義守禮。**請見**：見（粵：現；普：xiàn），特指晉見國君或尊長，有現身之意，表示謙卑；下文「遂入見」，音同。又見（粵：建；普：jiàn），指一般相見，看見。兩讀同為去聲，意義略有區別。

3 **肉食者**：指公卿在位者，享有俸祿的官員。

4 **又何間焉**：間（粵：諫；普：jiàn），指參與其間，去聲，動詞。又間（粵：艱；普：jiān），中間，平聲，方位詞。平去兩讀音義不同。

5 **犧牲玉帛**：犧牲指牛羊豬三牲，玉帛則指玉琮、圭璧、幣帛之類，皆祭祀禮神之物。

6 **孚**：取信於天地鬼神。

7 小大之獄：小獄指爭訟之類，大獄則為殺傷之類。

8 情：指實情，沒有冤枉。

9 戰則請從：從（粵：仲；普：zòng），訓為隨行、從行，去聲。又從（粵：叢；普：cóng），訓為服從、聽從等，例如上文「民弗從也」。平去兩讀音義不同。

10 乘：兵車，去聲。

11 長勺（粵：削；普：shuò）：魯地，商民六族聚居於此，在今山東萊蕪市東北。《古文觀止》注「音酌」，本為入聲字，地名。現代漢語音 sháo，即勺子，指有長柄舀東西的餐具。

12 轍（粵：撤；普：zhé）：車輪的軌跡。台灣音 chè，例如蘇轍，兩岸的注音不同。

13 軾：車前橫木。

14 竭：盡，用盡。

15 旗靡：旗幟顛倒歪斜的樣子。

譯文

齊國的軍隊攻入我魯國，國君準備迎戰。曹劌是魯國人，請求謁見國君。他同鄉的友人說：「當官的享受高薪厚祿，自然要想辦法了，你又何必參與呢？」曹劌說：「當官的都是淺陋的庸才，完全沒有謀略和遠見。」於是獲准謁見國君。曹劌問：「國君憑甚麼條件可以跟齊國打仗呢？」國君說：「我節衣省食，過着簡樸的生活，不敢專享奢華，很多時候還照顧遭受凍餓的窮人。」曹劌回答說：「這是微薄的小恩小惠，而且還不普及，老百姓是不會領情聽從你去打仗的。」國君說：「我用三牲、玉琮、圭璧、幣帛等祭祀神明，沒有虛報祭品，完全是一片誠意。」曹劌回答說：「這微薄的小誠小信未必能取信於神明，上天不一定要降福魯國的。」國君說：「國家各級獄訟和案件，雖然不能事事都明察秋毫，但一定努力探索實情。」曹劌回答說：「這是盡心負責任的表現，人民會支持你的，可以一戰了。如果決定跟齊國作戰，我希望能隨軍出戰。」

魯公讓曹劌一起坐上戰車，在長勺一帶佈陣作戰。兩軍列陣對壘，魯公準備鳴鼓進兵。曹劌說：「現在還不能進兵。」齊軍擊鼓，接連進兵，魯軍嚴陣以待，齊軍無功而還，到第三鼓時，曹劌說：「可以進攻了。」結果齊軍大敗，魯公準備乘勝追擊。曹劌說：「現在還不可以追敵。」下車察看齊軍敗亡後戰車奔跑的軌跡，再登上車前的橫木觀望敵情，說：「可以追擊了。」於是把齊軍趕出境外。戰勝以後，魯君問曹劌兩次阻止他進兵的原因。曹劌說：「兩軍對陣，憑的是一時的勇氣。第一鼓勇氣最盛，第二鼓開始減弱了，到第三鼓就會泄氣。敵軍擊鼓三次，陣腳已亂，而我方才剛剛擊出第一鼓，敵方氣盡，而我方氣盛，所以能打敗他們。又，齊國是大國，難以摸清他們的情況，可能設有伏兵。我察看到他們戰車的軌跡散亂，而旗幟東歪西倒的，所以認為可以追擊了。」

賞析與點評

〈曹劌論戰〉記載了一次以小勝大的戰例。魯國連年戰敗，而齊國又一再大軍壓境，曹劌在危亡之際，主動請纓，為國分憂。而魯公亦用人惟才，禮賢下士，肯虛心聽從曹劌的意見，充分表現出理性的態度。全文以對話為主，行文簡潔，點到即止，我們要翻譯為現代漢語，可能還有很多補白的空間，而這也是文言文的優點所在，值得參考。

《左傳》作者藉簡潔的文字表現複雜的戰爭情勢，先是思考怎樣備戰，其後又是怎樣作戰，贏得勝利。戰爭場面着墨不多，反而特別着重戰爭心理的刻劃，兼論治國之道，說理清晰，令人耳目一新。其實在現實生活中，如果我們能參考曹劌的處事方式，面對困境，思考內外的因素，運用靈活的技巧，小心應對，相信還是可以成功的。此外，人心的支持也很重要，我們要怎樣做才可以得到別人的信任呢？本文給我們最大的啟示，可能還是一種務實的生活態度吧。

宮之奇諫假道

本篇導讀——

魯僖公二年（公元前六五八），晉獻公採納謀臣荀息的建議，給虞公送上了良馬與寶玉，利誘虞公聯軍攻打虢國，攻佔了下陽（山西平陸縣東）。魯僖公五年，晉獻公又向虞國借路，第二次攻打虢國。宮之奇看到形勢不妙，勸諫虞公不要借路，同時也說出了「一之謂甚，其可再乎」及「輔車相依，唇亡齒寒」的道理。可是虞公財迷心竅，貪圖禮物，甚麼都聽不進去了。不久虢國、虞國相繼為晉軍所滅，宮之奇的憂慮都應驗了。

晉侯復假道於虞以伐虢[1]，宮之奇諫曰[2]：「虢，虞之表也[3]；虢亡，虞必從之。晉不可啟[4]，寇不可翫[5]，一之為甚[6]，其可再乎？諺所謂『輔車相依[7]，脣亡齒寒』者，其虞、虢之謂也。」

公曰：「晉，吾宗也，豈害我哉？」對曰：「大伯、虞仲，大王之昭也[8]。大伯不從，是以不嗣。虢仲、虢叔，王季之穆也[9]。為文王卿士，勛在王室，藏於盟府[10]。將虢是滅，何愛於虞？且虞能親於桓、莊乎[11]？其愛之也，桓、莊之族何罪？而以為戮，不唯偪乎[12]？親以寵偪，猶尚害之，況以國乎？」

公曰：「吾享祀豐潔，神必據我[13]。」對曰：「臣聞之，鬼神非人實親，惟德是依。故《周書》曰[14]：『皇天無親，惟德是輔[15]。』又曰：『黍稷非馨，明德惟馨[16]。』又曰：『民不易物，惟德繄物[17]。』如是，則非德，民不和，神不享矣。神所馮依[18]，將在德矣。若晉取虞，而明德以薦馨香，神其吐之乎？」

弗聽，許晉使[19]。宮之奇以其族行，曰：「虞不臘矣[20]，在此行也，晉不更舉矣[21]。」冬，晉滅虢。師還，館于虞，遂襲虞，滅之，執虞公。

注釋

1 晉侯：晉獻公，名詭諸，在位二十六年（公元前六七六—前六五一）。姬姓國，周成王封弟唐叔虞於晉，都於絳（山西翼城縣東南）。晉國據有山西大部，河北西南部、河南西北部、陝西東部等地，疆域較大。復：再次、第二次，副詞。又復，回復，動詞。粵語入去兩讀音義不同，普通話只有一音。假道：假，動詞，借入。假道即借路。虞：姬姓國，在今山西平陸縣東北。虢（粵：隙；普：guó）：姬姓國，即北虢，佔地約當今河南三門峽和山西平陸縣一帶，位於虞國的南部，與之隔着黃河相對。虢公名醜，都於上陽（河南陝縣李家窯村）。魯僖公二年（公元前六五八），虞、晉聯軍攻打虢國，侵奪了下陽（或作夏陽，山西平陸縣東）。五年十二月，晉滅虢，攻陷上陽，虢公醜逃往京師洛陽。

2 **宮之奇**：虞國賢大夫。僖公二年，荀息評論宮之奇的為人說：「宮之奇之為人也，懦而不能強諫。且少長於君，君暱之。雖諫，將不聽。」

3 **表**：外表，指藩籬和屏障。

4 **啟**：開啟，啟動，意即引出野心和貪念。

5 **翫**（粵：換；普：wán）：同玩，訓玩忽、忽視也。

6 **為**（粵：圍；普：wéi）：是也，平聲；《左傳》作「謂」，謂，可說是，去聲；兩讀音義不同，全句的解釋也有區別。

7 **輔車**：輔，面頰；車（粵：奢；普：chē），牙牀骨。輔為外表，車是內骨。

8 **大伯虞仲，大王之昭也**：大（粵：泰；普：tài）伯是大（粵：泰；普：tài）王（古公亶父）的長子，虞仲是次子，他們都讓位於幼子季歷。周代的宗廟制度規定，始祖的神主居中央位置，下面的排位左昭右穆，昭位之子在穆位，穆位之子在昭位，隔代依次排序。大伯、虞仲、季歷兄弟按照周代宗廟的排位都在昭的一邊。

9 虢仲虢叔，王季之穆也：虢仲、虢叔都是季歷的兒子，文王的同母弟。虢仲封於西虢，在今陝西寶雞市；虢叔封於東虢，在汜水縣東（河南滎陽市北上街區）。依周代宗廟的排位，文王及虢仲、虢叔兄弟自然又依次排在穆的一邊了。

10 藏於盟府：盟府指司盟之官。凡諸侯封爵受勛，必有盟誓紀錄，藏於盟府之內。

11 桓莊：桓指桓叔，晉獻公的曾祖父；莊指莊伯，桓叔之子，晉獻公的祖父。晉獻公八年，即魯莊公二十五年（公元前六六一），晉獻公為免桓叔、莊伯的後代人多勢大，誅殺了從祖同宗的群公子。

12 偪（粵：碧；普：bī）：同「逼」，威脅之意。

13 據：依從。

14《周書》：周代的歷史文獻，編為《尚書》。本文所引的三則都是《逸書》，後來見於偽《古文尚書》中。

15 皇天無親，惟德是輔：親指親近。二句見偽《古文尚書》〈蔡仲之命〉篇。

16 黍稷非馨，明德惟馨：黍稷同屬穀類，黏者為黍，不黏者為稷，稷又稱小米。黍稷代指祭品。二句見偽《古文尚書》〈君陳〉篇。

17 民不易物，惟德緊物：易，改動；物，祭品。緊，同「伊」，是也；偽《古文尚書》〈旅獒〉篇「緊」作「其」。「伊」、「是」、「其」同屬指示代詞，解為「那些」，意謂只有有德者那些的才算是祭品。

18 馮（粵：朋；普：píng）：同「憑」，依靠。

19 許晉使：使（粵：試；普：shǐ），使節代表。粵語上去兩讀別義，普通話只有一音。舊音 shì，現已不用。

20 臘：歲終祭眾神，不臘就是不能祭神了，是說國之將亡。

21 舉：攻取，舉兵。

譯文

晉獻公再次向虞國借路攻打虢國，宮之奇勸阻說：「虢國是虞國的外圍屏障，虢國滅亡了，虞國也一定會跟着亡國的。晉國的野心不可以再啟動了，敵寇入侵的危機更不能忽視。一次借路已經是過分了，怎麼可以再讓他借路呢？諺語說得好，面頰和牙牀骨是互相依存的，沒有了嘴唇的保護，牙齒也會受寒的。這剛好說明了虞、虢兩國相互依存的關係。」

虞公說：「晉國是我的同宗，怎麼會害我呢？」宮之奇回答說：「大伯、虞仲，是大王的兒子，宗廟神位排在昭的一邊。大伯不肯跟從大王，跑到荊蠻去了，沒有繼承王位。虢仲、虢叔是王季的兒子，宗廟神位排在穆的一邊，做過文王的公卿大臣，為王室立下了很多功勞，他們封爵受勛的盟誓紀錄還藏於盟府之內。晉國將虢國滅掉了，又何必再愛惜虞國呢？而且虞國能比桓叔、莊伯與晉國更為親近嗎？他們應該是互相親愛的，但桓叔、莊伯的後代族人犯了甚麼罪呢？竟然統統被殺掉了。這不就是因為勢力坐大了而感到逼迫嗎？近親的勢力威脅到自己尚且要殺害他們，何況對別的國家呢？」

虞公說：「我獻上的祭品既豐盛又清潔，神明一定會依從我的。」宮之奇回答說：「小臣聽到的是，鬼神不一定要親近哪一個人，只要有好德行的就會依從。所以《周書》說：『上天不會親愛甚麼人的，只要有好的德性就會幫助他了。』又說：『黍稷祭品並不特別芬芳，只有光明的德性才最芳香。』又說：『百姓不會改動祭品，有德之人所呈上的都是祭品。』如果這樣，對於不道德的行為，百姓不能認同，神祇也不願安享了。神祇所依賴的，其實都在德行方面。如果晉國佔有了虞國，而又能發揚光明的德性，獻上芳香的祭品，那麼神祇又會吐出來嗎？」

虞公不聽宮之奇的意見，答應了晉國使臣的請求。宮之奇帶着他的族人遠走他方，說：「虞國不會再舉行臘祭了，這一次出兵之後，晉國再不用舉兵了。」當年冬天，晉國滅了虢國。班師回國途中，在虞國境內住宿，於是乘機襲擊虞國，滅了虞國，還俘虜了虞公。

賞析與點評

本文是一篇奏議類的古文，敍事比較簡單，主要反映了宮之奇的個人觀點，以議論為主，層層轉折，認為治國之道，首重君德，希望國君能夠及時省悟，解救國家的危難。本文指出要認識歷史的現實，國與國之間並沒有情義可言，強調德治的重要，認為要得到人民的尊重，並要與鄰國和平共存；而虞公不聽忠言，亡國被俘的下場更成了千秋笑柄。宮之奇的一番苦心，也是一片孤忠，後來諸葛亮的〈出師表〉彷彿就帶有一些本文的影子。

子魚論戰

本篇導讀——

齊桓公後期，宋襄公崛起，希望爭霸中原，號令天下。魯僖公十九年（公元前六三五），宋人執滕宣公；又使邾文公殺鄫子以祭於次睢（山東臨沂市）之社的妖神，招徠東夷諸國的部族參與他的聯盟。如此脅逼小國，虐二國之君，以致眾叛親離。僖公二十一年，宋襄公一度被楚人俘虜，冬天才獲釋。僖公二十二年夏，宋襄公伐鄭。十一月，楚人為救鄭伐宋。宋、楚二軍在泓水對陣。宋襄公以為自己是王者之師，戰無不勝，既未能掌握克敵制勝的先機，更為戰士訂下了嚴苛的規條，所謂「君子不重傷」、「不禽二毛」、「不以阻隘」、「不鼓不成列」，自縛手腳，結果大敗，身邊的護衛全部戰死，自己也受了重創，第二年就逝世了。〈子魚論戰〉就是藉子魚之口逐項評說宋襄公的戰術錯誤，議論透闢；同時也指出宋襄公假仁假義，愚不可及，徒有爭霸的夢想，可就是沒有本事。

楚人伐宋以救鄭[1]。宋公將戰[2]，大司馬固諫曰[3]：「天之棄商久矣，君將興之，弗可赦也已。」弗聽。

及楚人戰于泓[4]。宋人既成列，楚人未既濟[5]。司馬曰：「彼眾我寡，及其未既濟也，請擊之。」公曰：「不可。」既濟而未成列，又以告。公曰：「未可。」既陳而後擊之[6]，宋師敗績。公傷股[7]，門官殲焉[8]。

國人皆咎公[9]。公曰：「君子不重傷[10]，不禽二毛[11]。古之為軍也，不以阻隘也[12]。寡人雖亡國之餘[13]，不鼓不成列[14]。」子魚曰：「君未知戰。勍敵之人[15]，隘而不列，天贊我也。阻而鼓之，不亦可乎？猶有懼焉！且今之勍者，皆我敵也。雖及胡耇[16]，獲則取之[17]，何有於二毛！明恥教戰，求殺敵也。傷未及死，如何勿重？若愛重傷，則如勿傷；愛其二毛，則如服焉。三軍以利用也[18]，金鼓以聲氣也[19]。利而用之[20]，阻隘可也；聲盛致志[21]，鼓儳可也[22]。」

注釋

1 宋：子姓國。商紂王封庶兄微子啟於宋（河南商邱市）。其後周成王亦封微子啟於宋，以續殷祀。

2 宋公：宋襄公，名茲父，或作慈甫。魯襄公九年至二十三年（公元前六五一—前六三七）在位，凡十四年。在齊桓公後，史稱春秋五霸之一。

3 **大司馬固諫**：大司馬即子魚，原名目夷，宋襄公的庶兄，先為左師，後改任司馬，掌軍旅之事。子魚屢進諫言，可是宋襄公不聽勸告，剛愎自用，在戰事中更受重創。固，堅決，固諫即強諫。固或為人名，固或非子魚，殆屬另一人。但下文司馬督戰，而子魚則批評襄公戰略錯誤，可能還是同一人。

4 **楚人**：芈姓國，周成王封熊繹於楚，都丹陽（湖北秭歸縣東）。春秋時僭稱王，據有今湖北、安徽、江西等地。《左傳》起句前面原有「冬十一月己巳朔，宋公」等字，《古文觀止》刪之。本文補上了主語「宋公」，如此語意才能表達清楚。泓：河南柘城縣北，在商邱市的南部。

5 **既濟**：既，已經，副詞。既濟是指完全渡河。

6 **陳**：通「陣」，音義相同。

7 **股**：大腿。

8 **門官**：國君的近身侍衛，在國守門，師行則隨君左右。殲：殲滅，戰死。

9 **咎**：咎罪，責備。

10 **重傷**：重（粵：仲；普：zhòng），再也，副詞；重傷即再傷。粵語口語「重講」、「重食」、「重去」、「重嫐」等，「重」還保留着傳統的副詞用法。下文「如何勿重」、

「若愛重傷」一句音同。

11 二毛：頭髮有黑白二色者，一般指年紀較大的人。

12 阻隘：隘，扼也。阻隘即扼敵於險隘之地。

13 寡人：寡，罕見；謙稱或指寡德。寡人乃國君自稱。亡國：指殷商故國。

14 鼓：擊鼓進攻，動詞。

15 勍（粵：鯨；普：qíng）：強勁。

16 胡耇：耇（粵：九；普：gǒu），長壽。胡耇乃元老、長者。

17 取之：殺人。

18 三軍：軍隊的通稱。古時萬二千五百人為軍，周制天子六軍，諸侯三軍。

19 金鼓：金，鐃也，是一種銅質圓形的樂器。古時以金鼓號令軍隊進退，有鳴金收兵之說。

20 利而用之：利指時機。利而用之指伺機而動。

21 致志：達成心願，意即向着目標前進。

22 儳（粵：慚；普：chán）：參錯不齊之貌，指陣勢未定。

譯文

楚人攻打宋國，以便解救鄭國。宋襄公準備迎戰。大司馬堅決地勸諫說：「上天沒有眷顧商代的人民很長時間了，如果國君隨意發兵，可能就無法脫身免禍了。」宋襄公就是不聽他的忠告。

宋襄公與楚人在泓水作戰。宋人佈好陣勢，而楚人還沒有完全渡河。司馬說：「對方人多勢眾，我軍人少，最好在他們還沒有完成渡河的時候，立刻發兵出擊。」宋襄公說：「不行。」楚人都渡了河，還沒有擺好陣勢，司馬再次促戰。宋襄公說：「還是不行。」待楚兵陣勢整固之後宋襄公才發兵進攻，宋軍大敗。宋襄公還傷了大腿，他的近身侍衛也全都被殲滅了。

宋國國民全都責怪宋襄公。宋襄公說：「有仁德的人不會再次傷害受了傷的人，不會擒拿兼有黑白頭髮的長者。古人帶領軍隊，不會利用對方處於危難之地而求勝。寡人雖是殷商亡國的後人，對方陣勢未穩時不會擊鼓發動攻擊。」子魚說：「國君完全不懂得作戰。碰上了強勁的對手，處於險地陣勢未整，其實是上天賜給我們的機會，敵方遇到障礙，而我們立即擊鼓進兵，這不就解決了嗎？而且我們還擔心不一定能勝。何況現在面對的強敵，都是我們的死對頭。雖然對手中有長者，能捕獲就俘虜了，為甚麼又特別優待頭髮有黑白二色的人呢？我們訓練軍隊，要令他們有責任感，並教他們戰術，就是希望能殺敵。敵人受傷還未死，為甚麼不可以再殺他呢？如果你真心憐惜受傷的戰士，不如一開始就不要傷害他們；又憐惜有白頭髮的長者，那麼最好服從他們好了。三軍就是要把握時機發動攻勢，鳴金擊鼓就是要提振軍心士氣。如果能把握時機，就該在敵人困於險隘時出擊；鼓聲大作振起士氣，攻擊未成列的敵人當然是可以的。」

賞析與點評

本文跟〈曹劌論戰〉比較，可見戰術運用得當與否是勝負的關鍵，魯莊公知人善任，信用曹劌；而宋襄公有子魚在側而不能用。若跟〈宮之奇諫假道〉對讀，則宋襄公跟虞公一般，愚不可及，自以為是，不肯聽別人的意見。

介之推不言祿

本篇導讀——

〈介之推不言祿〉記錄了母子二人的對話。介之推不想領功，決意歸隱。他的母親故意提出難題，啓發介之推反覆思考，最後還是認同兒子的觀點，一起歸隱。後來連晉文公都找不到他們。介母是古代賢母的典型，跟鄭莊公的母親比較，賢愚自見。

晉侯賞從亡者[1]，介之推不言祿[2]，祿亦弗及[3]。推曰：「獻公之子九人[4]，唯君在矣。惠、懷無親[5]，外內棄之。天未絕晉，必將有主。主晉祀者，非君而誰？天實置之，而二三子以為己力，不亦誣乎[6]？竊人之財，猶謂之盜；況貪天之功，以為己力乎？下義其罪，上賞其奸；上下相蒙[7]，難與處矣。」

其母曰：「盍亦求之[8]？以死，誰懟[9]？」對曰：「尤而效之，罪又甚焉！且出怨言，不食其食。」其母曰：「亦使知之，若何？」對曰：「言，身之文也[10]。身將隱，焉用文之[11]？是求顯也。」其母曰：「能如是乎？與女偕隱[12]。」遂隱而死。

晉侯求之不獲，以綿上為之田[13]，曰：「以志吾過[14]，且旌善人[15]。」

注釋

1 晉侯：晉文公（公元前六九七—前六二八），名重耳。晉獻公二十一年（公元前六五六）殺太子申生，翌年重耳出奔翟，流亡在外，魯僖公二十四年（公元前六三六），秦穆公派軍隊護送重耳歸國即位，時年六十二歲，在位九年卒。尚賢賞功，乃春秋五霸之一。從亡者：跟從流亡在外的家臣，如狐偃、趙衰等。

2 介之推：即介推，之為助詞。從亡者之一。

3 祿亦弗及：弗，兼含「不之」二字，此句意為「祿亦不及之」，之為代詞，指介之推。

4 獻公：在位二十六年（公元前六七六—前六五一）。

5 惠、懷：惠，晉惠公，名夷吾，文公弟，在位十四年（公元前六五〇—前六三七）。懷，惠公子，名圉，惠公十四年（公元前六三七）九月一度被立為晉君，未幾遇害。

6 誣：謊話。

7 蒙：欺也，蒙蔽。

8 盍：「何不」二字的合音。

9 懟（粵：隊；普：duì）：怨也。

10 身之文也：文（粵：聞；普：wén），訓文采，名詞。

11 焉用文之：文（粵：問；普：wèn），訓文飾、粉飾，動詞。注10「之」為助詞；此處「之」為代詞，指身也。兩讀的詞性和讀音明顯有別。

12 與女偕隱：女（粵：雨；普：rǔ），同「汝」；偕隱，一起隱居。

13 緜上：在今山西介休縣東南介山之下，近靈石縣界。介山，現稱綿山。

14 志：記錄。

15 旌（粵：晶；普：jīng）：表揚。

譯文

晉文公封賞跟從流亡的一班大臣。介之推並不誇說自己有功可以當官，也就沒有得到公職。

介之推說：「獻公有九個兒子，就只剩下國君一人。惠公、懷公未能得到人心的支持，國外國內都離棄他們。上天不會使晉國走上絕路，一定會有君主的。現在能夠主持大局的，不是這位國君又可以找誰呢？看來這都是上天的安排，很多跟從流亡的人認為都靠自己的力量，這不是一派胡言嗎？偷竊別人的財產，還可以叫作盜賊；何況那些貪圖上天的功勞當作個人成就的人呢？老百姓認為這些罪行是合理的，而國君也封賞了這些奸人。現在上下互相蒙騙，我也很難跟他們相處下去了。」

介之推的母親說：「你何不也去求官呢？將來死了又可以怨誰呢？」介之推回答說：「明知道這是錯誤的事卻還要仿效他們做下去，這樣我的罪孽更為深重了。何況現在已經口出怨言了，那就不該再吃這樣的俸祿了。」介母說：「你也嘗試讓他們知道你的狀況，如何？」他回答說：「說話，就是我們身軀上的文采。我本身已經打算歸隱山林，又何必再用說話來文飾自己呢？如果要跑去對他們說清楚，這樣明顯就是要宣揚自己了。」介母又說：「你真的要做這樣的決定嗎？我跟你一起歸隱好了。」於是他們隱居至死。

晉文公尋訪他們，可是一直都找不到，就以綿上的田地作為介之推的祭邑。他說：「這用來記下我的錯誤，而且更要用來表揚好人。」

賞析與點評

〈介之推不言祿〉是一篇短文，行文簡潔，尤見洗練工夫。本文基本上只是一段文字，但其中語意的層次、轉折特多。不過，《左傳》的作者究竟是怎樣知悉介之推母子的對話呢？可能是介之推臨走前對別人說了，表明心跡。但結果還是「求顯」了，是耶？非耶？還是留下了很多懸念和想像空間，有待讀者思考。

燭之武退秦師

本篇導讀——

魯僖公三十年（公元前六三〇）九月，秦、晉聯軍圍鄭，集結在新鄭的北面，可以隨時揮軍攻入都城。當時燭之武臨危受命，要遊說秦國退兵。燭之武向秦伯反覆陳說利害關係：鄭亡固不足惜，但對秦國並沒有絲毫好處；存鄭可以牽制晉國，否則鄭國就會落入晉侯的掌控之中。其後更指出晉國多次食言，不可以信賴。燭之武處處從秦國的利益出發，擊中要害。本文主要反映了燭之武的雄辯技巧，開戰國以後的遊說風氣。此外，本文又從對答中反映了晉文公的個性：不會忘恩負義，同時更不會襲擊秦軍，以免負上不仁、不知、不武的罪名，展現了一代霸主的不凡器度。

晉侯、秦伯圍鄭[1]，以其無禮於晉[2]，且貳於楚也[3]。晉軍函陵[4]，秦軍氾南[5]。

佚之狐言於鄭伯曰[6]：「國危矣！若使燭之武見秦君[7]，師必退。」公從之。辭曰：「臣之壯也，猶不如人。今老矣，無能為也已。」公曰：「吾不能早用子，今急而求子，是寡人之過也。然鄭亡，子亦有不利焉。」許之，夜縋而出[8]。見秦伯曰：「秦晉圍鄭，鄭既知亡矣。若亡鄭而有益於君，敢以煩執事[9]。越國以鄙遠，君知其難也。焉用亡鄭以陪鄰[10]？鄰之厚，君之薄也。若舍鄭以為東道主[11]，行李之往來[12]，共其乏困[13]，君亦無所害。且君嘗為晉君賜矣，許君焦、瑕[14]，朝濟而夕設版焉[15]，君之所知也。夫晉，何厭之有[16]？既東封鄭[17]，又欲肆其西封[18]，若不闕秦[19]，將焉取之？闕秦以利晉，唯君圖之。」

秦伯說[20]，與鄭人盟。使杞子、逢孫、楊孫戍之，乃還。

子犯請擊之[21]，公曰：「不可，微夫人之力不及此[22]。因人之力而敝之，不仁。失其所與，不知[23]。以亂易整，不武。吾其還也。」亦去之。

注釋

1 晉侯：晉文公（公元前六九七—前六二八），名重耳。晉獻公二十一年（公元前六五八）殺太子申生，翌年重耳出奔翟，流亡在外，魯僖公二十四年（公元前六三六），秦穆公派軍隊護送重耳歸國即位，時年六十二歲，在位九年卒。尚賢賞功，乃春秋五霸之一。秦伯：秦穆公，姓嬴氏，名任好，在位三十九年（公元前六五九—前六二一）。春秋五霸之一。

2 無禮於晉：魯僖公二十三年（公元前六三七），晉文公逃亡到了鄭國，鄭文公並沒有禮待他，因而成為伐鄭的罪名之一。

3 且貳於楚也：貳，懷有二心。此句指鄭國同時討好晉、楚二國，甚至更與楚國結盟。

4 晉軍函陵：軍，駐守，動詞。函陵在今河南省新鄭市北。

5 氾（粵：凡；普：fán）南：氾水之南，在今河南中牟縣南。氾南與函陵相距不遠。氾（粵：販；普：fàn），或讀去聲，亦可。

6 佚之狐：鄭大夫。鄭伯：鄭文公，名踕，在位四十五年（公元前六七二—前六二八）。

7 燭之武：鄭大夫，以邑為氏。燭邑在今河南新鄭市西南。又介之推、佚之狐等，亦有類似的命名方式。

8 縋（粵：墜；普：zhuì）：懸繩滑出城外。

9 執事：負責公務的人，指代秦軍。

10 陪（粵：培；普：péi）：或作「倍」，增益，動詞。

11 東道主：省稱東道，即主人。此句原指鄭國是秦國東向發展路上的補給站，也是可以提供服務的人。

12 行者：行人之官，負責外交工作。

13 共（粵：公；普：gōng）：同「供」，供應。

14 焦瑕：晉地。焦在今河南三門峽市西郊。瑕在今山西芮城縣南，或說在河南陝縣南。

15 朝濟而夕設版焉：朝（粵：招；普：zhāo）濟，渡河；設版，築城備戰。

16 何厭之有：厭（粵：炎；普：yán），同「饜」，滿足。又厭（粵：饜；普：yàn），憎惡。平去兩讀音義不同。

17 既東封鄭：向東邊開疆拓土，侵佔鄭國。封為動詞。

18 肆其西封：肆，擴張。拓展西邊的疆土。封為名詞。

19 闕（粵：缺；普：quē）：損害，削弱。

20 說（粵：悅；普：yuè）：通「悅」，高興。

21 子犯：即狐偃，文公之舅，晉大夫。

22 微夫人：夫（粵：符；普：fú），此也，指示代詞。微夫人，沒有這個人。

23 不知（粵：志；普：zhì）：欠缺智慧。

譯文

晉侯、秦伯聯軍包圍鄭國，理由是鄭國對晉國無禮，而且又懷有二心，勾結楚國。晉國在函陵駐兵，秦國則在氾水之南集結部隊。

佚之狐對鄭伯說：「國家十分危急了！如果能請燭之武去見秦國的國君，秦軍一定會退兵的。」鄭伯依從了佚之狐的建議。可是燭之武卻推辭說：「小臣壯年的時候，都比不上別人的才幹。現在年紀大了，大概也沒有甚麼作為了。」鄭伯說：「不能早點重用你，這是寡人的過失。但鄭國滅亡了，你也不會好過的。」燭之武答應了，晚上暗中用繩索弔出城外去了。燭之武見到秦伯說：「秦晉二軍包圍鄭國，鄭國已經知道快要滅亡了。如果亡鄭對秦國有利，就請你們的部隊動手了。但是秦國中間隔了晉國，才能到達這塊遠方的邊地，君王也該知道在管理上是有難度的，何必要滅了鄭國而增加強鄰的實力呢？強鄰獲益愈多，那麼君王的利益就會愈少。如果能放過鄭國，就可以將其作為秦國向東發展道路上的一個友邦，官員往來經過的時候，我們可以提供足夠的補給，對秦國也沒有害處。而且君王曾經厚待晉君，而晉君也答應了送上焦、瑕二城給秦國，可是早上渡河回到了晉國境內之後，晚上就立即加建防禦工事，君王是一定記得的。唉，晉國又哪會有滿足的時候呢？向東邊伸展侵佔了鄭國，自然又想向西邊拓土了。如果不損害秦國，又怎能取得具體的利益呢？損害秦國而使晉國獲益，請君王考慮清楚吧。

秦伯聽了很高興，於是就跟鄭國訂了盟約。下令杞子、逢孫、楊孫協防鄭國守備，然後就撤兵回國去了。

子犯請求截擊秦軍，晉侯說：「不行，沒有這個人的幫忙我也回不了晉國。利用別人幫忙之後又去傷害他，這是不仁不義的行為。得罪了友好的盟國，實在是不智的表現。恃武力去解決問題，打亂了兩國正常的秩序，實在算不上勇武。我們也回國吧。」於是也撤兵走了。

賞析與點評

本文的文字極度精煉，連對話都可省則省。例如燭之武對秦伯的一番説辭，翻來覆去，幾經轉折，其實都只是燭之武自言自語，秦伯不作任何回應，最後只有一個「説」字作了斷。晉文公回應子犯出兵的主張，裏面蘊含着仁、智、勇的大道理，表現他的器識和遠見，最後説完了，就僅以「亦去之」作結。燭之武就憑這一番話連退二國的雄師，你説奇怪不奇怪呢？至於佚之狐怎麼知道燭之武有能力解圍，而鄭伯在沒有別的辦法可想下，只能全盤信任了，中間作者完全沒有作任何的交代。

面對複雜多變的國際情勢、劍拔弩張的殺戮戰場，燭之武寥寥幾句話，就化解了一場戰爭的浩劫，而秦晉各取所需，也都歡歡喜喜撤軍走了。不過，秦穆公謀鄭之心不死，兩年以後，以杞子為內應，潛師襲鄭，過殽，為晉伏擊致敗，則屬後話了。

王孫滿對楚子

本篇導讀——

楚莊王崛起於春秋中期，任用賢才伍舉、蘇從等人，滅庸伐宋，國勢漸強。楚莊王八年（公元前六〇六），攻伐陸渾戎，揮兵抵達洛陽城郊，並在周天子的疆土上陳兵演習，有意挑戰周室的領導權威，藉以重建春秋時代的國際秩序，爭霸中原。

相傳夏禹收了九牧所貢金鑄成九個大鼎，繪刻了九州世界的豐富圖像，三代時奉為傳國之寶，代代相傳。九鼎為古代傳國的重器，王都所在，即鼎之所在了。周室將九鼎置於成周洛陽，楚莊王覬覦周室的傳世寶鼎，表面是查詢九鼎的大小輕重，其實卻有取而代之的野心。在兵臨城下之際，周定王派王孫滿跟楚莊王當面交涉，提出了「在德不在鼎」的觀點，就是以德服人，才能得到天下的擁戴，並不是單憑武力奪得九鼎就可以耀武揚威的。王孫滿的說辭辨識神奸，義正辭嚴，遏止了楚莊王的野心，同時更叫他安守本分。

楚子伐陸渾之戎[1]，遂至于雒[2]，觀兵于周疆[3]。定王使王孫滿勞楚子[4]。楚子問鼎之大小、輕重焉[5]。對曰：「在德不在鼎。昔夏之方有德也，遠方圖物，貢金九牧[6]，鑄鼎象物[7]，百物而為之備[8]，使民知神奸[9]。故民入川澤山林，不逢不若[10]。螭魅罔兩[11]，莫能逢之。用能協于上下[12]，以承天休[13]。桀有昏德，鼎遷于商，載祀六百[14]。商紂暴虐，鼎遷于周。德之休明[15]，雖小，重也；其奸回昏亂[16]，雖大，輕也。天祚明德[17]，有所厎止[18]。成王定鼎於郟鄏[19]，卜世三十，卜年七百[20]，天所命也。周德雖衰，天命未改。鼎之輕重，未可問也。」

注釋

1 楚子：楚莊王，名旅，或作侶，在位二十三年（公元前六一三—前五九一）。春秋五霸之末。陸渾之戎：古代戎族的一支，姓允氏，原居秦晉西北瓜州（甘肅酒泉市瓜州縣）一帶，遷往伊川陸渾（河南嵩縣、伊川縣）。周景王二十年（公元前五二五）為晉所併。

2 雒（粵：洛；普：luò）：同「洛」，東周王城洛陽（河南洛陽市西）。洛，東漢改為「雒」，三國魏以後恢復用「洛」。

3 觀兵：觀（粵：灌；普：guàn），訓展示。觀兵讀去聲，有展示軍容、檢閱軍隊及彰顯軍威之意。又觀（粵：官；普：guān），平聲，訓觀察。兩讀平去不同，都是動詞，有辨義作用。

4 定王：周定王，名瑜，在位二十一年（公元前六〇六—前五八六）。王孫滿：周大夫，或說周共王的玄孫。據《左傳》載，上距二十二年之前，幼年的王孫滿看到秦軍車乘經過天子王城時免冑而不卸甲，下車後又馬上跳躍上車，不守禮制，因而預見秦軍紀律不嚴，敗象畢現，彼時即目光如炬，論斷精確。勞楚子：勞（粵：路；普：lào），慰勞，去聲。周天子派人以郊勞禮迎接楚子，慰勞楚子勤王，表示感謝。又勞（粵：盧；普：láo），勞苦，平聲。兩讀平去不同，都是動詞，有辨義作用。

5 鼎：相傳是大禹所鑄的九鼎。

6 貢金九牧：金，指青銅。九牧，即九州，牧是州的行政長官。傳說禹分天下為九州：冀、兖、青、徐、揚、荊、豫、梁、雍，九州泛指中國。

7 鑄鼎象物：將各方不同的物象鑄於鼎上。

8 百物而為之備：備，具備。圖寫山川鬼神及世界上各種事物的形態，十分詳盡，可供備覽及參照，頗有早期百科全書的意味。

9 使民知神奸：使百姓知所避忌，趨吉避凶。神奸指神鬼怪異之物。

10 不若：若，順也。不若即不順，指不吉利的事物。
11 螭魅罔兩：螭，或作魑，傳說螭魅是山林裏的妖怪，罔兩則是河川中的邪靈。
12 用：因也。
13 天休：休，賜也。天休就是上天的賞賜或保佑。
14 載祀六百：載、祀都是年的別稱。載祀同義連言，構成複詞，指殷商立國六百餘年。
15 休明：休，美也。休明同義連言，構成複詞，即美善光明。
16 奸回：奸，奸惡；回，邪僻。奸回同義連言，構成複詞，泛指奸邪。
17 天祚明德：祚，福也。天祚指賜福或保佑。明德，美德，亦指明德的人。
18 厎止：厎（粵：止；普：zhǐ），定也，至也。厎止同義連言，構成複詞，有固定之意。
19 成王：周成王，名誦，少年即位，由周公攝政當國，七年後歸政成王。成王在位二十年（公元前一〇二四—前一〇〇五）。郟鄏（粵：夾肉；普：jiá rǔ）：成周王城，今河南洛陽，周武王遷九鼎於洛陽，而成王就在洛陽建都了。定鼎即定都。
20 卜世三十，卜年七百：《漢書・律曆志》云：「周凡三十六王，八百六十七歲。」而竹添光鴻則云：「九鼎之定為成王二十年甲寅，九鼎之淪於泗，為顯王之四十二年甲午。自定至淪，凡七百有一年，正合七百年之歲。」頗見巧合。

譯文

楚莊王攻打陸渾的戎人，於是就順道領軍來到洛陽城郊，在王城的土地上展現軍容，檢閱軍隊。周定王派王孫滿慰勞楚莊王，楚莊王詢問九鼎大小輕重。王孫滿回答說：「九鼎象徵以德服人的精神，本身並沒有任何具體意義。過去夏朝剛得到天下，遠方送來了很多圖像和各地物品，九州的行政長官又獻上金銅之類的貢品，於是鑄成了九鼎，繪畫各種物象，圖寫山川鬼神及世間事物，十分詳盡，使百姓能辨識神鬼怪異之物，趨吉避凶。所以百姓進入河川沼澤、深山密林之中，不會再遇上災難。就是山林裏的妖怪、河川中的邪靈，也不會再碰上了。因而能夠協和上下，使大家都得到上天的福祐。夏桀無道，失德敗行，九鼎就轉移到商湯去了，計有六百年之久；商紂殘暴，虐殺人民，九鼎又傳送於周了。天子的德行美善光明，國力雖小，九鼎還是重寶，不可遷轉；如果天子奸邪失德，國力雖大，九鼎還是會輕易轉移。上天賜福於光明德性，必然十分明確，不會隨意改變的。周朝自成王在王城郟鄏定鼎以來，經過占卜，確定會傳承三十世代，更會有七百年的國祚，這是上天的命令。現在周朝的威望稍為衰落，可是上天的命令還沒有改變。至於九鼎孰輕孰重，現在還不是該問的時候吧。」

賞析與點評

《史記・楚世家》在王孫滿答「在德不在鼎」之後引楚莊王曰：「子無阻九鼎，楚國折鉤之喙，足以為九鼎。」就是說：「你不要阻撓我取走九鼎，楚國用戟之鉤口尖有折者，就足以鑄出九鼎了。」可見志在必得之意，十分狂妄。而王孫滿在回應之前先說：「嗚呼！君王其忘之乎？」然後才追溯「昔虞夏之盛，遠方皆至」貢金鑄鼎的故事。雙方唇槍舌戰，氣氛比較緊張。而《左傳》沒有寫出他們的對話及神態，只是王孫滿一人的說辭，楚莊王沒有回應對方的責難，可能還有點理虧，自動退兵了。這兩種表達方式各有好處，文章取捨，存乎一心，端在作者之善用了。

齊國佐不辱命

本篇導讀——

魯成公二年（公元前五八九）夏六月，晉國與魯、衞聯軍同齊國爆發了鞌（歷下，山東濟南市歷城區）之戰，齊軍敗績，晉軍攻至馬陘。齊頃公派國佐賓媚人出使談和，但晉將郤克提出了兩個苛刻條件，就是以齊頃公的母親蕭同叔子為人質，並要齊國壟畝全部改為東西走向。賓媚人從容不迫地逐條加以駁斥，前者以不孝令於諸侯，即是失德的行為；後者只求戎車之利，而忽略了田地的特性，用非其所，更是不義的行為，因此嚴加拒絕。此外，他更指出齊國備戰的決心，如果談判不成，則背城借一，不惜再戰。賓媚人詞鋒犀利，扭轉弱勢，不辱使命。同年七月，齊晉在爰婁（山東臨淄區西）簽訂了和約，而魯、衞二國也取回了失地。

晉師從齊師[1]，入自丘輿[2]，擊馬陘[3]。齊侯使賓媚人賂以紀甗、玉磬與地[4]。「不可，則聽客之所為。」

賓媚人致賂，晉人不可[5]，曰：「必以蕭同叔子為質[6]，而使齊之封內盡東其畝[7]。」對曰：「蕭同叔子非他，寡君之母也。若以匹敵，則亦晉君之母也。吾子布大命於諸侯，而曰必質其母以為信，其若王命何？且是以不孝令也。《詩》曰：『孝子不匱，永錫爾類[8]。』若以不孝令於諸侯，其無乃非德類也乎？

「先王疆理天下[9]，物土之宜而布其利，故《詩》曰：『我疆我理，南東其畝[10]。』今吾子疆理諸侯，而曰『盡東其畝』而已！唯吾子戎車是利，無顧土宜，其無乃非先王之命也乎？

「反先王則不義，何以為盟主？其晉實有闕！四王之王也[11]，樹德而濟同欲焉；五伯之霸也[12]，勤而撫之，以役王命。今吾子求合諸侯，以逞無疆之欲！《詩》曰：『布政優優，百祿是遒[13]。』子實不優，而棄百祿，諸侯何害焉？

「不然，寡君之命使臣[14]，則有辭矣，曰：『子以君師辱于敝邑，不腆敝賦[15]，以犒從者[16]，畏君之震[17]，師徒橈敗[18]。吾子惠徼齊國之福[19]，不泯其社稷，使繼舊好[20]，唯是先君之敝器[21]、土地不敢愛。子又不許，請收合餘燼[22]，背城借一[23]。敝邑之幸，亦云從也；況其不幸，敢不唯命是聽！』」

注釋

1 從：追逐。

2 丘輿：齊邑，在今山東青州市西南，鄰近淄博市一帶。

3 馬陘（粵：刑；普：xíng）：或作馬陵，齊地，亦在今山東青州市西南，鄰近淄博市一帶。

4 齊侯：齊頃公，名無野，在位十七年（公元前五九八—前五八二）。賓媚人：即國佐，主齊國之政。紀甗（粵：演；普：yǎn）、玉磬：紀甗是齊滅紀國時所得的銅器；玉磬則是樂器。紀，姜姓國，在今山東壽光市。地：指歸還魯、衞的侵地。後來魯國即取回汶陽田，在今山東泰安市西南。

5 晉人：指郤克（？—公元前五八七），晉國中軍將，略有瘸腿，謚號獻子。

6 蕭同叔子為質：蕭，國名，滅於楚。同叔，蕭君之名。子，女子，齊頃公的母親。質，人質。《左傳．宣公十七年》：「春，晉侯使郤克徵會于齊，齊頃公帷婦人使觀之，郤克登，婦人笑於房。獻子怒，出而誓曰：『所不此報，無能涉河。』」婦人即蕭同叔子，從帷中偷窺外國使臣。齊頃公以殘疾之人分別接待郤克等，而婦人的笑聲傳於外，失禮於人。郤克懷恨在心，蓄意報復，因而挑起日後晉魯衞聯軍攻破齊國的兵禍，甚至更提出以蕭同叔子為人質的要求。

7 盡東其畝：盡（粵：燼；普：jìn），全部，去聲；又盡（粵：準；普：jǐn），盡量，上聲；俱屬副詞。去上兩讀意義不同。畝，即壟畝，農田間的高畦地帶，多依地勢高下及河川走向制定。齊國壟畝多依南北走向，而郤克則要求全部改為東西走向，以便晉國戰車順利通行。

8 孝子不匱，永錫爾類：《詩經．大雅．既醉》的詩句，〈鄭伯克段于鄢〉一文亦見引用。

9 疆理：疆，劃分經界；理，管理田地，即審視土地的特性。

10 我疆我理，南東其畝：《詩經．小雅．信南山》的詩句。

11 四王（粵：黃；普：wáng）之王（粵：旺；普：wàng）：王有平、去二讀，平聲訓王者，名詞；去聲訓興起、興旺、統一天下等，動詞。四王指虞、夏、商、周四代，故以舜、禹、湯、周文武為四王。或說禹、湯、文、武為四王。

12 五伯之霸：五伯（粵：百、霸；普：bó、bà），伯讀如字入聲，普通話音 bó，統領一方的長官；五伯指夏伯昆吾，商伯大彭、豕韋，周伯齊桓、晉文。或讀去聲，普通話音 bà，通作「霸」，諸侯國的盟主，勤於王事，為天子效命。戰國以後則以齊桓、晉文、宋襄、秦穆、楚莊為春秋五霸。《孟子．公孫丑上》：「以力假仁者霸，以德行仁者王。」可見王霸以道德與力征為別。《左傳》所稱的五伯，當以前說為準。

13 布政優優，百祿是遒：優優，和緩之貌；遒，積聚。見《詩經・商頌・長發》的詩句。

14 使（粵：試；普：shǐ）臣：使節代表。

15 腆：豐厚。

16 以犒從者：犒，犒賞。從（粵：仲；普：zòng），訓隨從、從屬，例如「從者」，去聲；又從（粵：叢；普：cóng），訓跟從，例如上文「晉師從齊師」。粵語有平去二讀，現代漢語一般都讀平聲。

17 震：威嚴。

18 撓（粵：鐃；普：náo）敗：削弱、摧折。

19 惠徼：徼（粵：腰；普：yāo），要求。惠徼指賜福。

20 舊好：好（粵：耗；普：hào），訓喜好、友好等，去聲，兼隸動詞和名詞。又好訓好壞之好，形容詞。上去兩讀音義不同。

21 敝器：指上文的紀甗與玉磬。

22 餘燼：物體燃燒後餘下的部分，比喻殘兵敗將。

23 背城借一：背靠城池作最後的決戰。

譯文

晉軍追趕齊軍，由丘輿入境，攻打馬陘。齊頃公派遣賓媚人奉上紀甗和玉磬，並歸還侵佔魯、衛的土地。「如果和談不成，那就任憑對方愛怎麼做就怎麼做了。」賓媚人奉上禮品，晉人不肯言和。郤克說：「一定要以蕭同叔子作為人質，又要齊國境內的壟畝全部改為東西走向。」賓媚人回答說：「蕭同叔子不是普通人，她是齊君的母親啊。從齊晉相對平等的地位來說，她也算是晉君的母親了。先生現在號令天下的諸侯，如果一定要將別人的母親作為人質，這又怎能符合天子的政令呢？而且這是逼人做出不孝的行為了。《詩經》說：『孝子不會迷失本心，永遠都可以感動他人。』如果真的以不孝的行為來號令諸侯，這不就是敗德之類的表現了？過去先王劃分疆界，治理天下，考察土地的特性，產生很大的經濟效益。所以《詩經》說：『我劃分經界，我管理田地，壟畝有南北走向的，也有東西走向的，各適其適。』現在先生規定諸侯劃分疆界，管理田地，將壟畝全都改為東西走向，只是方便兵車來往便捷而已，完全不理會土地的特性，這大概都不是先王發佈政令的原意吧。

「違反先王政令是不對的，又怎能當盟主號令天下呢？其實晉國也有過失的。古代四王統一天下的時候，樹立良好的德性，滿足百姓的期望。五伯爭霸中原之時，盡心盡力，安撫百姓，為天子效勞。現在先生希望號令諸侯，可以滿足自己無盡的欲望。《詩經》說：『施行政令寬厚和緩，福祿自然就會積聚增多了。』看來先生並不見得寬厚和緩，可能就會自絕於各種福祿了，諸侯又哪會有損害呢？

「如果和談不成，國君派遣我出使之時，曾經有一番叮囑，他說：『先生受命帶領部隊兵臨齊國，我國只能拿出並不豐厚的奉獻，犒賞先生的部隊。我國怯於先生的威勢，折損軍隊受到很大的挫敗。如果先生願意答應我們的要求賜福齊國，不毀滅我們的社稷家園，仍然維持兩國的友好邦交，那麼我就不會吝嗇祖先傳下來的珍寶和土地，獻給貴國及聯軍。如果先生不肯應允這項請求，那麼我國就會召集殘部，背靠城池作最後的決戰了。齊國幸而獲勝，仍然會聽從晉君的安排；萬一不幸戰敗，我們哪敢再不服從晉君的命令？』」

季札觀周樂

本篇導讀——

周公輔政，制禮作樂，獲封於魯，並享有郊祭文王及天子禮樂的特權。周室東遷以後，王室衰微，禮崩樂壞，但魯國還是管有虞、夏、商、周四代的樂舞，相傳不絕。《論語》稱季氏「八佾舞於庭，是可忍也，孰不可忍也」，佾指舞列，八佾六十四人，孔子批評就是連魯大夫季孫氏都僭用了天子的樂舞。魯襄公二十九年（公元前五四四）六月，吳公子季札來魯國訪問，刻意指定要觀賞周樂，每演出一曲，季札就會加以評鑑，並且指出樂舞表演和政治的關係，藉藝術評論宣揚治道的理念。如果配合傳世的《詩經》文本來看，博覽古今，神思細密，悟識治亂興亡的道理，自然也是重要的文學批評了。吳季札（公元前五七六？—前四八四？）是春秋時代的賢士名流，傳説甚多，而〈季札觀周樂〉更是《左傳》中的奇文。

吳公子札來聘[1]。請觀於周樂。使工為之歌《周南》、《召南》[2]，曰：「美哉！始基之矣；猶未也，然勤而不怨矣！」為之歌《邶》、《鄘》、《衛》[3]，曰：「美哉！淵乎[4]！憂而不困者也。吾聞衛康叔、武公之德如是[5]，是其衛風乎？」為之歌《王》[6]，曰：「美哉！思而不懼，其周之東乎！」為之歌《鄭》，曰：「美哉！其細已甚，民弗堪也，是其先亡乎[7]！」為之歌《齊》，曰：「美哉！泱泱乎！大風也哉！表東海者，其大公乎[8]！國未可量也。」

為之歌《豳》[9]，曰：「美哉！蕩乎！樂而不淫，其周公之東乎[10]！」為之歌《秦》，曰：「此之謂夏聲[11]。夫能夏則大，大之至也，其周之舊乎！」為之歌《魏》[12]，曰：「美哉！渢渢乎[13]！大而婉，險而易行[14]；以德輔此，則明主也。」為之歌《唐》[15]，曰：「思深哉[16]！其有陶唐氏之遺民乎[17]！不然，何憂之遠也？非令德之後，誰能若是？」為之歌《陳》[18]，曰：「國無主，其能久乎？」自《鄶》以下[19]，無譏焉。

為之歌《小雅》，曰：「美哉！思而不貳，怨而不言，其周德之衰乎！猶有先王之遺民焉[20]。」為之歌《大雅》，曰：「廣哉！熙熙乎！曲而有直體，其文王之德乎！」

為之歌《頌》，曰：「至矣哉！直而不倨[21]，曲而不屈，邇而不偪[22]，遠而不攜[23]，遷而不淫，復而不厭，哀而不愁，樂而不荒，用而不匱，廣而不宣，施而不費[24]，取而不貪，處而不底[25]，行而不流。五聲和[26]，八風平[27]，節有度[28]，守有序[29]，盛德之所同也。」

見舞《象箾》、《南籥》者[30]，曰：「美哉！猶有憾[31]。」見舞《大武》者[32]，曰：「美哉！周之盛也，其若此乎！」見舞《韶濩》者[33]，曰：「聖人之弘也；而猶有慚德，聖人之難也。」見舞《大夏》者[34]，曰：「美哉！勤而不德[35]，非禹其誰能脩之？」見舞《韶箾》者[36]，曰：「德至矣哉！大矣！如天之無不幬也[37]，如地之無不載也。雖甚盛德[38]，其蔑以加於此矣[39]！觀止矣[40]！若有他樂，吾不敢請已。」

注釋

1 吳公子札：吳，國名。商末太伯奔荊蠻，號勾吳。傳至壽夢（？—公元前五六一），僭稱王。魯成公六年（公元前五八五），佔有江蘇淮河、泗水以南至浙江湖州市、嘉興市的疆域，都於姑蘇（江蘇蘇州市）。公子札，即季札，壽夢的第四子，封於延陵（江蘇常州市），號曰延陵季子。兩度讓國，不肯即位。吳季札墓在今江蘇江陰市申港鎮申港中學內。聘：訪問。

2 **為**（粵：位；普：wèi）：介詞。**《周南》、《召南》**：周在今陝西岐山縣西北，原為周公旦封地。召（粵：紹；普：shào）南在岐山縣西，為召公奭封地。南為樂章之名，亦寓岐周風化自北而南，影響及於江漢一帶的南方諸國。《周南》、《召南》乃《詩經》十五國風之首。

3 **《邶》、《鄘》、《衛》**：邶（粵：貝；普：bèi）武王分紂城朝歌（河南淇縣東北）為三監。北謂之邶，封武庚，在今湯陰縣東南；南謂之鄘（粵：容；普：yōng），管叔領之，在新鄉市西南；東謂之衛，蔡叔領之，在淇縣。三監叛周，周公滅之，改封少弟康叔，名曰衛。故邶鄘衛三國之詩，亦可統稱為衛風。衛國疆域約當今河南焦作市、新鄉市至河北大名縣一帶。

4 **淵**：深也。

5 **衛康叔、武公**：康叔，周公少弟，初封於康（河南許昌禹州市西北），後徙封衛。衛武公乃康叔九世孫，遭幽王褒姒之難，曾派兵助周平戎。

6 **《王》**：指東周洛邑王城的樂章。

7 **先亡**：韓哀侯元年（公元前三七六）滅鄭，而韓亦徙都於新鄭。

8 **大**（粵：泰；普：tài）**公**：即呂尚，本姓姜氏，又稱姜子牙、姜太公、太公望，八十歲遇周文王於渭濱，被奉為師，並輔助武王滅紂，獲封於齊。

9 豳（粵：彬；普：bīn）：周之舊國，在今陝西彬縣東北。

10 其周公之東乎：周公遭管、蔡之亂，東征三年，為成王陳述后稷先公創業艱難，不敢荒淫，以成王業。其周公之東當指周公東征一事，引申則有建設成周及東向發展之意，《豳風》說的就是要盡力鞏固王業的根據地。

11 夏聲：即正聲、雅聲。夏，或亦訓西也，引申則為西聲，借指秦聲。秦之先為嬴姓，周宣王即位（公元前八二七），乃以秦仲為大夫，始有車馬禮樂侍御之好，放棄夷狄的習俗，接受諸夏的文化。

12 魏：姬姓國，在今山西芮城縣東北，魯閔公元年（公元前六六一），晉獻公滅之。

13 渢（粵：逢；普：fēng）渢乎：形容婉轉悠揚的樂歌。象聲詞，表現流動的狀態。現代漢語音 fēng，形容水聲、風聲、宏大的聲音等。

14 險：遭遇艱險，杜預云：「險當為儉，字之誤也。」則訓為節儉了。

15 唐：叔虞初封於唐（山西太原市）。

16 思深哉：思（粵：試；普：sì），訓心緒、情思等，名詞，去聲。又思（粵：司；普：sī），訓思念，動詞，平聲。平去兩讀有辨義作用，普通話只有平聲一讀。

17 陶唐氏：帝堯，堯本封陶，後徙於唐。相傳堯都平陽（山西臨汾市堯都區）。

18 陳：媯姓國，舜之後，都於宛丘（河南周口市淮陽縣），陳國疆域在今河南開封市以東，安徽亳州市以北一帶。哀公十七年（公元前四七八）為楚所滅。

19 鄶（粵：繪；普：kuài）：妘姓國，祝融之後，周初封此，在今河南新密市，為鄭武公所滅。

20 先王：指西周文、武、成、康諸王。

21 倨：傲慢不敬。

22 邇而不偪：邇，親近。偪，同逼，侵迫，緊迫。

23 攜：遊離，意即猜疑忌恨。

24 施而不費：施（粵：試；普：shì），訓施惠、施與。又施（粵：詩；普：shī），訓施行；施（粵：異；普：yì），訓蔓延。施字三讀具有辨義作用，普通話只有平聲音。

25 底：停滯，停頓。

26 五聲和：宮、商、角、徵（粵：止；普：zhǐ）、羽。五聲的旋律和諧配置。

27 八風平：八風指金、石、絲、竹、匏（粵：刨；普：páo）、土、革、木製造的樂器。金為鐘，石為磬，琴瑟為絲，簫管為竹，笙竽為匏，壎（粵：圈；普：xūn）為土，鼓為革，柷（粵：束；普：chù）敔（粵：羽；普：yǔ）為木，謂之八音。平指樂曲協調，八音的樂韻協調呼應。

28 節有度：節，節拍。度，尺度。指樂曲的節拍因應尺度。

29 守有序：音階調和，依次排序，無相奪倫，而諧協得體。指演奏的序列編排得體。

30 象箾（粵：朔；普：shuò）：武舞。象指象舞。箾，竿也。象箾指執竿演出的象舞。南籥（粵：龠；普：yuè）：文舞。南，南樂。籥，管樂器。又可用作舞具，表演籥舞。南籥指配合南樂表演的籥舞。《詩經・邶風・簡兮》云：「左手執籥，右手秉翟。」翟，野雞毛，亦為舞具。

31 猶有憾：可是文王來不及見證太平之世的到來。

32 大武：武王之樂。

33 韶濩（粵：戶、獲；普：hù、huò）：殷湯之樂。

34 大夏：禹之樂。《呂氏春秋・古樂篇》云：「禹立，勤勞天下，日夜不懈，命皋陶作為夏籥九成，以昭其功。」

35 不德：不自以為德，並不誇耀自己的功德。

36 韶箾：亦作簫韶，虞舜的樂舞。《尚書・益稷》云：「簫韶九成，鳳凰來儀。擊石拊石，百獸率舞。」可以看出當時演出的盛況。

37 幬（粵：道；普：dào）：覆蓋。

38 雖甚盛德：雖然還有更多精彩的表演。

39 蔑：沒有，不會。

40 觀止：心滿意足得到最佳的享受。

譯文

吳公子季札來魯國訪問，請求觀賞周樂的演出。魯國使樂工為他歌唱《周南》、《召南》。季札說：「好啊！這是國家創業之始，還沒有到完善階段，然而就是勤勞工作而沒有怨言了。」跟着為他歌唱《邶》《鄘》《衛》，他說：「好啊！音調有點深沉了，流露出憂傷之情卻沒有被擊倒的感覺，聽說衞康叔、衞武公都德行卓絕，這是《衛風》的樂章嗎？」跟着為他歌唱《王風》，他說：「好啊！表現出憂思傷感，卻不致退縮畏懼，這是周室東遷以後的歌曲嗎？」跟着為他歌唱《鄭風》，他說：「好啊！樂音過於瑣碎，百姓將難以忍受下去了，這是國家滅亡的先兆嗎？」跟着為他歌唱《齊風》，他說：「好啊！很寬宏的樂音啊！表現出偉大的風度，能夠作為東海諸侯典範的，看來非姜太公莫屬了。」跟着為他歌唱《豳風》，他說：「好啊！廣博無垠的樂音啊！表現出歡樂的情緒而又知所節制，這大概是周公東征以及東向發展的先兆吧！」跟着為他歌唱《秦風》，他說：「好啊！這就是夏聲了，代表一種正聲，明白正聲的意義就會強大，強大到了一個極點，這就是周代故地的音調了。」跟着為他歌唱《魏風》，他說：「好啊！表現出飄浮流動的狀態，博大而又婉轉，就算遭遇艱險也易於施行，如果得到德教的修養，自然也是英明的君主了。」跟着為他歌唱《唐風》，他說：「思慮深沉啊！相信會有帝堯陶唐氏的遺民在這裏吧！否則怎麼會作長遠的打算呢？如果不是繼承了祖先美好的德性，誰能有這樣的表現呢？」跟着為他歌唱《陳風》，他說：「國家沒有好的君主，這樣能夠維持久遠嗎？」從《鄶風》以後，季札就不再評述了。

跟着為他歌唱《小雅》，他說：「好啊！表現出憂患之思而沒有離異之心，雖有怨憤卻不肯明說，這是代表周朝王道政治的衰落嗎？還有很多先王的遺民百姓支持他。」跟着為他歌唱《大雅》，他說：「廣大得很啊！一片熱鬧和樂的樣子，樂曲抑揚頓挫，而本體則立意端正，這不就是文王德性的表現嗎？」跟着為他歌唱《周頌》，他說：「這是最高的境界啊！正直無私而不會傲慢不敬，委曲婉約而不肯屈服撓折，親近體貼並沒有緊迫的感覺，距離遠了也不會猜疑忌恨，經歷遷徙也不會淫亂邪惡，反覆往來也不敢厭倦懈怠，哀傷不至於愁困，安樂不敢荒廢，適用而不致匱乏，寬廣而不必宣揚，施惠不須耗費，收納不必貪多，安處不同於停滯，運行不等於放蕩。五聲的旋律和諧配置，八音的樂韻協調呼應。樂曲的節拍因應尺度變化，演奏的序列亦編排得體。最好的音樂應該就是這樣了。」

季札參觀了執竿演出的《象箾》之舞，以及配合南樂執管表演的《南籥》之舞。他說：「好啊！可是文王來不及見證太平之世的到來，有些遺憾。」看到了《大武》舞容的演出，他說：「好啊！周朝盛世之時，就該是這個樣子了。」看到了《韶濩》舞容的演出，他說：「這是聖人寬大的胸懷了，但商湯自慚修德不足，可見聖人還是有難處的。」看到了《大夏》的演出，他說：「好啊！勤勞一生，卻不誇耀自己的功德，除了夏禹，誰又具備這樣的修行呢？」看到了《韶箾》舞容的演出，他說：「德性修養達至最高境界了，偉大極了！就像上天沒有覆蓋不到的地方，又像大地沒有承載不到的地面。可能還有更多精彩的表演，但都不會超越這個演出了！我現在心滿意足得到最佳的享受了！如果還有其他樂舞，我也不敢再請求觀賞了。」

賞析與點評

吳季札訪問魯國，請求觀賞周樂，而魯國則將整套樂曲依照南、風、雅、頌的次序，並從歌曲到舞容演出一遍，可分五段。季札應該早就知道整套樂曲的編排，有些是反映各地風俗的，有些則表現了政治的得失，有些更是歷代君主所創製的大型歌舞。季札往往將音樂藝術和政治現實結合起來思考，提出了中庸和平的感情想像，否定過猶不及的表達模式。季札特以古聖先王為法，希望能夠移風易俗，通過音樂描繪出治世的藍圖，建設華夏民族共同的審美標準，從而影響到後世的詩文理論，貢獻極大，自是文化建設的典範。季札是吳國人，同時也代表了吳文化的成就。

季札所論樂曲大部分都見於《詩經》之中，而南風雅頌的排列次序亦大同小異，表現了早期《詩經》編排的基本形態。春秋時代上層社會在交往中引詩極多，季札一定是懂詩的。在〈季札觀周樂〉中，季札以歌舞為討論重點，基本上完全不講《詩經》的文本，但詩樂同源，我們可以通過《詩經》的文本了解古樂的演出情況。

周秦

召公諫厲王止謗 《國語》（周語上）

本篇導讀——

《國語》二十一卷，相傳亦為春秋時代左丘明作，司馬遷在〈太史公自序〉中說：「左丘失明，厥有《國語》。」惟此說尚有爭議。《國語》著錄了西周末年乃至春秋時期（公元前九六七—前四五三）諸國貴族的史事和辭令，其中以晉語九卷為最多，周語、魯語、楚語次之，齊語、鄭語、吳語、越語又次之，也是最早的國別史，史料豐富，詳細而又生動。《國語》與《左傳》所記的史實互有同異，惟亦異多同少，二者不可能源出一書。而編輯手法各異，自非同一人所作。《國語》成書約在戰國時代，三國時吳韋昭（二〇四—二七三）注。

厲王是一位暴君，施行恐怖統治，還派衞巫監控言論，不讓人民發聲。以致「道路以目」，就是大家在路上相遇，只能打眼色相互示意，結果積累了不少的怨氣。〈召公諫厲王止謗〉中，召公提出了「防民之口，甚於防川」的觀點，旨在規勸厲王要通過不同渠道，聆聽民間的聲音，斟酌損益，改善施政。同時又指出令人民宣泄言論才是正道，就像河水堵塞了，一旦崩潰爆發，也就擋不住了。召公的諫言情理兼賅，深具卓識，可是昏君就是聽不進去，結果自取滅亡。

厲王虐[1]，國人謗王[2]。召公告曰[3]：「民不堪命矣！」王怒，得衛巫[4]，使監謗者，以告，則殺之。國人莫敢言[5]，道路以目[6]。

王喜，告召公曰：「吾能弭謗矣[7]，乃不敢言[8]。」召公曰：「是障之也[9]，防民之口，甚於防川。川壅而潰[10]，傷人必多，民亦如之。是故為川者決之使導[11]，為民者宣之使言。故天子聽政[12]，使公卿至於列士獻詩[13]，瞽獻典[14]，史獻書[15]，師箴[16]，瞍賦[17]，矇誦[18]，百工諫[19]，庶人傳語[20]，近臣盡規[21]，親戚補察，瞽史教誨，耆艾修之[22]，而後王斟酌焉，是以事行而不悖[23]。

「民之有口也，猶土之有山川也，財用於是乎出；猶其原隰之有衍沃也[24]，衣食於是乎生。口之宣言也，善敗於是乎興[25]。行善而備敗，所以阜財用[26]、衣食者也。夫民慮之于心，而宣之于口，成而行之，胡可壅也[27]？若壅其口，其與能幾何[28]？」

王弗聽，于是國人莫敢出言。三年，乃流王於彘[29]。

注釋

1 厲王：周厲王，名胡，在位三十七年（公元前八七七—前八四一），是一位暴君，最後激起叛變，被人民趕走。

2 國人謗王：國人，指國都的居民，亦可指國民。國即鎬京（陝西西安市長安區西北）。謗，毀謗，惡意攻擊，引申有批評、詛咒之意，動詞。

3 召公：即召（粵：紹；普：shào）穆公，名虎，為厲王卿士。

4 衛巫：衛國的巫（粵：無；普：wū）祝，為人祈禱通神靈者。巫，台灣音 wú，兩岸審音不同。

5 國人莫敢言：莫，沒有一個人，指示代詞。全句釋為國民沒有人敢說話，去批評政府。

6 道路以目：在路上碰到了，大家就打眼色示意。

7 弭謗：弭，止息，壓制。謗，誹謗，謠言，名詞。即壓制謠言。

8 乃不敢言：乃，他們，代詞。全句釋為他們都不敢說話。

9 障：阻礙、防堵。

10 川壅而潰：壅（粵：擁；普：yōng），堵塞。台灣音 yǒng，兩岸審音不同。潰，崩潰，泛濫。指洪水受到堵塞而崩堤爆發，沖破了堤防。

11 為川：為，治也，動詞。為川即治水。

12 聽政：聽朝臣奏報政事。

13 公卿：三公九卿。周以太師、太傅、太保為三公；以少師、少傅、少保、塚宰、司徒、宗伯、司馬、司寇、司空為九卿。列士：上士，天子的上士亦名元氏，受采地視子男。

14 瞽：樂師。

15 史：太史，掌書冊文告，以作著錄，以為鑑戒。

16 師箴：師，指九卿中的少師，位卑於公，而尊於卿。箴，規諫。

17 瞍賦：瞍（粵：手；普：sǒu），瞎子。賦，誦詩，即歌誦公卿列士所獻的詩篇。

18 矇：青盲，指視力下降、視物模糊的人，例如患白內障等眼疾的人。矇人負責諷誦典書箴刺之語。

19 百工諫：百工，百官，即工藝執事的部門。諫，向國君進言。

20 庶人傳語：庶人，百姓。傳語，指輾轉相傳討論，批評時政得失。

21 近臣盡規：近臣，左右侍從之臣。盡規，盡力規勸。

22 耆艾修之：耆艾，元老師傅。修之，整合各方意見。

23 事行而不悖：事，政事。悖，違背。全句是指施政順暢，不會背離民意。

24 原隰：原，平原。隰（粵：習；普：xí），低下的濕地。原隰即原野。《國語》本文作「猶其有原隰衍沃也」，句式稍異。衍沃：衍，平原。沃，河流旁邊可供灌溉的土地。衍沃即平坦肥沃的田地。

25 善敗：善惡，指好的和壞的意見。

26 阜：豐富，增進。

27 胡可：怎麼可以。

28 幾何：多久。

29 流王於彘：流，放逐。彘（粵：自；普：zhì），晉地，在今山西霍州市。

譯文

周厲王性情暴虐，國民都咒罵他。召公報告說：「百姓不能再忍受這樣的生活了。」厲王很生氣，找來了衛國的巫祝，派他監視流佈謠言的人，一經揭發，就處死他。國民沒有人敢說話了，在路上碰到了，大家就打眼色示意。

厲王很開心，告訴召公說：「我能夠壓制謠言了，他們都不敢說話了。」召公說：「這是一種防堵的手法。防範民眾的批評，會比防止洪水更難。洪水受到堵塞而崩堤爆發，受害的人會很多，民眾的情況就像洪水一樣。所以治水的人一定要疏通河道，使洪水順利地流出去；而管治國民一定要叫他們敢講話，發表意見。因此天子聽朝臣奏報政事，就會讓三公九卿乃至上士等獻上詩歌了解民情，瞽師獻上樂曲辨識邪正，太史獻上書冊文告以作著錄，少師負責規諫，瞎眼的人吟誦獻上的詩篇，有眼疾的人負責諷誦典書箴刺之語，工藝執事的部門向國君進言，百姓有很多輾轉相傳的言論批評時政得失，左右侍從之臣盡力規勸，王室親族補救闕失考察是非，太師太史教導訓誨，元老師傅整合各方意見。然後國君就可以斟酌施行，因此施政順暢，不會背離民意。

百姓有嘴巴，就像土地上有高山和河流，財富、物資都從這裏出來；就像原野上「有平坦肥沃的田地，可以生產出衣服、食物的材料。嘴巴要表達意見，好的壞的自然都會說出來了。好的要施行，壞的也要供參考，這就可以增進國家的財富物資、衣服食物了。百姓心中有很多意見和想法，因而說出了口，合理的就要施行，又怎麼可以堵塞呢？如果要堵塞百姓的嘴巴，試問又能維持多久呢？」

厲王不肯聽從，於是百姓再沒有人敢說話了。過了三年，大家就把厲王放逐到彘地去了。

賞析與點評

〈召公諫厲王止謗〉一文短小精悍，光芒四射。其實這篇文章的亮點並非周厲王，他只是一個起陪襯作用的小角色而已；亮點是召公提出的怎樣促進監察君權的主張，就是通過不同的渠道，收集民意，了解民情，下情上達，「事行而不悖」，而天子的施政才能有效。此外，召公又提出了「防民之口，甚於防川」的觀點，民意就像滔滔的洪水，根本是壓不住的。其實往好處想，尊重民意的話，也就是善用民眾的智慧，「行善而備敗」，可以提升社會效益，共享繁榮。這已經是三千年前的老話題了，到今天還很適用。本文有很多名言金句，例如「民不堪命」，「道路以目」，「防民之口，甚於防川」，「為川者決之使導，為民者宣之使言」，「夫民慮之於心，而宣之於口，成而行之，胡可壅也」等，都是很精煉的句子，言淺意深，形神豐滿，三千年前的民間智慧，一看就讓人明白，騰播眾口，到現在還很管用。

叔向賀貧《國語》（晉語八）

本篇導讀——

〈叔向賀貧〉通過叔向（？—公元前五二八？）與韓宣子（？—公元前五一四）的對話，以欒武子、郤昭子（？—公元前五七四）兩個家族興衰存亡的事件為例，闡明了財富並不可恃。當政者處於權力中心，面對各方面的衝突，更應重視修德，無德者身死家破，有德者則可以庇蔭子孫。本文表面是賀貧，其實卻嚴肅地指向了修德的主題。修德跟當權者生死攸關，不可不慎。本文充滿思辯的色彩，帶出了戰國時代的論辯風氣。但假如新年的時候我們不說「恭喜發財」，反而說「恭喜貧窮」，必然招人反感，可能也真的是神經病了。

叔向見韓宣子[1]。宣子憂貧，叔向賀之。宣子曰：「吾有卿之名，而無其

實[2]，無以從二三子[3]，吾是以憂，子賀我，何故？」

對曰：「昔欒武子無一卒之田[4]，其宮不備其宗器[5]，宣其德行，順其憲則[6]，使越於諸侯[7]。諸侯親之，戎狄懷之[8]，以正晉國[9]。行刑不疚[10]，以免於難。及桓子驕泰奢侈[11]，貪欲無藝[12]，略則行志，假貸居賄[13]，宜及於難，而賴武之德，以沒其身。及懷子改桓之行[14]，而修武之德，可以免於難，而離桓之罪[15]，以亡於楚[16]。

「夫郤昭子[17]，其富半公室，其家半三軍[18]，恃其富寵，以泰於國，其身尸於朝[19]，其宗滅於絳[20]。不然，夫八郤五大夫三卿[21]，其寵大矣，一朝而滅，莫之哀也，惟無德也。

「今吾子有欒武子之貧，吾以為能其德矣，是以賀。若不憂德之不建，而患貨之不足，將弔不暇[22]，何賀之有？」宣子拜，稽首焉[23]，曰：「起也將亡，賴子存之。非起也敢專承之，其自桓叔以下[24]，嘉吾子之賜。」

注釋

1 叔向：羊舌肸（粵：乞；普：xī），字叔向，晉國的賢大夫，跟吳季札、晏嬰（？——公元前五〇〇）等都有交往。魯襄公二十一年（公元前五五二），叔向被欒盈出奔楚的事件牽連，嘗為范宣子（？—公元前五四八）所囚，後來得到晉國賢士祁奚（公元前六二〇—前五四五）出言相救，獲赦免罪。祁奚稱讚叔向：「社稷之固也，猶將十世宥之，以勸能者。」叔向曾跟晏嬰談到晉國季世的情況，說：「晉之公族盡矣。肸聞之，公室將卑，其宗族枝葉先落，則公從之。肸之宗十一族，唯羊舌氏在而已，肸又無子。公室無度，幸而得死，豈其獲祀？」可見叔向為人正直，可惜沒有子嗣。韓宣子：韓起，晉卿。

2 實：財富。

3 無以從二三子：二三子指晉國的卿大夫、其他的官員、賓客等。從，來往應酬。全句即指難以跟官員賓客來往應酬。

4 欒武子：欒書，晉上卿。貧而有德，以免於難。一卒之田：百人為卒，一夫授田百畝。

5 宗器：宗廟祭祀及禮樂之器。

6 憲則：法制。

7 越：傳揚，播揚。

8 懷：歸附。

9 正：安定。

10 行刑不疚：行刑，行政執法。疚，內疚，過失，憂苦。全句譯為行政執法無愧於心。

11 桓子：欒武子的兒子，名黶，貪而無德。

12 無藝：無極，無度，沒有準則。

13 居賄：積累財富。

14 懷子：桓子的兒子，名盈，復修祖德。

15 離：通罹，遭受。

16 亡：逃亡。

17 郤昭子：郤至，晉卿，富而無德。

18 其家半三軍：他家裏的丁口可以組成半支三軍部隊。當時諸侯大國三軍，合計三萬七千五百人。

19 其身尸於朝：遭受刑戮陳屍於堂上以示眾。

20 絳：晉國的舊都，在今山西翼城縣東南。

21 八郤五大夫三卿：郤氏八人，其中郤文、郤豹、郤芮、郤縠、郤溱為五大夫，而郤錡、郤犨、郤至則為三卿。

22 弔：慰唁。

23 稽首：以首貼近雙手，叩頭至地，謂之稽首。

24 桓叔：晉文侯弟，名成師，生子萬，受封韓地為大夫，乃以韓為氏。

譯文

叔向見到了韓宣子。韓宣子擔心貧困的問題，叔向恭喜他。韓宣子說：「我雖有晉卿的虛名，卻沒有晉卿的財富，難以跟其他官員賓客來往應酬。我正為此事擔心，你恭賀我又有甚麼原因呢？」

叔向回答說：「過去欒武子沒有百夫般的田產，擔任祭祀官也沒有足夠的宗廟祭器。他有仁德操守，遵從法律的規定，得以揚名聲於諸侯各國，諸侯各國都來親近他，戎狄的民族也願意歸附他，因此能夠安定晉國，執行法制無愧於心，自然也就不會遇到災難了。到了桓子，驕縱放肆窮奢極侈，貪圖財富欲念無盡，藐視法則任性而為，靠借貸謀利積累財富，眼看就會遇上災難，幸而託賴欒武子的仁德，最後得到了善終。到了懷子的時候，他改變了桓子的不良作風，秉承欒武子的仁德表現，本來是不會出事的，可是遭承桓子罪責的影響，以致要逃亡到楚國去了。

「至於郤昭子，他的財富抵得上半個晉國公家，他家裏的丁口可以組成半支三軍部隊，恃着他的財富和尊榮，在國內放肆橫行，結果遭受刑戮陳屍於堂上以示眾，連住在舊都絳地的親人也全都被殺害滅族。可不是嗎，那八位郤氏啊，有五位是大夫，三位是卿，當日是何等的尊貴，但一個早上就消滅淨盡，沒有一個人同情他們，都是因為沒有仁德操守。

「現在先生剛好就具有欒武子貧困的條件，我認為也一定能夠兼具他的仁德操守，所以前來祝賀。如果不擔心沒有修好仁德操守，而只是擔心財富的不夠用，將來弔唁都來不及了，還有甚麼好祝賀呢？」宣子下拜叩頭至地，說：「韓起幾乎都要保不住了，全靠您的忠言存活。現在並非韓起一人特別感受您的恩情，由祖先韓桓叔以下，整個宗族都要拜謝您的恩賜了。」

賞析與點評

〈叔向賀貧〉是一篇議論文，表面是賀貧，其實貧無可賀，卻是轉而論德了。平心而論，貧困者財用不足，往往能夠成就一番大業；富裕者驕奢淫逸，不期然會招致殺身滅族之禍。不過這並不是貧富的問題，而是貧富導致了德行的變異。貧而修德，自然可以建功立業；為富不仁，看來也是自取滅亡了。反過來說，貧而無德，固然是自甘墮落；富而有德，那又有甚麼不好呢？

其實貧富與修德並沒有絕對的關係，而修德與禍福也沒有必然的關係。但春秋時代為了制衡權力的無限擴張，有必要用自覺的德性來約制個人的欲望。叔向以賀貧來論德，在文章作法方面，其實也是反話直說，反過來說，賀貧是假象，而修德才是叔向的立意所在。

虞師晉師滅夏陽

《穀梁傳》

本篇導讀——

《穀梁傳》是《春秋》三傳之一，魯人穀梁子作。相傳穀梁子名赤，一名俶，字元始，受經於子夏，即與公羊高為同學，故二書的淵源及體裁特點，亦多相似之處。晉范寧作集解，唐楊士勛作疏，清代鍾文烝著《穀梁補注》，最為詳博。

魯僖公二年（公元前六五八）及五年，晉國先後兩次向虞國借路，攻打虢國。〈虞師晉師滅夏陽〉一文兼寫兩次的情節，突出虞公的愚昧，為了貪圖晉國的寶物厚禮，竟然借道給晉軍通過，甚至充當先頭部隊領路打人，滅了鄰近的虢國。最後沒有鄰國的支援，虞國也難逃一劫，回程給晉國吞併了，而寶物自然又回流到晉國主人的身邊。這就是歷史上膾炙人口的「唇亡齒寒」的故事。

本文在故事中也突出了兩位人物的形象。一是晉國的謀臣荀息，懂得利用虞公的貪念，同時又掌握了宮之奇軟弱的個性，計劃周詳，慮事準確，當然，這可能也因對手太弱了，荀息尚未受到太多的考驗。另一位是虞國的大夫宮之奇，他盡心盡力諫虞公，可是虞公財迷心竅，甚麼都聽不進去。宮之奇感到國事不可為，也就舉家逃亡到曹國去了。

《穀梁傳》的敘事比較簡略，刪掉了一些情節，比不上《左傳》的完備。但文章剪裁得當，也是一篇可以自圓其說的作品。本書另選了〈宮之奇諫假道〉一文，可以相互補充，俾更了解這一段史事的真相。

〔虞師、晉師滅夏陽[1]。〕非國而曰滅，重夏陽也。虞無師[2]，其曰師何也？以其先晉[3]，不可以不言師也。其先晉何也？為主乎滅夏陽也[4]。夏陽者，虞、虢之塞邑也[5]。滅夏陽而虞、虢舉矣[6]。

虞之為主乎滅夏陽何也？晉獻公欲伐虢[7]，荀息曰[8]：「君何不以屈產之乘、垂棘之璧而借道乎虞也[9]？」公曰：「此晉國之寶也。如受吾幣而不借吾道[10]，則如之何？」荀息曰：「此小國之所以事大國也。彼不借吾道，必不敢受吾幣。如受吾幣而借吾道，則是我取之中府而藏之外府，取之中廄而置之外廄也[11]。」公曰：「宮之奇存焉[12]，必不使受之也。」荀息曰：「宮之奇之為人也，達心而懦[13]，又少長於君[14]。達心則其言略，懦則不能彊諫。少長於君，則君輕之。且夫玩好在耳目之前，而患在一國之後[15]，此中知以上乃能慮之，臣料虞君中知以下也[16]。」公遂借道而伐虢。

宮之奇諫曰：「晉國之使者[17]，其辭卑而幣重，必不便於虞。」虞公弗聽，遂受其幣，而借之道。宮之奇又諫曰：「語曰『脣亡則齒寒』，其斯之謂與[18]！」挈其妻子以奔曹[19]。

獻公亡虢，五年而後舉虞[20]。荀息牽馬操璧而前曰[21]：「璧則猶是也，而馬齒加長矣[22]。」

注釋

1 虞師：虞，姬姓國，在今山西平陸縣東北。師，泛指軍隊。古代軍隊編制以五百人為旅，五旅為師，師有二千五百人。夏陽：虢都。虢有二都，一為夏陽（山西平陸縣東），或作下陽；一為上陽（河南陝縣李家窯村）。

2 虞無師：虞乃小國，軍隊未達師級的編制。

3 晉：姬姓國，周成王封弟唐叔虞於晉，都於絳（山西翼城縣東南）。晉國據有山西等地，國力強大。

4 為主乎：為（粵：圍；普：wéi），作出，動詞，宜讀平聲。為主，作出主動，出主意，引申作了主謀。或訓為了，介詞，則讀去聲音（粵：位；普：wèi）。

5 塞（粵：菜；普：sài）：邊塞，名詞。

6 舉：拔也，攻破。

7 晉獻公：名詭諸，在位二十六年（公元前六七六—前六五一）。虢：姬姓國，即北虢，在今河南三門峽市和山西平陸縣一帶，位於虞國的南部，隔着黃河相對。虢公名醜，國為晉所滅後，逃往洛陽。

8 荀息：字叔，晉大夫。

9 屈產之乘：屈產，晉地，在今山西石樓縣東南。或以屈為晉地，屈產即屈地所產。一車四馬曰乘（粵：剩；普：shèng），本文指馬，音同。垂棘之璧：垂棘，晉地，在今山西潞城市西南。璧，美玉。

10 幣：禮物。

11 中廄：廄，馬棚、馬槽。

12 宮之奇：虞國的大夫。

13 達：明白。

14 又少長於君：少（粵：小；普：shǎo），稍為；長（粵：掌；普：zhǎng）於君，比國君大一點。

15 **且夫玩好在耳目之前，而患在一國之後**：玩（粵：換；普：wàn）好（粵：耗；普：hào），「玩」、「好」各有兩讀，珍玩、愛好都讀去聲，指馬與璧。全句譯為那些珍玩愛好的東西只是眼前短暫的享受，但災禍卻要整個國家長時間去承受。提醒做人要有憂患意識，不要耽於逸樂，自取滅亡。清代語言學家王念孫（一七七四—一八三二）認為「之後」是衍文，可以刪去，解為雖玩好在前，也要考慮國家的憂患所在。

16 **中知以下**：知（粵：志；普：zhì），指智慧。中知以下就比較低能了。

17 **使者**：使（粵：試；普：shǐ），出使，使節。

18 **其斯之謂與**：與（粵：如；普：yú），疑問語氣詞，讀平聲。全句譯為就是這樣的情況嗎？

19 **挈其妻子以奔曹**：挈（粵：揭；普：qiè），帶領。曹，姬姓國，武王同母弟叔振鐸所封，都陶丘（山東定陶縣西北）。

20 **五年**：史載魯僖公二年，晉國借道攻佔虢國的夏陽。僖公五年，晉國再次借道攻陷虢國的上陽，回程順道滅了虞國。宮之奇出奔曹國亦在五年。則五年當指魯僖公五年，而不是滅了虢國五年之後再滅虞國。鍾文烝《春秋穀梁經傳補注》認為由滅夏陽始計，則滅虞為四年。《穀梁》的文字有些省略，容易引起誤會。

21 操璧：捧着美玉。

22 馬齒加長：長（粵：掌；普：zhǎng），老化。馬齒由尖而磨平，隨着年歲的增長，有些老化。

譯文

〔虞師、晉師滅了夏陽。〕不是國都而說滅，就是看重夏陽了。虞國的軍隊未達師級的編制，《春秋》說是師，為甚麼呢？因為虞國先於晉國，這不可以不說師的。為甚麼要先於晉國呢？因為是虞國作了主謀滅夏陽的。夏陽啊，就是虞、虢交界的要塞。滅了夏陽，虞、虢兩國都會被攻破。

虞國作主謀滅掉夏陽又為是甚麼呢？晉獻公要討伐虢國，荀息說：「國君為甚麼不用屈產的名馬，垂棘的美玉來向虞國借路呢？」獻公說：「這是晉國的國寶，如果收了我們的禮物而不借路給我們，那又怎麼辦呢？」荀息說：「這裏牽涉到小國怎樣事奉大國的原則。對方不給我們借路，一定不敢接受我們的禮物。如果收了我們的禮物而借路給我們，那就是我們從內府的庫藏裏面提出來，而藏在外府的庫藏裏面，從中央的馬房裏面拉出來，而放到外圍的馬房裏面。」獻公說：「宮之奇在呀，一定不會接受的。」荀息說：「宮之奇的為人啊，內心明白，可就是怯懦，稍為比虞君大一點。內心明白，話就說得簡短，怯懦就不能堅持諫諍，年紀稍為比虞君大一點，虞君就看不起他了。那些珍玩愛好的東西只是眼前短暫的享受，但災禍卻要整個國家長時間去承受，這要有中等智慧以上的人，才能預想得到。我猜想虞君只是中等智慧以下的人。」獻公於是就借路去攻打虢國。

宮之奇勸諫說：「晉國派來的使節，說話謙卑，禮物又很名貴，一定會對虞國圖謀不軌的。」虞公不聽宮之奇的意見，收下了晉國的禮物而借路給晉國。宮之奇一再進諫說：「俗語說：『嘴唇沒了，牙齒也會受寒。』就是這樣的情況嗎？」他領着自己的妻子、小孩投奔到曹國去了。

晉獻公滅了虢國。魯僖公五年，又攻佔了虞國。荀息牽着寶馬捧着美玉呈上座前說：「美玉還是過去的老樣子，但寶馬的牙齒就有些老化了。」

曾子易簀　《禮記》

本篇導讀——

《禮記》四十九篇，彙輯周秦漢初儒家後學所記的説禮文獻，西漢戴聖編訂。《禮記》專門探討先秦的政教禮俗、典章制度、學術思想及道德倫理等。跟《周禮》、《儀禮》合稱三禮，都是重要的經學著作。〈檀弓〉分上、下兩篇，屬通論之類，記載了很多歷史人物的言行故事，藉以反映孔門弟子對禮學理論的探討和實踐，其中有關士喪禮的篇章尤多，反映禮制的變遷及基本精神。具體作者不詳。

〈曾子易簀〉記載了曾子（公元前五〇五—前四三五）臨終前的一則小故事，他在昏睡病危之際，聽到家人的談話，忽然發現自己正躺在一張不合身份的牀席上。曾子堅持要馬上更換牀席，不想留下任何缺失，以求心之所安。牀席換過了，未幾曾子也去世了。曾子一生堅持正道，以生命見證真理，至死也要踐行不殆，無憾而終。

曾子寢[1]，疾病[2]。樂正子春坐於牀下[3]，曾元、曾申坐於足[4]，童子隅坐而執燭[5]。

童子曰：「華而睆[6]！大夫之簀與[7]！」子春曰：「止！」曾子聞之，瞿然而呼[8]。曰：「華而睆！大夫之簀與！」曾子曰：「然！斯季孫之賜也[9]，我未之能易也[10]，元起易簀！」曾元曰：「夫子之病革矣[11]！不可以變。幸而至於旦，請敬易之！」曾子曰：「爾之愛我也，不如彼。君子之愛人也以德，細人之愛人也以姑息[12]。吾何求哉？吾得正而斃焉，斯已矣！」舉扶而易之，反席未安而沒。

注釋

1 曾子：名參（粵：心；普：shēn），字子輿。魯國南武城（山東臨沂市平邑縣鄭城鎮）人，孔子晚年弟子，少四十六歲。能通孝道，相傳著《孝經》、《大學》等。

2 疾病：疾，病也，名詞。病，疾加也，意即加劇、惡化，動詞。疾病是主謂結構的詞組。標點或作「曾子寢疾，病」，「病」亦作動詞用法，但文意鬆散。《論語・子罕》：「子疾病，子路使門人為臣。」「疾病」連用，跟本文的語意完全一致。

3 樂正子春：樂（粵：岳；普：yuè）正子春，曾子弟子。

4 曾元、曾申：曾子的兩個兒子。

5 隅：牆角。

6 華而睆：華，華美。睆（粵：浣；普：huǎn），明亮。

7 簀（粵：責；普：zé）：用竹片蘆葦編成的牀墊。

8 瞿然而呼：瞿，驚視貌。呼，吹氣聲也。

9 斯：此也，指示代詞。季孫：魯國的卿大夫季孫氏，世為魯卿，執掌國政。《論語》有〈季氏〉篇，即指季孫氏。

10 未之能易：即未能易之。之，指牀席，代詞。

11 革（粵：激；普：jí）：危急。

12 細人：小人。姑息：苟安，即包容和遷就。

譯文

曾子臥病在牀，病情加劇惡化。樂正子春坐在牀下，曾元、曾申坐在曾子的腳邊，童子坐在牆角，手中執掌燭火。

童子說：「多麼美麗而又明亮，這是大夫送來的牀墊啊！」子春說：「住口！」曾子聽見了，很害怕地驚喊出來。童子說：「多麼美麗而又明亮，這是大夫送來的牀墊啊！」曾子說：「對了，這就是季孫氏賜給我的牀墊。我不能起身換牀墊，元兒扶我起來，要換掉牀墊。」曾元說：「父親的病情危急，現在不可以移動。最好等到天亮，我會好好地換牀墊的。」曾子說：「你愛我的心，不如那位童子。君子愛一個人，以道義為重；小人愛一個人，就只懂得包容和遷就。我還有甚麼要求呢？我能夠合乎正禮而死，這就滿足了。」曾元就扶他起來，換了牀墊，回到牀上還沒有躺好，曾子就去世了。

賞析與點評

本文敍事簡潔明快，以對話為主。主要圍繞着曾子臨終前堅持要換掉用錯了不合身份的牀墊一事。曾子的家人及弟子守護在側，不想驚動曾子，但童言無忌，最後竟由掌燈的童子一再指出這是一張特別華美漂亮的牀墊，其他人也禁止不住了。曾子知道以後，就憑着最後的一口氣，一方面表現堅持正道的勇氣，同時也教育子弟做事不能姑息，一定要矯正錯誤。曾子平日主張「吾日三省吾身」、「任重而道遠」、「臨大節而不可奪」等，臨死也不能有絲毫鬆懈，這就是身教了。

不過，本文也留下了一些疑點，既然牀墊代表了大夫的身份，那麼當日季孫氏賞賜給曾子，曾子為甚麼不拒收呢？收下了又該怎樣處理這張牀墊呢？從童子驚叫誇張的語氣來看，他應該是首次看到牀墊，那麼拿出來給曾子臨終前躺着，這又是誰的主意呢？樂正子春想禁止童子說話，難道這是他的主意，並想藉此提高曾子的身份嗎？這些疑點我們當然無法一一弄清了，難免會貽人口實，質疑曾子的操守，做人處事可不慎哉！

公子重耳對秦客

《禮記》

本篇導讀——

〈公子重耳對秦客〉藉弔唁為名，上演了一齣秦晉外交的攻防戰。公元前六五一年，晉獻公逝世，而太子申生亦已自殺早逝，晉國無主，群公子爭立。公子重耳是獻公次子，地位最為尊貴，可是流亡在外，羽翼未豐，亦不敢藉父喪以取國。秦穆公故意派人去試探公子重耳，希望了解他對繼位的盤算。而重耳聽了舅犯的意見，在使者面前表現出對父親無私的敬愛，盡孝守禮，並不圖謀個人的利益，從而贏得了秦穆公的好感，成就了日後有名的秦晉之好。

晉獻公之喪[1]，秦穆公使人弔公子重耳[2]，且曰：「寡人聞之[3]：亡國恆於斯[4]，得國恆於斯。雖吾子儼然在憂服之中[5]，喪亦不可久也[6]，時亦不可失也。

孺子其圖之[7]！」

以告舅犯[8]。舅犯曰：「孺子其辭焉！喪人無寶，仁親以為寶。父死之謂何？又因以為利，而天下其孰能說之[9]？孺子其辭焉！」公子重耳對客曰：「君惠弔亡臣重耳，身喪父死，不得與於哭泣之哀[10]，以為君憂。父死之謂何？或敢有他志，以辱君義[11]。」稽顙而不拜[12]，哭而起，起而不私[13]。

子顯以致命於穆公[14]。穆公曰：「仁夫公子重耳[15]！夫稽顙而不拜，則未為後也，故不成拜。哭而起，則愛父也。起而不私，則遠利也[16]。」

注釋

1 晉獻公：姓姬氏，名詭諸，在位二十六年（公元前六七六—前六五一）。喪：喪事。喪（粵：桑；普：sāng），解喪事、喪葬，讀平聲。喪有平、去兩讀，解喪失、失去，讀去聲。

2 秦穆公：姓嬴氏，名任好，在位三十九年（公元前六五九—前六二一）。春秋五霸之一。重耳：即晉文公（公元前六九七—前六二八），獻公次子。公元前六五五年出奔翟，流亡在外十九年。公元前六三六年，秦穆公派軍隊護送重耳歸國即位，時年六十二歲，在位九年卒。春秋五霸之一。

3 寡人：諸侯自稱謙辭。

4 亡國恆於斯：亡國，失去權位。恆，往往。斯，此刻。指現在是權位交替的時刻。

5 儼然：神情肅穆的樣子。

6 喪亦不可久也：喪（粵：桑，高去；普：sàng），失位，指離開晉國不能過於長久。當時重耳已經流亡在外四年了。下文「喪人」、「身喪父死」亦指失位之人，音同，亦讀去聲。

7 孺（粵：預；普：rú）子：小子，指公子重耳。

8 舅犯：重耳的舅舅子犯，即狐偃，晉大夫。

9 說之：解說清楚。

10 與（粵：預；普：yù）：參與。

11 辱：辜負。

12 稽顙（粵：啓爽；普：qǐ sǎng）：古代居喪時跪拜賓客之禮，以額觸地，表示極度哀痛。

13 私：私下交談。

14 子顯：顯當作縶，即公子縶，秦穆公派來的使者。致命：覆命。

15 仁夫（粵：符；普：fú）：仁愛之人啊。下文「夫」字音同。

16 遠利：遠（粵：願；普：yuàn），動詞，指避開得國嗣位的利益。遠有上、去兩讀，遠近之遠（粵：軟；普：yuǎn）讀上聲，形容詞。普通話只有上聲一音。

譯文

晉獻公死了，秦穆公派人弔唁公子重耳，還留話說：「我感覺到，失去權位往往就在這個時刻，得到權位往往也在這個時刻。雖然先生神情肅穆，還穿着憂戚的喪服，但離開晉國不能過於長久，這樣的時機也不能輕易失掉，公子您要好好為自己打算了。」

重耳告訴了舅舅子犯。子犯說：「公子您要謝絕秦王啊！失位的人，沒有甚麼本錢，仁愛孝親就是最重要的本錢。父親死了又怎樣呢？還要利用這個機會圖謀利益，哪能向天下人解說清楚呢？公子您要謝絕秦王啊！」公子重耳對賓客說：「君王大恩，弔唁流亡在外的重耳，自己失位了，父親又死了，不能參與喪禮致哀的禮儀，有勞君王為我憂心。父親死了又怎樣呢？哪裏還敢有其他意圖，以辜負君王弔唁的好意呢？」重耳以額觸地，卻不拜謝賓客，哭着站起來，起來後不再跟使者私下交談了。

子顯向秦穆公覆命。穆公說：「公子重耳真是仁愛之人啊！他以額觸地，卻不拜謝賓客，明顯沒有當嗣君的打算，也就不必拜謝賓客了。哭着站起來，這是孝愛父親的真情流露了。起來後不再跟使者私下交談，這是為了避開得國嗣位的利益啊。」

賞析與點評

本文以晉獻公的喪禮為場景，分寫兩個不同陣營的對話，其實也表現出不同的算計方式。全文分三段。首先是秦穆公派人刺探重耳對繼位的意圖，所謂「亡國恆於斯，得國恆於斯」，得失之間，在於把握機會，實在是很大的誘惑，重耳確實是有點動心了。次段是舅犯跟重耳的對話，其中「喪人無寶，仁親以為寶」就是要為重耳塑造「仁君」的形象，所以一再叮囑重耳「孺子其辭焉」，就是不要在秦穆公面前表現出有任何的圖謀。而重耳藉喪禮把「稽顙而不拜，哭而起，起而不私」的程式演繹了一遍，一氣呵成，無懈可擊，真是孺子可教。更妙的是末段秦穆公陣營的解讀方式，認同了重耳「仁夫」的永恆形象。戲假情真，亦真亦幻，不但打動了秦穆公，同時也寫出了文章的妙諦，遊走於不同的時空之中，活靈活現，多彩多姿。

鄒忌諷齊王納諫

《戰國策》

本篇導讀——

《戰國策》三十三卷，簡稱《國策》，原是戰國時期遊說之士的策謀和言論，以及諸國的史料，分別由各國的史官或策士輯錄匯編。初有《國策》、《國事》、《事語》、《短長》、《長書》、《修書》等名。西漢劉向（公元前七七—前六）彙輯整理成書，按當時的國別，分為東周、西周、秦、齊、楚、趙、魏、韓、燕、宋、衛、中山十二國，作品約五百篇。東漢高誘注。宋人曾鞏（一〇一九—一〇八三）做了補注。過去戰國時代以周威烈王二十三年（公元前四〇三）韓、趙、魏三家分晉列為諸侯起計，至秦始皇統一六國止（公元前二二一）。現在則多從周元王元年（公元前四七五）起計，前後二百五十四年。當時列強爭霸，講究權變和謀略，才智勇武之士，乘時崛起，出謀獻策，縱橫捭闔，辭鋒縱恣，各有精彩的言論和行動。《戰國策》文章生動活潑，富有表現能力，議論尤為深刻，也是學習寫作的良好範本。

〈鄒忌諷齊王納諫〉是一篇幽默小品。鄒忌是一個美男子，照鏡自賞，更聽到妻妾及友人的讚美，認定自己是天下最美的人。有一天鄒忌遇到了齊國著名的美男子徐公，自歎弗如，才發現原來他被自己或別人騙了。這本來只是一則無中生有的小故事，但作者卻用這個小故事來勸諫齊威王，叫他不要被宮婦左右及大臣蒙蔽，而是廣開言路，吸納各方面的意見，改善施政。後來齊國大治，諸侯來朝，不費兵卒，使齊國在政治上的表現優於其他國家，這就是本文「戰勝於朝廷」的基本理念。一切反求諸己，只是一念之間，而整個世界也就變得完全不一樣了。

鄒忌脩八尺有餘[1]，而形貌昳麗[2]。朝服衣冠[3]，窺鏡，謂其妻曰：「我孰與城北徐公美[4]？」其妻曰：「君美甚，徐公何能及君也！」城北徐公，齊國之美麗者也。忌不自信，而復問其妾曰：「吾孰與徐公美？」妾曰：「徐公何能及君也？」旦日，客從外來，與坐談，問之：「吾與徐公孰美？」客曰：「徐公不若君之美也！」

明日，徐公來。孰視之[5]，自以為不如；窺鏡而自視，又弗如遠甚。暮寢而思之曰：「吾妻之美我者，私我也[6]；妾之美我者，畏我也；客之美我者，欲有求於我也。」

注釋

1 鄒忌：《史記》作騶忌子，戰國齊人，善鼓琴，美儀容，是一位有才幹的賢大臣。

2 形貌昳麗：貌，原作皃，異體字，音義相同。昳（粵：日；普：yì），高誘注：「昳，讀曰逸。」訓為特出。又音 dié（粵：秩），日側也，則有光豔意。

3 朝服：朝，早上。服，穿着。

4 孰：哪一個。

5 熟視：認真審視。

6 私：親愛，偏愛。

譯文

鄒忌身高八尺多，容貌特出靚麗。早上穿戴好衣服帽子，照着鏡子，對他的妻子說：「我跟城北徐公相比，到底哪一個美貌呢？」他的妻子說：「夫君很美啊，徐公哪能比得上夫君呢？」住在城北的徐公，是齊國以美貌著稱的男子。鄒忌沒有自信，於是再問他的小妾：「我跟徐公哪一個美貌呢？」小妾說：「徐公哪能比得上夫君呢？」隔一天，有友人從外地來看他，跟友人坐下來談話，鄒忌問：「我跟徐公哪一個美貌呢？」友人說：「徐公比不上先生美貌啊！」

第二天，徐公來了。鄒忌認真審視徐公，自認比不上他。照鏡再看看自己的樣貌，發現更加比不上徐公了。晚上睡覺再思考這個問題，說：「妻子認為我是美貌的，只是偏愛我。小妾認為我是美貌的，只是害怕我。友人說我美貌，看來是想求我幫忙了。」

於是入朝見威王曰[1]：「臣誠知不如徐公美。臣之妻私臣，臣之妾畏臣，臣之客欲有求於臣，皆以美於徐公。今齊地方千里，百二十城，宮婦左右，莫不私王；朝廷之臣，莫不畏王；四境之內，莫不有求於王。由此觀之，王之蔽甚矣[2]。」王曰：「善。」

乃下令：「群臣吏民，能面刺寡人之過者[3]，受上賞。上書諫寡人者，受中賞。能謗議於市朝[4]，聞寡人之耳者，受下賞。」令初下，群臣進諫，門庭若市。數月之後，時時而間進[5]。期年之後[6]，雖欲言，無可進者。燕、趙、韓、魏聞之，皆朝於齊。此所謂戰勝於朝廷。

注釋

1 威王：齊威王，名因齊，在位三十七年（公元前三七八—前三四三）。《史記·六國年表》云：「自田常至威王，威王始以齊彊天下。」案方詩銘《中國歷史紀年表》載齊威王在位訂為（公元前三六五—前三二〇），公元紀年互有差異。

2 蔽：蒙蔽、欺瞞。

3 面刺：刺，舉也。面刺即面責。

4 謗議：放言曰謗，微言曰議。

5 間進：間（粵：諫；普：jiàn），即間中、間隙、隔一陣子。進，進諫。

6 期年：一年。

譯文

於是上朝謁見齊威王說：「我真的明白自己比不上徐公美貌。我的妻子偏愛我，我的小妾害怕我，我的友人想求我幫忙，都說我比徐公美貌。現在齊國疆域方圓一千里，有一百二十座城池，宮中的妃嬪和左右侍從，沒有一個不親愛大王的；朝廷的臣子，沒有一個不畏懼大王的；全國上下，沒有一個不是有求於大王的。由此看來，大王受蒙蔽一定很厲害了！」齊威王說：「說得很好。」

於是齊威王下令說：「所有臣子官吏百姓，如果能夠當面指出我的缺失的，會得到上等的賞賜；上書規諫我的缺失的，會得到中等的賞賜；能在市集中評論我的過失，並能傳到我耳朵中的，會得到下等的賞賜。」命令剛頒下來的時候，很多臣子都來進言，有所批評，宮廷熱鬧得就像市集一樣。幾個月過後，往往要隔一陣子才有人來進諫。一年以後，想提出意見的人，也都無話可說了。燕、趙、韓、魏幾個鄰國聽到了，都來朝見齊威王。這就是內政修明，不需要用兵就能戰勝其他國家了。

賞析與點評

鄒忌將兩個看起來完全沒有關係的話題放在一起，一是審美，一是治國，竟然生出微妙的化學作用。原來不聽假話，就不會被蒙騙；忠言逆耳，卻利於自我糾正。一切由朝廷自身做起，帶出治國的理念。看來也是一篇奇文了。

觸讋説趙太后

《戰國策》

本篇導讀——

〈觸讋説趙太后〉一事發生於趙孝成王元年（公元前二五六）。案「觸讋」之名，《史記·趙世家》作「觸龍」，《漢書·古今人表》中下列「左師觸龍」，近年馬王堆漢墓帛書《戰國策縱橫家書》亦作「觸龍」，可見「觸龍」才是正確的，不是「觸讋」。「讋」是將上下文「龍言」二字誤合為一字所致。「讋」字沿誤已久，積非成是，而本文也是大家所熟悉的名篇，改不了，也就不必改了。

趙太后新用事[1]，秦急攻之。趙氏求救於齊，齊曰：「必以長安君為質[2]，兵乃出。」太后不肯，大臣強諫[3]。太后明謂左右：「有復言令長安君為質者[4]，

老婦必唾其面[5]。」

左師觸讋願見太后[6]。太后盛氣而揖之[7]。入而徐趨，至而自謝曰[8]：「老臣病足，曾不能疾走[9]。不得見久矣，竊自恕[10]，而恐太后玉體之有所郄也[11]，故願望見太后。」太后曰：「老婦恃輦而行[12]。」曰：「日食飲得無衰乎？」曰：「恃鬻耳[13]。」曰：「老臣今者殊不欲食，乃自強步，日三、四里，少益耆食，和于身也。」太后曰：「老婦不能。」太后之色少解。

左師公曰：「老臣賤息舒祺[14]，最少，不肖。而臣衰，竊愛憐之，願令得補黑衣之數[15]，以衛王宮。沒死以聞[16]。」太后曰：「敬諾。年幾何矣？」對曰：「十五歲矣。雖少，願及未填溝壑而託之[17]。」太后曰：「丈夫亦愛憐其少子乎？」對曰：「甚於婦人。」太后笑曰：「婦人異甚[18]！」對曰：「老臣竊以為媼之愛燕后賢于長安君。[19]」曰：「君過矣，不若長安君之甚。」左師公曰：「父母之愛子，則為之計深遠。媼之送燕后也，持其踵[20]，為之泣，念悲其遠也，亦哀之矣。已行，非弗思也，祭祀必祝之，祝曰：『必勿使反[21]！』豈非計久長，有子孫相繼為王也哉？」太后曰：「然。」

左師公曰：「今三世以前，至於趙之為趙，趙主之子孫侯者，其繼有在者乎？」曰：「無有。」曰：「微獨趙[22]，諸侯有在者乎？」曰：「老婦不聞也。」「此其近者禍及身，遠者及其子孫。豈人主之子孫，則必不善哉？位尊而無功，奉厚而無勞[23]，而挾重器多也[24]。今媼尊長安君之位，而封之以膏腴之地，多予之重器，而不及今令有功於國。一旦山陵崩[25]，長安君何以自託於趙？老臣以媼為長安君計短也，故以為其愛不若燕后。」太后曰：「諾！恣君之所使之！」於是為長安君約車百乘[26]，質於齊，齊兵乃出。

注釋

1 趙太后：趙惠文王威后，是一位開明的太后。《史記．趙世家》云：「孝成王元年，秦伐我，拔三城。趙王新立，太后用事，秦急攻之。」

2 長安君：太后少子，孝成王封母弟長安君於饒，即饒陽（河北饒陽縣）。長安君乃稱號。質：人質。

3 強（粵：襁；普：qiǎng）：硬要、勉強。

4 復言：復，再次，第二次，副詞。復言即再說。

5 唾：唾液，口水。這裏用作動詞，吐也。

6 觸讋（粵：接；普：zhé）：讋為失氣，畏懼，即有所顧忌，不能理直氣壯之意。本文正確的版本應該是「左師觸龍言」，言，說也。

7 盛氣：臉色很緊張。
8 謝：道歉。
9 曾（粵：層；普：céng）：乃也，已經，連詞。
10 竊自恕：竊，私下，謙詞。全句意即寬恕自己久不來見的失禮。
11 郄（粵：隙；普：xì）：同「郤」，嫌隙，指身體違和，狀況不太好。
12 輦：用人力拉挽的車，後來多指帝后妃子所乘坐的車。
13 鬻：同粥，用米、麵等煮成稠狀的半流質食品。
14 賤息：猶言賤子，小孩的謙稱。舒祺，名也，觸讋之子。
15 黑衣之數：戎服，指衞士。數，名額，即差事。
16 沒死以聞：沒，沉溺之辭。沒死，冒死。聞，奏聞。
17 填溝壑：埋骨於山野，一般人死亡的代稱。
18 婦人異甚：婦女疼愛孩子可更厲害啊！
19 媼：稱呼老人家，母別名也。此處指趙太后。燕（粵：煙；普：yān）后：太后之女，嫁去燕國。
20 踵：腳後跟，此處指跟隨。
21 必勿使反：反，同「返」，大歸。失意於燕國才會回到本國，故祝她不要回來。

22 微：猶非、無，不也，否定之詞。
23 奉：或作「俸」，俸祿。
24 重器：謂名位金玉，都是珍寶。
25 山陵崩：帝后去世曰崩。山陵乃崇高之意。
26 約：具也，即準備。

譯文

趙太后剛當政，秦國馬上就來攻打趙國，趙國向齊國求救。齊國說，一定要派長安君來當人質，才會出兵。太后不肯答應，大臣都極力勸諫。太后很清楚的告訴大臣說：「有人敢再說要派長安君作人質的，我這個老太婆一定會用唾液吐他的臉。」

左師觸讋說要見太后。太后臉色很緊張的跟他作揖行禮。觸讋進來後慢慢地走，到太后跟前道歉說：「老臣的腳有毛病，已經不能快走了，很久都沒有來見太后了。私下我自己寬恕自己，只怕太后的身體違和，所以希望來求見太后。」太后說：「老太婆現在要讓人拉車代步了。」觸讋問：「每天的飲食沒有減少吧？」太后說：「靠吃點粥吧。」觸讋：「老臣現在都不想吃東西了，還逼自己走路，每天走三四里，可以增加一點食欲，用來調和身體。」太后說：「老太婆做不到了。」太后的臉色有點兒放鬆了。

左師公說：「老臣的小孩叫舒祺，年紀最輕，就是不長進；而我年老體弱，私下還是很喜歡他的，希望他能補上一個衛士的名額，可以守衛王宮。就冒死向太后奏聞了。」太后說：「好的，現在幾歲了？」回答說：「十五歲了。年紀小了一點，希望趁我還沒埋骨於山野，拜託太后成全了。」太后說：「男人也會疼愛他的小兒子嗎？」回答說：「比婦女還要厲害的。」太后笑着說：「婦女疼愛孩子可更厲害啊！」回答說：「老臣個人認為老太太疼愛燕后，比長安君愛得更多。」太后說：「先生錯了，跟長安君比差太多了。」左師公說：「父母疼愛子女，會為他作長遠的打算。老人家送燕后出嫁，跟隨她的腳步，為她嫁得太遠而傷心，可說是很關心她了。到她走了，並非不再思念她呀，祭祀時一定為她祝禱，禱告說：『一定不要讓她回來啊。』這不是為她作長期打算，希望生下子孫可以世代繼位為王嗎？」太后說：「對啊！」

左師公說：「現在回看三代之前，就從趙國的情況來看吧，趙國國君的子孫封侯的，他的繼承者還在嗎？」太后說：「沒有。」問：「不單是趙國，諸侯的繼承者還在嗎？」太后說：「老太婆沒聽過了。」「這是因為近的禍害及身而見，遠的就會在子孫身上應驗。難道國君的子孫，一定都不好嗎？地位尊崇沒有任何功績，俸祿豐厚卻沒有付出勞力，但佔有太多的珍寶。現在老人家很重視長安君的地位，封給他的都是富饒肥沃的土地，並送給他很多珍寶，可是卻不盡快令他能為國立功。萬一老人家不在了，長安君又靠甚麼在趙國立足呢？老臣認為老人家為長安君的打算並不夠，所以覺得愛長安君比不上愛燕后的深遠。」太后說：「好吧！就依先生的安排去做。」於是為長安君準備了一百輛車駕，到齊國做人質，齊國才出兵救趙。

賞析與點評

本文是一篇遊說文章。因為趙太后拒諫，觸讋於是採用了一種閒話家常的方式，迎合太后的話題，先由切身的健康及兒女談起，等大家熟絡及情緒穩定以後，才分析利害，曉以大義，處處為對方着想，使對方明白，並能接受自己的建議。如果大家一見面就對着幹，堅持各自的立場，我想甚麼都不用談了。因此，無論是國際上領土的爭端，或是兩黨政制的爭議，如果不能了解對方的需要，不能得到彼此的信任，不肯妥協，恐怕永遠都是僵局。

除了出色的遊説技巧之外，觸讋亦能察言觀色，掌握太后的情緒變化。他們完全不談長安君當人質的事件，卻順利地解決了這個僵局，也是妙文了。

李斯諫逐客書

李斯

本篇導讀——

李斯（？——公元前二〇八），楚國上蔡（河南上蔡縣西南）人，從荀子學帝王之術。入秦初為呂不韋舍人，其後向秦王獻策，吞滅六國，乃拜為長史、客卿，進位丞相。李斯協助秦始皇實行郡縣制，制作禮儀，規定法度律令，統一車軌、文字及度量衡制度，規劃中國統一的全局，大有貢獻。秦始皇在沙丘台（河北邢台市）駕崩，李斯與趙高合謀偽造遺詔，逼始皇長子扶蘇自殺，殺害大將蒙恬，擁立秦二世胡亥即位；後為趙高所陷害，被腰斬於咸陽市，且夷三族。

著有《蒼頡篇》，今有輯本。

李斯入秦，深受器重，獲拜為長史、客卿。秦王政十年（公元前二三七），韓國派出水工鄭國遊說秦國，修渠灌溉，耗費人力，減少用兵機會。秦國的宗室大臣建議驅逐客卿，而李斯也在被逐的名單內，因而上書論辯，認為秦王要統一天下，一定要廣納人才，由此正反論述，利害並舉，申明效忠之誠，立意高遠，構成了大一統的願景。其中金句「夫物不產於秦，可寶者多；士不產於秦，而願忠者眾。」筆鋒凌厲，擲地有聲，千載以下，還是虎虎有生氣的。

本文錄自《史記》的〈李斯列傳〉，《文選》題作〈上秦始皇書〉。《古文觀止》所錄異文亦多，斟酌採用。

秦宗室大臣皆言秦王曰[1]：「諸侯人來事秦者，大抵為其主游間於秦耳[2]，請一切逐客。」李斯議亦在逐中。斯乃上書曰：

「臣聞吏議逐客，竊以為過矣。昔穆公求士[3]，西取由余於戎[4]，東得百里奚於宛[5]，迎蹇叔於宋[6]，來丕豹、公孫支於晉[7]。此五子者，不產於秦，而穆公用之，并國二十[8]，遂霸西戎。孝公用商鞅之法[9]，移風易俗，民以殷盛，國以富強，百姓樂用，諸侯親服，獲楚、魏之師[10]，舉地千里，至今治強。惠王用張儀之計[11]，拔三川之地[12]，西并巴蜀，北收上郡[13]，南取漢中，包九夷，制鄢、郢[14]，東據成皋之險[15]，割膏腴之壤，遂散六國之從[16]，使之西面事秦，功施到今。昭王得范雎[17]，廢穰侯[18]，逐華陽[19]，彊公室，杜私門[20]，蠶食諸侯，使秦成帝業。

此四君者，皆以客之功。由此觀之，客何負於秦哉！向使四君卻客而不內[21]，疏士而不用，是使國無富利之實，而秦無強大之名也。

「今陛下致昆山之玉[22]，有隨、和之寶[23]，垂明月之珠，服太阿之劍[24]，乘纖離之馬[25]，建翠鳳之旗，樹靈鼉之鼓[26]：此數寶者，秦不生一焉，而陛下說之，何也？必秦國之所生然後可，則是夜光之璧，不飾朝廷；犀象之器，不為玩好；鄭衛之女，不充後宮[27]；而駿良駃騠[28]，不實外廄；江南金錫不為用；西蜀丹青不為采。所以飾後宮，充下陳[29]，娛心意，說耳目者，必出於秦然後可，則是宛珠之簪[30]，傅璣之珥[31]，阿縞之衣[32]，錦繡之飾，不進於前，而隨俗雅化，佳冶窈窕[33]，趙女不立於側也。

「夫擊甕叩缶[34]，彈箏搏髀[35]，而歌呼嗚嗚快耳者，真秦之聲也；鄭衛桑間、韶虞武象者[36]，異國之樂也。今棄擊甕叩缶而就鄭衛[37]，退彈箏而取韶虞，若是者何也？快意當前，適觀而已矣。今取人則不然，不問可否，不論曲直，非秦者去，為客者逐，然則是所重者在乎色樂珠玉，而所輕者在乎人民也[38]。此非所以跨海內、制諸侯之術也[39]。

「臣聞地廣者粟多，國大者人眾，兵彊則士勇。是以泰山不讓土壤，故能成其大；河海不擇細流，故能就其深；王者不卻眾庶，故能明其德。是以地無四方，民無異國，四時充美，鬼神降福。此五帝、三王之所以無敵也[40]。今乃棄黔首以資敵國[41]，卻賓客以業諸侯，使天下之士退而不敢西向，裹足不入秦，此所謂『藉寇兵而齎盜糧』者也[42]。

「夫物不產於秦，可寶者多；士不產於秦，而願忠者眾。今逐客以資敵國，損民以益讎，內自虛而外樹怨於諸侯，求國無危，不可得也。」秦王乃除逐客之令，復李斯官。〔卒用其計謀，官至廷尉。〕

注釋

1 秦王：秦始皇嬴政（公元前二五九—前二一〇），生於趙國。十三歲即位。秦王政二十六年（公元前二二一），秦滅六國而統一全國，改稱始皇帝。定都於咸陽（陝西咸陽市）。三十七年死於沙丘台，年五十。

2 抵：《文選》作「祇」。游：奔走，混入。閒：即「間」，間諜。

3 穆公：秦穆公，嘗助晉文公（重耳）復國，春秋五霸之一。

4 西取由余於戎：由余，其先本晉人，因避亂逃到西戎，為戎王使秦。穆公以計使戎王懷疑由余私通秦國，由余降秦。

5 東得百里奚於宛：百里奚，楚國宛（河南南陽市）人。做過秦穆公夫人的陪嫁僕人，逃走回到宛地，為楚鄙人所執。秦穆公以五羖羊（黑色公羊）皮贖之，授以國政。為相七年，協助秦穆公稱霸。

6 **迎蹇叔於宋**：蹇（粵：趼；普：jiǎn）叔，岐州（陝西鳳翔縣南）人，遊宋。百里奚推薦蹇叔，秦穆公使人以厚幣迎之，授以上大夫。

7 **來丕豹、公孫支於晉**：《史記》、《文選》作「來」，《古文觀止》作「求」。丕豹，晉人丕鄭之子，晉惠公殺丕鄭，丕豹奔秦。公孫支，即秦大夫子桑，岐州人，嘗遊晉，後歸秦，曾勸穆公輸粟賑晉。

8 **并國二十**：《文選》作「并國三十」，數字不同，但都是說明吞併了很多小國。《史記・秦本紀》：「穆公用由余謀，伐戎王，益國十二，開地千里，遂霸西戎。」合計五子之功，自然超過二十了。

9 **孝公用商鞅之法**：秦孝公（渠梁，公元前三八一——前三三八），在位二十四年（公元前三六一——前三三八）。商鞅（粵：快；普：yāng，舊音 yǎng）（？——公元前三三八），衛人，亦稱衛鞅、公孫鞅，相秦孝公，定變法之令，改賦稅之法，重農抑商，濫用酷刑。因在河西之戰中立功，獲封之於（河南內鄉縣）、商（陝西商洛市）十五邑，號為商君。

10 **獲楚、魏之師**：孝公十年，商鞅率兵圍攻魏之安邑（山西夏縣），降之。二十二年南侵楚，復擊魏，魏割河西之地以和。

11 **惠王用張儀之計**：秦惠文王（駟，公元前三五六—前三一一），在位二十七年（公元前三三七—前三一一）。張儀（？—公元前三〇九），戰國魏人，與蘇秦（？—公元前二八四）同學於鬼谷子，秦惠王任為相，遊說六國連橫事秦。

12 **拔三川之地**：秦莊襄王元年（公元前二四九）初置三川郡，治所在雒陽（河南洛陽市東北），或說滎陽（河南滎陽市東北）。三川指黃河、洛水、伊水，即河南黃河兩岸之地。

13 **北收上郡**：秦惠王十年，魏國獻上郡十五縣予秦，郡治膚施縣（陝西榆林市南）。

14 **制鄢、郢**：制，控制。鄢（湖北宜城市東南）、郢（湖北江陵縣西北），先後是楚國的都城。秦昭王二十八、二十九年（公元前二七九—前二七八），白起（？—公元前二五七）率軍深入楚國攻陷鄢、郢等地，奪得大量土地。

15 **東據成皋之險**：成皋（河南滎陽市北上街區），古東虢國地，又名虎牢。

16 **從**：即合縱連橫之縱，指六國合力抗秦的策略。

17 **昭王得范雎**：秦昭王（稷，公元前三二五—前二五一），在位五十六年（公元前三〇六—前二五一）。范雎（粵：狙；普：jū）（？—公元前二五五），戰國魏人，秦昭王相，提出遠交近攻的策略，封應（河南平頂山市寶豐縣西南）侯。

18 穰侯：穰（粵：羊；普：ráng）侯即魏冉，昭王母宣太后異父之弟，楚人。四任秦相，專權擅政，戰功卓著，威震諸侯。封於穰（河南鄧州市），後以奢侈過度，范雎建議昭王將宣太后、魏冉、涇陽君、高陵君等遷往關外封邑。

19 逐華陽：芈（粵：美；普：mǐ）戎（？——公元前二六二），昭王母宣太后同父之弟，楚人。入秦任將軍及左丞相，封華陽（河南新密市）君，後又封於新城（河南襄城縣）。與穰侯結納，范雎說昭王逐之關外。

20 杜私門：杜，塞也，杜絕。私門，權臣之門，這裏指穰侯、華陽君等。

21 不內：內（粵：衲；普：nà），納也。「不內」或作「弗納」。

22 致昆山之玉：致，招致。昆山，即昆岡，崑崙山，或指和闐，均以產玉著名。

23 隨、和之寶：《文選》作「和、隨之寶」。隨，即隋侯，救過一條大蛇，大蛇於江中銜珠以報，後珠名曰隋侯之珠。和，指卞和，發現和氏璧。

24 服太阿之劍：服，佩帶。太阿，名劍，相傳楚王召歐冶子、干將鑄鐵劍三枚，其二曰太阿。

25 纖離之馬：纖離，良馬之名。

26 樹靈鼉之鼓：樹，設置。鼉（粵：駝；普：tuó），或作「鱓」，音同。形似鱷魚，皮可製鼓。

27 鄭衛之女，不充後宮：《史記》作「鄭衛」，《文選》作「趙衛」，《古文觀止》作「鄭魏」，各本不同，並不影響文意。充，藏也。

28 駿良駃騠：《史記》、《文選》俱作「駿良」，《古文觀止》作「駿馬」。駃騠乃北狄良馬之名。

29 下陳：後列，指姬妾所在的位置。

30 宛：即南陽，產珠玉，可配簪飾。

31 傅璣之珥：傅，附着，鑲嵌。璣，不圓的珠子。珥，用珠子或玉石做的耳環。

32 阿縞之衣：阿，細繒，或指山東東阿縣所產繒帛。縞，白色生絹。

33 佳冶窈窕：佳冶，豔麗。窈窕，幽嫻貞靜。

34 擊甕叩缶：甕，汲瓶，陶器；缶，一種大腹小口的瓦器。秦人以為敲擊之樂。

35 彈箏搏髀：箏，原為五絃，秦蒙恬（？—公元前二一〇）改為十二絃，唐以後十三絃。搏，拍也。髀（粵：比；普：bì），大腿。搏髀即拍股為節。

36 鄭衛桑間、韶虞武象：鄭衛乃流行俗樂，桑間也是衛國的樂曲，代表衰世的音聲；而韶虞為舜樂，武象為周武王之樂，則屬盛世的樂曲。

37 今棄擊甕叩缶而就鄭衛：此句今依《史記》文。《文選》作「叩缶擊甕」，《古文觀止》只有「擊甕」，刪去「叩缶」，或為遷就對仗之故。

38 而所輕者在乎人民也：《史記》、《古文觀止》均作「人民」，而《文選》則作「民人」。

39 跨海內：跨，跨越，監臨。海內，指天下。

40 五帝、三王：五帝指黃帝、顓頊、帝嚳、唐堯、虞舜。三王則指夏、商、周的開國之君，即禹、湯、文王及武王。

41 黔首：黔，黑也。秦謂民為黔首，以其頭黑也。即百姓。

42 藉寇兵而齎盜糧：藉（粵：席；普：jiè），借也。兵，武器。齎（粵：擠；普：jī），持送。

譯文

秦國宗室大臣都對秦王說：「各國諸侯的人來秦國當客卿的，大概是為他們的主子奔走做間諜窺探秦國的，請把他們全部趕走。」李斯也被談到並在驅逐的名單上。

李斯於是上書說：

「小臣聽說官員開會商議驅逐客卿，私下認為這是錯的。過去穆公招攬人才，西邊在戎人中得到由余，東邊在宛地得到百里奚，從宋國迎接蹇叔，從晉國招來丕豹、公孫支。這五個人，不是秦國人，穆公任用他們，吞滅了二十個國家，於是就稱霸於西戎了。孝公任命商鞅變法，改變了風尚習俗，人民得以致富興盛，國家也賴以富強了，百姓樂於為國效力，諸侯也歸順秦國，擊敗了楚國、魏國的軍隊，獲得千里的土地，到現在還保持着強大。惠王採納張儀的計策，奪得了三川的土地，西方兼併了巴蜀，北邊攻陷了上郡，南面取得漢中，融合眾多的夷族，控制了鄢、郢二都，東部佔據了險要的成皋，割走了肥沃的土地，也就挫敗了六國合縱的計劃，使諸侯國向西方歸順秦國，他的功勞一直影響到現在。昭王得到了范睢，廢掉了穰侯，驅逐了華陽君，加強政府的權力，制止了權臣的惡鬥，逐一併吞了諸侯國，使秦國完成統一的宏業。這四位君主啊，都善用客卿。從這點來看，客卿又怎會對不起秦國呢！假使這四位君主拒絕客卿，不肯接納他們，疏遠人才不任用他們，這樣就使國家沒有財富的實質，而秦國也沒有強大的威望了。

「現在皇上得到昆山的寶玉，又有隋侯珠、和氏璧這樣的珍寶，懸掛像明月似的夜光珠，佩帶太阿的寶劍，騎坐纖離這樣的好馬，豎立翠鳳羽飾的旗旗，設置靈鼉的皮鼓。這幾種寶物，秦國連一種都產不出來，但皇上卻喜歡得很，這是甚麼原因呢？如果說一定要秦國出產的才能用，那麼夜光的玉石，就不能裝點朝廷；犀角象牙的器物，就不能把玩；鄭衛的美女，就不能藏於後宮；駃騠良馬就不能養在馬房；江南的銅錫礦產不能用，西蜀的丹青顏料不能塗采。用來裝點後宮、廣充姬妾、爽心快意、愉悅耳目的所有這些，如果一定要秦國出產的才能使用，這樣南陽的珠簪、鑲着珠玉的耳環、白色生絹做的衣服、錦繡華美的飾物，便不能呈獻於面前，而時髦幽嫻、豔麗優雅的趙國美女都不能站在旁邊侍候了。

「那些擊打汲水瓶敲打瓦器，彈奏箏曲拍打大腿，而呼喊出嗚嗚之聲讓聽覺過癮的，才是傳統的秦國音樂；鄭衞及桑間流行的俗曲、虞舜的韶樂、武王的象舞等，都是外國的音樂。現在放棄了敲擊瓶瓦的傳統而聽賞鄭衞的俗樂，撤下了彈箏而選擇了虞舜的韶樂，像這樣做又為了甚麼呢？眼前馬上令人感到暢快，令人看得舒服就是了。現在用人卻不是這樣的標準，不理他是否合用，不論事件的對錯，不是秦國的人一定要走，身為客卿的都被驅趕。然則最值得珍惜的完全是聲色音樂珠寶玉石，而最受輕視的就是人民了。這不是用來監臨天下、控制諸侯的策略。

「小臣聽說地方廣大的產糧一定多，國家強大的人民也眾多，軍隊強悍的士卒都很勇敢。因此泰山不會嫌棄土堆，所以能顯得高大；河水海水不拒絕細弱的水流，所以能積聚深厚；王者不會捨棄眾多的庶民，所以能表現出他的仁厚。所以地無分東南西北四方，人民亦不分本國外國，四季都能充實完美，鬼神保祐賜福，這就是五帝三王天下無敵的原因所在了。現在放棄老百姓讓他們出走協助敵國，辭掉了客卿讓他們去為諸侯王創業，使天下的人才，卻步不再奔向西方，止步不再踏足秦國，這真是所謂的『借兵器給寇讎而送糧食給盜賊』了。「許多物產都不是秦國生產的，值得重視的卻很多；士人不一定是秦國人，但願意效忠的還有很多。現在驅逐客卿以支援敵國的建設，離棄人民以增強讎敵的勢力，先搞垮自己的內部，而且還跟外面的諸侯結怨，希望國家安然度過一切危機，這是不可能做到的。」秦王於是廢除驅逐客卿的命令，恢復了李斯的官職。

賞析與點評

白居易〈與元九書〉說：「文章合為時而著，歌詩合為事而作。」能配合時事，有為而作的，自然都是好作品。這是鐵一般的定律，千古不易。李斯在秦國當客卿，正當扶搖直上、前途大有可為的時候，忽然收到逐客令，自然飽受冤鬱，要將一腔怒火和怨氣傾泄出來，化為文章。這時候直抒胸臆，盡情傾訴自己所遭受的不幸，已足以感人了。但李斯是聰明人，他知道上書的對象是當代最有權力的秦王，因此，他完全不談個人的進退，只是圍繞着秦國的利害來考慮問題，說明客卿對秦國貢獻之大，不能說趕走就趕走。

本文是議論文，主題是辯論逐客恰當與否。因為道理就在李斯一方，自然氣酣墨飽，理據充足，一氣呵成了。

雖然是兩千多年前的古文，本文仍然適用於今天。例如香港本身就是一個移民社會，一個缺乏資源的地方，幾乎沒有任何的出產，其實就是靠不斷湧入的人才來支持，只不過有人來得早些，有人遲些而已。香港人應該互相包容，更不能有排外的想法。其他如美國、加拿大、澳洲、紐西蘭等，又何嘗不是移民社會呢？秦國能夠借用列國的人才，日益壯大，就是一個很好的證明了。陳耀南《古文今讀續編》論云：「論李斯〈諫逐客書〉，而知不卻眾材，有容乃大。」自是揭出重點所在。

卜居

《楚辭》 屈原

本篇導讀——

《楚辭》，泛指楚國人的文辭，西漢劉向（公元前七七—前六）編訂為《楚辭》一書，因以為名。王逸《楚辭章句》收錄屈原（公元前三三九？—前二七八）〈離騷〉、〈九歌〉、〈天問〉、〈九章〉、〈遠遊〉、〈卜居〉、〈漁父〉，另收宋玉〈九辯〉、〈招魂〉、屈原或景差〈大招〉、賈誼（公元前二〇〇—前一六八）〈惜誓〉、淮南小山〈招隱士〉、東方朔〈七諫〉、嚴忌〈哀時命〉、王褒〈九懷〉、劉向〈九歎〉、王逸〈七思〉，共十七卷，擴大了範圍，也包括了漢代的作品。

屈原，名平，生於丹陽（湖北秭歸縣）。戰國時楚國的王族，嘗任左徒和三閭大夫。早期深得楚懷王的信任，後來遭受權貴及小人的讒言，漸見疏遠了，還被放逐到漢北，即漢水上游一帶的山區。懷王入秦不返，客死於秦國。頃襄王繼位，又把屈原放逐到江南地區。屈原徘徊沅湘之間，作〈九歌〉、〈九章〉等以明志。其後郢都（湖北江陵縣西北）被攻破，而屈原亦自投汨羅江而死。嘗著〈離騷〉等。〈卜居〉、〈漁父〉相傳為屈原所作，尚有爭議。

屈原第一次放逐是在楚懷王二十五年（公元前三〇四），本文大約寫於三年之後。卜居，問的是居處，也就是請教處世的方法。屈原忠心愛國，關心時局，卻得不到楚懷王的信任，還被放逐到漢北，遠離郢都，內心的苦悶可想而知。在這人生最低迷的時候，屈原也免不了想藉占卜釋疑，尋求精神指引。所謂「孰吉孰凶？何去何從？」其實屈原心中早就對進退有了答案，而這也是不可以逆轉的意向。太卜鄭詹尹明白屈原的處境，也就不必問卜了。所以本文寫的，只是無端醞釀的一場煩惱，借題發揮，宣泄感情而已。過去有人懷疑本篇不是屈原的作品，只是前人根據屈原的生平事跡加以仿作，是以用旁觀者的口吻敘事，迄今尚無定論。

屈原既放，三年不得復見。竭知盡忠，而蔽鄣於讒[1]。心煩慮亂，不知所從。乃往見太卜鄭詹尹，曰：「余有所疑，願因先生決之。」詹尹乃端筴拂龜[2]，曰：「君將何以教之？」

屈原曰：「吾寧悃悃款款朴以忠乎？將送往勞來斯無窮乎[3]？寧誅鋤草茆以力耕乎[4]？將遊大人以成名乎[5]？寧正言不諱以危身乎？將從俗富貴以媮生乎[6]？寧超然高舉以保真乎？將哫訾慄斯、喔咿嚅唲以事婦人乎[7]？寧廉潔正直以自清乎？將突梯滑稽、如脂如韋以絜楹乎[8]？寧昂昂若千里之駒乎？將氾氾若水中之鳧[9]，與波上下，偷以全吾軀乎？寧與騏驥亢軛乎[10]？將隨駑馬之跡乎？寧與黃鵠比翼乎[11]？將與雞鶩爭食乎[12]？此孰吉孰凶？何去何從？世溷濁而不清，蟬翼為重，千鈞為輕[13]；黃鐘毀棄[14]，瓦釜雷鳴；讒人高張[15]，賢士無名。吁嗟默默兮，誰知吾之廉貞！」

詹尹乃釋策而謝[16]，曰：「夫尺有所短，寸有所長，物有所不足，智有所不明，數有所不逮，神有所不通。用君之心，行君之意，龜策誠不能知此事。」

注釋

1 蔽鄣：蔽，遮蔽。鄣，同「障」，阻隔，障礙。

2 端策拂龜：端，擺正位置；策，蓍草；龜，龜甲；都是算卦之物。

3 勞（粵：路；普：láo，舊音 lào）來：慰勞來訪的人。

4 茆（粵：矛；普：máo）：同「茅」。

5 遊大人：遊，交結。大人指權貴。

6 媮（粵：俞；普：yú）：通「愉」，指安享富貴。

7 哫訾慄斯、喔咿嚅唲：哫（粵：竹；普：zú）訾，獻媚；慄斯，恭謹，奉承，故作小心之狀；喔咿嚅唲（粵：唉；普：ní），強顏歡笑。以事婦人：事，伺候。婦人或指楚懷王寵姬鄭袖。用現代的標準來說，此句亦有性別歧視之嫌。

8 突梯滑稽、如脂如韋：突梯，圓滑；滑（粵：骨；普：gǔ）稽，圓轉。脂，膏油；韋，熟牛皮。言圓滑而柔軟，暗喻毫無骨氣。絜楹：《文選五臣注》云：「絜楹，諂諛也。」

9 將氾氾若水中之鳧：氾氾，漂浮。鳧，野鴨。

10 亢軛：牛馬拉車時套在脖子上的轅木，引申為負重。

11 黃鵠：天鵝。

12 鶩：家鴨。

13 千鈞：三十斤為一鈞，千鈞三萬斤，極言其重。

14 黃鐘：黃鐘大而聲宏，為十二律之首，喻德高才逸的賢者。

15 高張：升官拜爵。

16 謝：懇辭。

譯文

屈原被放逐之後，已經三年了，還不能見到楚王。他耗盡了精神，忠於職守，可惜還是受到讒言的妨礙，心緒煩悶，思考混亂，不知道該往哪裏走，於是就去拜訪太卜鄭詹尹，說：「我心中有很多疑慮，希望先生能斷出吉凶。」詹尹於是擺正了蓍草，拂拭龜甲，說：「先生有甚麼賜教嗎？」

屈原說：「我寧願誠誠懇懇的樸實忠貞呢，還是送往迎來以虛耗日子？我寧願清除雜草努力耕種呢，還是巴結權貴以搏取名聲？我寧願講真話毫無避忌的以身犯險呢，還是隨從流俗安享富貴？我寧願振翅高飛來保存自我的真誠呢，還是諂媚奉承強顏歡笑去伺候婦人？我寧願清廉正直保持清白呢，還是油腔滑調柔弱婉曲以取悅於人？我寧願氣概軒昂像千里馬一樣呢，還是浮游無定像水中的野鴨，隨波上下偷生苟且？我寧願像駿馬套上轅木負重任遠呢，還是跟隨劣馬的腳步慢行？我寧願跟黃鵠比翼齊飛呢，還是跟家中的雞鴨相爭奪食？對於這些事情，哪些是吉利的？哪些是凶險的？該避開甚麼？該依從甚麼？現在世道渾濁不清，蟬翼看得很重，千鈞就以為是輕了；黃鐘正聲捨棄不用，陶土製的炊具卻敲出震天價響；搬弄是非的人升官拜爵，有才德的君子卻寂寂無聞。唉，不說了，誰又了解我的廉潔和忠誠啊！」

詹尹於是放下了蓍草請辭說：「尺有它的短處，寸也有它的長度；龜卜之物有時也難以預測，很多事情也不是智慧所能明白的；蓍莁之數有時會有算不到的地方，神明也有不能通曉的問題。憑着先生的本心，做先生認為該做的事，龜卜和蓍筮看來也解決不了內心的困惑。」

賞析與點評

屈原處於戰國末期，秦國的國力不斷冒升，楚國則江河日下，奄奄一息；秦國獨霸天下，大一統的形勢即將來臨，而六國只能各自盤算，苟延殘喘。當時合縱抗秦已經不成氣候，連橫事秦其實也就是予取予與。楚國跟秦國的友好和談，只是不斷喪失土地而已。而楚國上下也有不同的黨派各自爭取最大的利益，真心為國效勞的可能並不多見。這是一個是非顛倒的年代，價值觀念也很混亂，因此，屈原問卜表面上是問個人的進退，其實卻是人性最嚴格的拷問。「此孰吉孰凶？何去何從？」其實也就是整個民族發展的方向。最後鄭詹尹的回應也很奇妙，他沒有解答屈原的疑問，因為屈原心中已經有了抉擇，他甚至指出占卜不可盡信，人要自作孽，其實神明也幫忙不了的。

宋玉對楚王問

《楚辭》 宋玉

本篇導讀——

宋玉，字子淵，戰國時代楚之鄢都（湖北宜城市東南）人，或說是屈原弟子。曾任楚襄王大夫，因受讒罷去。宜城有宋玉塚。現有《宋玉集》傳世，彙輯作品約十三篇。〈宋玉對楚王問〉首見於《文選》卷四十五「對問」類，題作〈對楚王問〉，僅此一篇，其實就是虛構故事。《古文觀止》將本文的作者訂為「楚詞」，不過王逸的《楚辭章句》卻沒有這篇文章。至於題上加「宋玉」二字，可能認定本文不一定是宋玉作了。以目前的資料來說，《古文觀止》的表達方式並不恰當，應將作者訂為宋玉才是。

在本文中，楚襄王提出了一道難題來考驗宋玉，說他人品太差，全國上下都說他的壞話，希望宋玉認真檢討自己。這真把宋玉批評得體無完膚了。但宋玉文筆富贍，想像奇詭，特別指出了精英和俗人的區別：俗人水平不高，怎麼能達到了解精英的程度呢？宋玉〈對楚王問〉有意將精英主義演繹得淋漓盡致，可以說是定位很高，目中無人，甚至連楚王可能都跟俗人一般見識似的。憑空立說，起死回生，這就是急才了。

楚襄王問於宋玉曰[1]：「先生其有遺行與[2]？何士民眾庶不譽之甚也？」

宋玉對曰：「唯，然，有之[3]。願大王寬其罪，使得畢其辭。客有歌於郢中者[4]。其始曰《下里》《巴人》[5]，國中屬而和者數千人[6]。其為《陽阿》《薤露》[7]，國中屬而和者數百人。其為《陽春》《白雪》[8]，國中有屬而和者，不過數十人。引商刻羽，雜以流徵[9]，國中屬而和者，不過數人而已。是其曲彌高，其和彌寡。故鳥有鳳而魚有鯤[10]。鳳凰上擊九千里，絕雲霓，負蒼天，足亂浮雲[11]，翱翔乎杳冥之上[12]。夫藩籬之鷃[13]，豈能與之料天地之高哉？鯤魚朝發崑崙之墟[14]，暴鬐於碣石[15]，暮宿於孟諸[16]。夫尺澤之鯢[17]，豈能與之量江海之大哉？故非獨鳥有鳳而魚有鯤，士亦有之，夫聖人瑰意琦行[18]，超然獨處，夫世俗之民，又安知臣之所為哉？」

注釋

1 楚襄王：即楚頃襄王芈橫，楚懷王之子，在位三十六年（公元前二九八—前二六二）。

2 遺行：行為上的缺失。

3 唯，然，有之：唯（粵：偉；普：wěi），哦，應諾的聲音。然，是的。一句話故作三頓，目的是拖延時間，組織故事，回應楚王的疑問。

4 郢：郢都（湖北江陵縣西北），楚國的都城，現有紀南城遺址。

5《下里》《巴人》：當時流行的民間俗曲。《下里》或即《蒿里》，齊曲。《巴人》，曲名。巴人能歌善舞，生活於川東、鄂西的三峽地區，為秦所滅，即今土家族的先祖。

6 國中屬而和者：國中，指都城。屬（粵：燭；普：zhǔ），跟着。和（粵：禍；hè），和唱，聲相應也。

7《陽阿》《薤露》：《陽阿（粵：柯；普：ē）》，曲名，屬上黨郡（山西長治市）。《薤（粵：械；普：xiè）露》，輓歌。代表稍為過時的老歌。

8《陽春》《白雪》：代表古典高雅的樂章，懂的人不多。

9 引商刻羽，雜以流徵：古代以宮、商、角、徵、羽為五音。引，引進；刻，刻劃；

雜，摻雜。楊匡民、李幼平《荊州歌樂舞》認為反映了「三聲腔」轉調行腔的高超歌唱技法。又稱「三音歌」，這是現代土家族及江漢民歌的基本聲腔。這裏代表最高水平的藝術演出，懂的人更少了。

10 鯤：傳說中的大魚，疑即鯨魚。

11 足亂浮雲：《文選》無此四字，其他各本亦未見，僅《古文觀止》有之。跟上下文不相連貫，在文意來說也有些突兀，似以刪去為宜。

12 翱翔乎杳冥之上：翱翔，在空中迴旋飄舞。杳冥，曠遠的高空。

13 鷃（粵：晏；普：yàn）：小雀，或即鵪鶉。

14 崑崙之墟：崑崙是古代神話傳說中的神山，可能是指現在新疆的崑崙山。墟，山腳下。

15 暴鬐於碣石：暴（粵：瀑；普：pù），同「曝」，曝曬。鬐（粵：奇；普：qí），通「鰭」，魚脊。碣石，即今河北昌黎縣，在渤海邊。

16 孟諸：即今河南商丘縣東北，大澤名。

17 尺澤之鯢：尺澤，一尺多深的淺水。鯢（粵：倪；普：ní），一種兩棲動物，大的又名娃娃魚。

18 瑰意琦行：瑰意，瑰偉的想像。琦行，琦美的行為。

譯文

楚襄王問宋玉：「先生的行為有些缺失嗎？為甚麼官員、百姓對先生的印象都不好呢？」

宋玉回答說：「哦，是的，有這樣的事啊。希望大王寬恕我的罪過，讓我有機會完整的說清楚。有人在郢都唱歌，開始時先唱《下里》《巴人》，都城之內跟着他和唱的有幾千人。其次唱《陽阿》《薤露》，都城之內跟着他和唱的有幾百人。其後又唱《陽春》《白雪》，都城之內跟着他和唱的，不過幾十人。但當他唱到引進商音，刻劃羽音，更摻雜徵音為主的藝術歌曲時，都城之內能跟着他和唱的，不過幾個人罷了。可見歌曲的格調愈高，能夠跟着和唱的人就愈來愈少了。所以鳥類之中有鳳凰，魚類之中有鯤魚，鳳凰展翅上衝九千里，把雲霓拋在後面，背負着蒼天飛翔，腳步一動就擾亂了浮雲，在曠遠的高空迴旋飄舞，那些在籬笆中的鷃雀，又怎能跟鳳凰一樣想像到天地的高遠呢？鯤魚早上從崑崙山的山腳下出發，往碣石的海上曝曬魚脊，晚上就睡在孟諸澤。那些在淺水中生活的鯢魚，又怎能跟鯤魚一起量度江海的博大呢？所以不單是鳥類中有鳳凰，魚類中有鯤魚，士人也有這樣的情況。聖人耳聰目明，自有瑰偉的想像、怪誕的行徑、超卓獨特的自我思想，世俗的民眾又怎能了解小臣的所作所為呢？」

賞析與點評

本文以辯論為主調，可是定位太高了，自我感覺良好，肯定是沒有知音的，凡夫俗子哪會有耐性去探討這麼高深複雜的哲學問題呢？宋玉要推銷他的理念，卻不考慮市場的需要，不肯迎合世俗的口味，就算生活在今日的社會，也還是會吃虧的。人人都喜歡《下里》《巴人》，難道這就是聽眾的錯嗎？或是整個社會都生病了嗎？何況市民的眼睛是雪亮的，用現代的術語來說就是公眾消費的選擇。宋玉對於「不譽之甚」的指責是應該好好反省的，可能問題就出在自己身上，而不宜逞強好辯。

漢唐

伯夷列傳

《史記》司馬遷

本篇導讀——

《史記》一百三十卷，漢司馬遷撰。全書分為十二本紀、十表、八書、三十世家、七十列傳。記錄了由黃帝以來到漢武帝朝二千多年間的各國大事、傑出人物及社會百態。《史記》博大精深，史料翔實，敍事生動，析理縝密，是我國最早的通史，位居二十四史之首，開創了紀傳體史書的形式，同時也是百代文章的典範。

司馬遷（公元前一四五—前八六？），字子長，漢左馮翊夏陽（陝西韓城市南）人。其父司馬談（？—公元前一一〇）任太史令。司馬遷早年遍遊南北的名山大川，探尋古跡名勝，考察風俗，採集傳說。回來後補博士弟子員，升為郎中，從征西南夷，又隨武帝封禪泰山。元封三年（公元前一〇八）繼父職任太史令，得讀史官所藏圖書。太初元年（公元前一〇四）與唐都、落下閎等共訂太初曆，並開始撰寫《史記》。天漢二年（公元前九九），因替李陵降匈奴事辯解，得罪下獄，遭受宮刑。翌年任中書令，發憤完成《太史公書》，自信此書可以「究天人之際，通古今之變，成一家之言」，藏之名山，傳諸其人，成為一代巨著。

〈伯夷列傳〉是《史記》七十列傳的第一篇，主要摹寫伯夷、叔齊謙虛讓國的精神氣節，以及他們反對以暴易暴，遂義不食周粟，結果餓死首陽山上。他們堅持個人的理念和抉擇，歷史認定他們是「善人」，孔子也對他們有很高的評價，「求仁得仁，又何怨乎？」〈太史公自序〉論云：「末世爭利，維彼奔義；讓國餓死，天下稱之。作〈伯夷列傳〉。」但司馬遷在文章中卻對伯夷、叔齊所遭遇的不幸深表同情，指出社會上有很多不公平的現象，未必就是善有善報的，因而懷疑天道的存在，是邪？非邪？

夫學者載籍極博，猶考信於六藝[1]。《詩》、《書》雖缺，然虞、夏之文可知也。堯將遜位，讓於虞舜。舜禹之閒，岳牧咸薦[2]，乃試之於位，典職數十年[3]，功用既興，然後授政，示天下重器，王者大統，傳天下若斯之難也。而說者曰堯讓天下於許由[4]，許由不受，恥之逃隱。及夏之時，有卞隨、務光者[5]。此何以稱焉？太史公曰：余登箕山，其上蓋有許由冢云。孔子序列古之仁聖賢人，如吳太伯、伯夷之倫詳矣[6]。余以所聞由、光義至高，其文辭不少概見[7]，何哉？

孔子曰：「伯夷、叔齊，不念舊惡，怨是用希。」[8]「求仁得仁，又何怨乎？」[9]余悲伯夷之意，睹軼詩可異焉。其傳曰[10]：「伯夷、叔齊，孤竹君之二子也[11]。父欲立叔齊，及父卒，叔齊讓伯夷。伯夷曰：『父命也。』遂逃去。叔齊亦不肯立而逃之。國人立其中子。於是伯夷、叔齊聞西伯昌善養老，盍往歸焉[12]！及至，西伯卒，武王載木主[13]，號為文王，東伐紂。伯夷、叔齊叩馬而諫曰：『父死不葬，爰及干戈[14]，可謂孝乎？以臣弒君，可謂仁乎？』左右欲兵之[15]。太公曰[16]：『此義人也。』扶而去之。武王已平殷亂，天下宗周，而伯夷、叔齊恥之，義不食周粟，隱於首陽山[17]，采薇而食之[18]。及餓且死，作歌，其辭曰：『登彼西山兮[19]，采其薇矣。以暴易暴兮，不知其非矣。神農、虞、夏忽焉沒兮[20]，我安適歸矣？于嗟徂兮[21]，命之衰矣！』遂餓死於首陽山。」由此觀之，怨邪非邪？

或曰：「天道無親，常與善人。」若伯夷、叔齊，可謂善人者非邪？積仁絜行如此而餓死[22]！且七十子之徒[23]，仲尼獨薦顏淵為好學[24]。然回也屢空[25]，糟糠不厭[26]，而卒蚤夭[27]。天之報施善人，其何如哉？盜跖日殺不辜[28]，肝人之肉[29]，暴戾恣睢[30]，聚黨數千人，橫行天下，竟以壽終，是遵何德哉？此其尤大彰明較著者也[31]。若至近世，操行不軌，專犯忌諱，而終身逸樂，富厚累世不絕；或擇地而蹈之，時然後出言[32]，行不由徑[33]，非公正不發憤，而遇禍災者，不可勝數也！余甚惑焉，儻所謂天道[34]，是邪非邪？

子曰：「道不同不相為謀[35]。」亦各從其志也。故曰：「富貴如可求，雖執鞭之士，吾亦為之。如不可求，從吾所好。」[36]「歲寒，然後知松柏之後凋[37]。」舉世混濁，清士乃見[38]。豈以其重若彼，其輕若此哉[39]？「君子疾沒世而名不稱焉[40]。」賈子曰[41]：「貪夫徇財，烈士徇名，夸者死權，衆庶馮生。」[42]「同明相照，同類相求。」「雲從龍，風從虎。聖人作而萬物覩。」[43]伯夷、叔齊雖賢，得夫子而名益彰；顏淵雖篤學，附驥尾而行益顯[44]。巖穴之士，趨舍有時，若此，類名堙滅而不稱，悲夫！閭巷之人，欲砥行立名者，非附青雲之士[45]，惡能施於後世哉？

注釋

1 六藝：即《易》、《詩》、《書》、《禮》、《樂》、《春秋》六經，都是古代重要的文獻。

2 岳牧：指四岳九牧，傳說中四方諸侯之首及九州的行政長官，包括中央官員及地方領導。

3 典職數十年：指舜攝政二十八年，舜薦禹於天下十七年而言，即署理政務各若干年。

4 說者：諸子百家的學說。許由：上古高士。堯以天下讓之，不受，遁耕於潁水之陽，箕山之下。堯又欲召為九州長，由不欲聞，洗耳於潁水之濱。死後葬箕山頂。許由墓在今河南省禹州市鄄城縣箕山鎮箕山集東街，箕山亦名崿嶺。

5 卞隨、務光：卞隨，夏時高士。湯欲以天下讓之，恥而自投於潁水。務光，夏時高士。好琴，湯伐桀，謀之遭拒。聞湯欲以天下讓，乃負石自沉蓼水。

6 吳太伯：古公亶父長子，為讓國其弟季歷，再傳與姬昌，即後來的周文王，太伯與仲雍兄弟乃逃奔荊蠻，文身斷髮，自號勾吳，創立了吳國。《史記》三十世家亦以〈吳太伯世家〉為首篇，跟伯夷、叔齊兄弟讓國的故事相近。

7 概見：概是梗概，謂略見。

8 「伯夷」三句：見《論語．公冶長》。

9 「求仁」二句：見《論語．述而》。

10 其傳：指《韓詩外傳》及《呂氏春秋》。

11 孤竹君：殷湯所封之國，在今冀東地區一帶。相傳孤竹城在遼西令支縣（河北遷安市），或謂古城在盧龍縣南十二里（河北盧龍縣城南灤河流域）。孤竹國從立國到滅亡，約得九百四十年（公元前一六〇〇—前六六〇）。

12 盍：疑辭，何不。或借作「蓋」。
13 木主：木製的神主。
14 爰：於是。
15 兵：動詞，殺掉。
16 太公：姜太公呂尚。
17 首陽山：在今河南省偃師市邙嶺鄉。
18 薇：蕨也，嫩時可食。
19 西山：即首陽山。
20 神農：生於姜水（陝西寶雞市），以姜為姓。教民務農，遍嘗百草，教人醫療與農耕，故號神農氏。以火德王，故又稱炎帝。葬於「茶鄉之尾」（湖南株洲市炎陵縣鹿原鎮）。
21 徂：往也，死也。
22 絜行：修好品德。
23 徒：輩也。
24 好學：《論語．雍也》：「哀公問弟子孰為好學。孔子對曰：『有顏回者好學。』」
25 屢空：《論語．先進》：「子曰：『回也其庶乎？屢空。』」一直捱窮。

26 厭：飫也，飽也。

27 蚤：即「早」。

28 盜跖曰殺不辜：盜跖（粵：炙；普：zhí），原名展雄，相傳是柳下惠之弟。戰國初期魯國柳下屯（河南濮陽縣柳屯鎮）人。周元王二年（公元前四七五）領導九千人的部隊轉戰黃河流域，橫行天下，諸侯國望風披靡。不辜，無罪的人。

29 肝人之肉：肝，動詞，全句意即取出人肝當肉吃了。

30 暴戾恣睢：暴戾，殘暴狠戾；恣睢（粵：雖；普：suī），放肆兇惡之貌。

31 彰明較著：都是顯明的意思。

32 時然後出言：見《論語．憲問》：「夫子時然後言。」

33 行不由徑：見《論語．雍也》。

34 儻：亦作「倘」，假如。

35 道不同，不相為謀：見《論語．衛靈公》。

36 「富貴如可求」五句：見《論語．述而》。

37 歲寒，然後知松柏之後凋：見《論語．子罕》。

38 見（粵：現；普：xiàn）：出現，現身。

39 豈以其重若彼，其輕若此哉：彼指上文「操行不軌」的違法犯紀之徒，而此則指「擇地而蹈」的公正發憤之人。

40 君子疾沒世而名不稱焉：見《論語．衛靈公》。

41 賈子：即賈誼。

42 「貪夫」四句：見《漢書．賈誼傳》。徇財：徇，以身從物曰徇。徇財，為財而死。眾庶馮生：《漢書》作「品庶每生」。眾庶，即品庶，謂眾生也。每，貪也。馮（粵：朋；普：píng），即「憑」，恃也；憑生就是活命保身。

43 「同明相照」五句：見《易．乾卦》。比喻君臣遇合之意。

44 驥尾：名人之後。

45 青雲之士：德高望重的人。

譯文

學者讀到的文獻很多，但仍以六經作為考證的基礎；《詩經》、《書經》雖然有些殘缺，但虞、夏兩朝的事跡還是十分清楚的。堯帝準備退位，讓位給虞舜。虞舜與夏禹之間，都經過四岳九牧各地長官一致的推薦，在崗位上學習施政，履行職務一二十年之後，各方面都有很好的表現，然後才將政權交出，這表示帝位是天下最高權力，帝王交替是重要的法統，傳授政權就是要這麼慎重。可是有人說：「帝堯想將帝位讓給許由，許由不肯接受，認為這是對他的羞辱，就跑掉隱居去了。到了夏代，又有卞隨、務光二人，還是拒絕。」這又該怎麼解釋呢？太史公說：我登上箕山，山上真的有許由的墓地。孔子論述古代的聖人賢人，像吳太伯、伯夷之類，十分詳盡了。在我聽到的資料中，許由、務光的義行最高，但有關的文獻就很少了，這又是甚麼原因呢？

孔子說：「伯夷、叔齊，不會記住過去不好的方面，所以就很少怨恨了。」「想要仁德，又得到了仁德，又有甚麼好怨呢？」我很同情伯夷的想法，可是看到他的佚詩，竟然發現了一些疑點。傳記說：「伯夷、叔齊，是孤竹君的兩個兒子，父親想傳位給叔齊。到了父親去世，叔齊卻將君位讓給伯夷。伯夷說：『這是父親的命令。』於是跑掉了。叔齊也不願意即位，也跑掉了。國民只好擁立次子即位。當時伯夷、叔齊聽到西伯姬昌善待老人家，『為甚麼不去投靠他啊！』到達的時候，西伯逝世，武王載着西伯木製的神主，稱為文王，向着東方進軍攻打紂王。伯夷、叔齊拉住武王的馬頭勸諫說：『父親逝世不去安葬，還挑起戰爭，這可以說是孝道嗎？以臣下的身份犯上殺害君主，這可以說是仁德嗎？』侍衛想殺害他們。姜太公說：『這是有道義的人啊。』就保護他們離開。武王平定了殷朝的亂政，天下歸附周朝；但伯夷、叔齊看不起周朝，堅守原則不吃周朝的糧食，在首陽山上歸隱，採摘蕨菜來吃。到快餓死時，作了一首歌，歌詞說：『登上西山啊，採摘薇蕨了！用暴力換取暴力啊，不知道自己錯了！神農虞夏忽然都消失了啊，我可以回到哪裏去呢？唉，時間到了啊，我的生命也快走到盡頭了。』於是餓死在首陽山上。」從這方面看來，有怨嗎？沒怨嗎？

有人說：「上天不會有所偏愛的，常常給機會好人。」就像伯夷、叔齊，他們可以說是好人嗎？不是嗎？累積仁義修好品德，就這樣餓死了。而且七十位學生之中，孔子只稱許顏淵最為好學，可是顏淵一直生活窮困，連糟糠都吃不飽，後來早逝了。上天對待好人，究竟怎樣呢？盜跖每天殺害無罪的人，取出人肝當肉吃，殘暴狠戾放肆兇惡，聯群結黨幾千人，到處橫行無忌的，最後還得到善終，這又是根據甚麼道德標準呢？這是最為清楚明顯的例子。好像到了近代，行為不守規範、無所顧忌的人，終身安逸享樂，富貴代代相傳。有些人選擇適當的地方居住，該說話的時候才說出來，走路不肯經由小徑，不合公義的事情絕不會做，可惜遇上了災禍，真是多得很啊！我是感到十分困惑的。如果這就是天道，那這天道究竟是合理呢，還是不合理呢？

孔子說：「志趣理念不同的人，是不能走在一起的。」就讓各人按照自己的理想去做好了。所以說：「如果富貴可以強求的話，就算叫我拿起鞭子趕車，我也願意做的；如果不可強求，那就依照我的喜好去做好了。」「天氣冷了，然後才知道松柏要到最後才凋萎。」全世界都污濁不堪時，清高的人物才會顯現出來。這是不是上天重視那些「操行不軌」的人，而又輕視這些「擇地而蹈」之士呢？「君子擔心身死以後而不能揚名於世。」賈誼說：「貪婪的人為財而死，烈士為名聲而死，矜誇的人死於權勢，一般老百姓就希望活命保身。」「同是明亮的，自然相互映照；同屬一類的，就能相互呼應。雲彩伴隨着飛龍，風聲跟隨着虎嘯。聖人在位而萬物就燦然大備了。」伯夷、叔齊雖是賢能之士，遇到孔子，他們的名聲才得以發揚；顏淵雖然好學，也要從學於孔子，他的德行才能彰顯出來。有些隱居於山野的人，進退之間選擇適當的時機，但這些人的名聲往往湮沒無聞了，真的很可悲啊！至於鄉里小民，想敦品礪行知名於世的，沒有德高望重的人協助，他們的聲名又怎能傳於後世呢？

賞析與點評

本文能用的史料不多，而伯夷叔齊的故事情節也很簡單，沒有多少書寫的空間。但司馬遷卻能借題發揮，並藉此抒發心中的一腔憂憤。他讀過很多文獻，也做過很多實地考察，因而發現了歷史上有很多不公平的事情，很多聖賢的論點不見得經得起考驗。所以本文也有屈原〈天問〉的意義，司馬遷提出很多疑惑，看完了可能也沒有答案，讀者只能放在心中慢慢思考。

除了第二段正文之外，其他各段幾乎都是司馬遷個人的議論，認為社會上有很多不公的現象，善惡的報應未必一致，但司馬遷往往都會巧妙地緊扣伯夷、叔齊的話題加以思考，例如首段「如吳太伯、伯夷之倫詳矣」，第三段「若伯夷、叔齊，可謂善人者非邪」，第五段「伯夷、叔齊雖賢，得夫子而名益彰」等，起到呼應的作用，不致離題太遠。此外，司馬遷在文章中多引孔子的學說，其中《論語》的語句尤多，帶出不同的觀點；而很多抑鬱不平之氣，也就藉伯夷、叔齊的故事流露出來了。

貨殖列傳序

《史記》 司馬遷

本篇導讀——

《史記・太史公自序》說：「布衣匹夫之人，不害於政，不妨百姓，取與以時而息財富，智者有采焉。作《貨殖列傳》。」貨，財利也；殖，生也，或訓立也。貨殖，就是做買賣。傳統社會一般重農輕商，批評商人不勞而獲，謀取暴利，甚至在不同的歷史時期，會出現激烈的反商行為。但司馬遷卻有與眾不同的見解，認為商人進行智力的投資，眼光獨特，取與以時，豐富社會的物質生活，提供工作機會，帶動物流業的發展，而商人對政府及百姓肯定更是有益無害的。因此，《史記》就特意為商人立傳，同時也記錄了中國古代很多出色的商人及他們的營商手法，如范蠡、子贛、白圭、猗頓、烏氏倮、巴寡婦清等。而〈貨殖列傳序〉探討商業活動的原理，解釋齊國強盛的原因亦跟商業活動有密切的關係，而太公、管仲更可以說是貨殖之祖，甚至提出了「禮生於有而廢於無」、「人富而仁義附焉」的主張。

《老子》曰：「至治之極，鄰國相望，雞狗之聲相聞，民各甘其食，美其服，安其俗，樂其業，至老死不相往來。」必用此為務，輓近世塗民耳目[1]，則幾無行矣。

太史公曰：夫神農以前，吾不知已。至若《詩》《書》所述虞、夏以來，耳目欲極聲色之好，口欲窮芻豢之味[2]，身安逸樂，而心誇矜勢能之榮。使俗之漸民久矣[3]，雖戶說以眇論[4]，終不能化。故善者因之，其次利道之，其次教誨之，其次整齊之，最下者與之爭。

夫山西饒材、竹、穀、纑、旄、玉石[5]；山東多魚、鹽、漆、絲、聲色[6]；江南出枏、梓、薑、桂、金、錫、連、丹沙、犀、瑇瑁、珠璣、齒革[7]；龍門、碣石北多馬、牛、羊、旃裘、筋角[8]；銅、鐵則千里往往山出棊置：此其大較也[9]。皆中國人民所喜好，謠俗被服飲食奉生送死之具也。故待農而食之，虞而出之[10]，工而成之，商而通之。此寧有政教發徵期會哉[11]？人各任其能，竭其力，以得所欲。故物賤之徵貴，貴之徵賤，各勸其業，樂其事，若水之趨下，日夜無休時，不召而自來，不求而民出之。豈非道之所符，而自然之驗邪？

《周書》曰[12]：「農不出則乏其食，工不出則乏其事，商不出則三寶絕[13]，虞不出則財匱少。」財匱少而山澤不辟矣。此四者，民所衣食之原也。原大則饒，原小則鮮。上則富國，下則富家。貧富之道，莫之奪予，而巧者有餘，拙者不足。故太公望封於營丘[14]，地瀉鹵[15]，人民寡，於是太公勸其女功，極技巧，通魚鹽，則人物歸之，繈至而輻湊[16]。故齊冠帶衣履天下，海岱之閒[17]，斂袂而往朝焉[18]。其後齊中衰，管子修之，設輕重九府[19]，則桓公以霸，九合諸侯[20]，一匡天下；而管氏亦有三歸[21]，位在陪臣[22]，富於列國之君。是以齊富彊至於威、宣也。

故曰：「倉廩實而知禮節，衣食足而知榮辱。」[23]禮生於有而廢於無。故君子富，好行其德；小人富，以適其力。淵深而魚生之，山深而獸往之，人富而仁義附焉。富者得勢益彰，失勢則客無所之，以而不樂[24]，夷狄益甚。諺曰：「千金之子，不死於市。」此非空言也。故曰：「天下熙熙，皆為利來；天下壤壤，皆為利往[25]。」夫千乘之王，萬家之侯，百室之君，尚猶患貧，而況匹夫編戶之民乎[26]！

注釋

1 輓：通「晚」。

2 芻豢：芻，草食的獸類，如牛、羊。豢，穀食的獸類，如豕、犬。

3 漸（粵：尖；普：jiān）：浸染，流入。動詞。

4 **眇論**：眇（粵：廟；普：miào），同「妙」，眇論即妙論，微妙之論。

5 **山西**：泛指太行山以西地區。**穀、纑、旄**：穀即楮，皮可造紙的木材。纑，紵屬，可為夏布。旄，牛尾，或指獸毛。

6 **山東**：泛指太行山以東地區。

7 **枏、梓**：枏，楠木。梓，紫荊花，有木王之稱。**連**：還沒提鍊的鉛。**瑇瑁**：即玳瑁，屬海龜科。外形與海龜相似，但有鷹喙的嘴，甲殼上有十三塊鱗片及犬牙狀的裙邊，可作飾物，故又稱鷹嘴海龜。其鷹嘴可勾吃珊瑚礁縫隙的生物及海綿，體內含有毒性。現在國際自然保護聯盟名錄中列為「極度瀕危品種」，估計全球少於一萬隻。

8 **龍門、碣石**：山名。龍門山在山西新絳縣。碣石山在今河北盧龍縣。

9 **大較**：大略。

10 **虞**：掌山澤之官，指漁人、獵人。

11 **徵**：預兆，謂商品賤極，就會有返貴的徵兆。一訓求也，謂此處物賤，可以尋求貴價的地方賣之。

12 **《周書》**：《書經》佚文。

13 **三寶**：謂珠、玉、金。

14 營丘：齊地，今山東臨淄市西北。

15 潟（粵：昔；普：xì）鹵：指海水浸漬的鹽碱地，不宜於耕種。

16 緥：縛小孩帶在背上。

17 海岱：海指東海，岱指泰山，即山東省一帶。

18 斂袂：整理衣袖，表示莊重的樣子。

19 輕重九府：輕重，錢幣。九府，指大府、玉府、內府、外府、泉府、天府、職內、職金、職幣，是周代掌管國家財幣的九大機構。

20 九合：九，糾也。九合即聯合之意。

21 管氏亦有三歸：指按常例繳納給公家的市租。《管子．山至數》篇曰：「則民之三有歸於上矣。」或指三成左右。一說設立三個公館，處理財富。

22 陪臣：諸侯的上卿。

23 「倉廩」二句：語出《管子．牧民》篇。

24 以：同「已」。

25 天下熙熙，皆為利來；天下壤壤，皆為利往：古代歌謠。熙熙，煩囂貌。壤壤，擾攘貌。

26 編戶之民：戶口編於版籍者，謂平民也。

譯文

老子說：「政治的最高境界，就是跟鄰國能互相看到，雞狗的聲音能互相聽到，人民吃出甘甜的味道，穿出美好的感覺，安於自己的習俗文化，滿足自己的工作，直至老死都不用應酬來往。」如果一定以此作為標準要務，到了晚近的世代，掩飾老百姓的耳目，這幾乎是不可行的。

太史公說：說到神農氏之前的情況，我不知道，到了有《詩》、《書》文獻記載的虞、夏世代，人的耳目想盡情享受到聲色的美好感覺，口中想吃到各種肉類最好的鮮味，身體總要安逸快樂，而心中就想着誇耀自己的權勢和能力，顯出光榮，這種習俗感染着老百姓已有很長的日子了。就算挨家逐戶的用最好的理論作遊說，最後還是感化不了。所以上策就讓人民順其自然而行，其次因勢利導讓他們明白，又其次就是教育訓誨，再其次就是劃一規範，最下等的就是與民爭利了。

太行山以西盛產木材、竹子、楮木、苧麻、牛尾、玉石等；太行山之東盛產魚類，海鹽、漆器、絲織品、聲色之類；江南出產楠木、梓木、薑、桂、金、錫、鉛、丹沙、犀角、玳瑁、珍珠、象牙、皮革等；龍門山、碣石山以北多產馬、牛、羊、毛氈、皮裘、筋、角等；銅礦、鐵礦之類則千里之地，往往產於山中，就像棋子般密佈着；這是比較明顯的分佈狀況，也是中國人民最喜歡的，俗世中衣服飲食、養生送死的必需品。所以要等到農人種出來才可以吃，漁人、獵人開發資源，工人製成產品，商人把產品流通到外地。這難道還有政令教化、打發召募、定期市集的安排嗎？每個人做好自己的本分，盡了自己的能力，滿足自己的需求。所以商品賤極，就會有返貴的徵兆；貴極，就會有返賤的徵兆。各人勤勉發展自己的事業，安於從事自己的工作，就像水向下流動，日夜都停不下來。不必召喚自然就來了；不必請求人民就生產出來了。這難道不是符合道理、應驗自然嗎？

《周書》說：「農夫不耕作，則會缺乏糧食；工匠不從事製作，就會缺乏產品；商人沒有交易，珠玉金三寶就會缺乏供應了；漁人、獵人不從事漁獵工作，就會缺乏生活物資；缺乏生活物資，那麼山林川澤就不會開發了。」這四大行業，就是供應人民衣食所需的主要來源了。來源多就富饒，來源少就匱乏。往上看可使國家富強，往下看可使家庭富裕。貧富是自然發展的，沒有人可以搶走或施與；大概聰明的人常常有餘，笨拙的人常感不足。所以太公望呂尚的封地在齊國營丘，都是海水浸漬的鹽碱地，很少人住。於是太公教導婦女從事蠶織的工作，盡量發揮自己的技巧，同時發展漁業販賣食鹽，然後四面八方的人物就扶老攜幼的匯聚而來，形成中心地帶。所以齊國製造的衣帽鞋帶等產品馳名天下，在渤海和泰山一帶，大家都莊重地朝見齊國。後來齊國一度衰弱，到管仲執政再次振興起來。

鑄錢的輕重有度，設立掌管國家財幣的九個機構，因而促成了桓公的霸業，聯合各國諸侯，規劃整個天下。而管仲也訂下了三歸的制度，雖然只有上卿的地位，可比各國的國君還要富裕。由於這個原因，齊國的富強就一直維持到威王、宣王的時代。

所以說：「倉庫的儲備充裕才懂得禮節，衣食滿足了就會區分榮辱。」禮制在富有的時候才生效，在貧困的時候就廢棄了。所以君子富裕了，就會樂善好施；小人富裕了，就把力量用在適當的地方。水深就有魚游來了，山深就有野獸盤據了，人富有自然就會有仁義來依附了。有錢人得勢愈見顯赫，失勢之後想作客都沒有去處，因而不會快樂，西夷北狄的外族更為嚴重。諺語說：「有錢人的子弟，不會死於市集之中。」這並不是空話啊！所以說：「天下一片煩囂，都是為逐利而來；天下一片擾攘，就是為錢奔波了。」那些兵車千輛的國君，食邑萬戶的侯爵，食祿百家的卿大夫，尚且害怕貧窮，更何況普通的老百姓呢？

過秦論（上）

西漢文　賈誼

本篇導讀——

賈誼（公元前二〇〇—前一六八），西漢洛陽人。十八歲時以才高為廷尉吳公所薦，被文帝（劉恆）召為博士，升太中大夫。上書建議朝廷變革，改正朔，易服色，制法度，興禮樂。為周勃、灌嬰等反對。文帝四年（公元前一七六）貶為長沙王太傅，過湘水作〈弔屈原賦〉。後被召回長安為梁懷王太傅，十一年六月，梁懷王墮馬而死。賈誼深感愧咎，憂鬱成疾，翌年亦卒，才三十三歲。著作多已散佚，現存《新書》十卷，連同政論、疏、賦等佚文，今人彙輯為《賈誼集》。

〈過秦論〉探討秦經過長期的經營，由變法圖強到統一全國，及至迅速覆亡的原因。「過」，過失，以批判的思考為主，就是析論秦代所犯的過失。秦國以詐力取勝，倒行逆施，焚百家之言，收天下兵器，以為可保萬全，結果卻被人民輕易地推翻了，啟發大家作深入的探討，引為鑑戒，結尾指出乃「仁義不施，而攻守之勢異也」所致，一針見血，而仁義也就戰勝詐術和強權了。全文原分上、中、下三篇，上篇評論秦始皇嚴刑峻法，以暴力統治天下的失誤；中篇批判秦二世（胡亥）暴虐重禍，胡作妄為；下篇析論秦王子嬰孤立無親，以致秦朝最後一點勢力土崩瓦解了。三篇各有重心，可以獨立成篇，卻又彼此呼應連貫，結合起來構成統一的整體。秦國由始至終都沒有得到民心的支持，先是六國聯合抗秦，後來陳涉以匹夫起義，雖然沒有成功，卻馬上得到天下的響應。其中〈過秦論〉上篇最受重視，褚少孫補錄於《史記．陳涉世家》之末，班固（三二—九二）採入《漢書．陳涉項籍傳》之後，而蕭統（五〇一—五三一）則編入《文選》之中，該文雄峻閎肆，論斷精闢，流傳亦廣。

秦孝公據崤函之固[1]，擁雍州之地[2]，君臣固守，以窺周室，有席捲天下，包舉宇內，囊括四海之意[3]，并吞八荒之心[4]。當是時也，商君佐之[5]，內立法度，務耕織[6]，修守戰之具[7]；外連衡而鬥諸侯[8]。於是秦人拱手而取西河之外[9]。

孝公既沒，惠文、武、昭蒙故業[10]，因遺策[11]，南取漢中[12]，西舉巴、蜀[13]，東割膏腴之地[14]，收要害之郡[15]。諸侯恐懼，會盟而謀弱秦，不愛珍器重寶肥饒之地，以致天下之士，合從締交[16]，相與為一。當此之時[17]，齊有孟嘗[18]，趙有平原[19]，楚有春申[20]，魏有信陵[21]。此四君者，皆明智而忠信[22]，寬厚而愛人，尊賢而重士[23]，約從離橫[24]，兼韓、魏、燕、趙、宋、衛、中山之眾[25]。於是六國之士，有寧越、徐尚、蘇秦、杜赫之屬為之謀[26]，齊明、周最、陳軫、召滑、樓緩、翟景、蘇厲、樂毅之徒通其意[27]，吳起、孫臏、帶佗、兒良、王廖、田忌、廉頗、趙奢之倫制其兵[28]。嘗以什倍之地，百萬之眾，叩關而攻秦[29]。秦人開關而延敵[30]，九國之師[31]，遁逃而不敢進[32]。秦無亡矢遺鏃之費[33]，而天下諸侯已困矣。於是從散約解[34]，爭割地而賂秦。秦有餘力而制其弊，追亡逐北[35]，伏尸百萬，流血漂櫓[36]。因利乘便，宰割天下，分裂河山[37]。彊國請服[38]，弱國入朝。施及孝文王、莊襄王[39]，享國之日淺[40]，國家無事。

　　及至始皇[41]，奮六世之餘烈[42]，振長策而御宇內[43]，吞二周而亡諸侯[44]，履至尊而制六合，執敲扑而鞭笞天下[45]，威振四海。南取百越之地，以為桂林、象郡[46]；百越之君，俛首係頸[47]，委命下吏。乃使蒙恬北築長城而守藩籬[48]，卻匈奴七百餘里[49]；胡人不敢南下而牧馬，士不敢彎弓而報怨[50]。於是廢先王之道，燔百家之言[51]，以愚黔首[52]。隳名城[53]，殺豪俊；收天下之兵[54]，聚之咸陽，銷鋒鍉，鑄以為金人十二[55]，以弱天下之民。然後踐華為城，因河為池[56]，據億丈之城，臨不測之谿以為固。良將勁弩，守要害之處；信臣精卒，陳利兵而誰何[57]。天下已定，始皇之心，自以為關中之固[58]，金城千里[59]，子孫帝王萬世之業也。

始皇既沒，餘威震於殊俗[60]。然而陳涉甕牖繩樞之子[61]，甿隸之人[62]，而遷徙之徒也[63]；材能不及中庸[64]，非有仲尼、墨翟之賢[65]，陶朱、猗頓之富[66]；躡足行伍之間[67]，而倔起什伯之中[68]，率罷散之卒[69]，將數百之眾，轉而攻秦。斬木為兵，揭竿為旗，天下雲集而響應[70]，贏糧而景從[71]。山東豪俊，遂並起而亡秦族矣。

且夫天下非小弱也，雍州之地，崤函之固，自若也。陳涉之位，非尊於齊、楚、燕、趙、韓、魏、宋、衛、中山之君也[72]；鋤櫌棘矜[73]，非銛於鉤戟長鎩也[74]；謫戍之眾[75]，非抗於九國之師也[76]；深謀遠慮，行軍用兵之道，非及曩時之士也[77]。然而成敗異變，功業相反[78]。試使山東之國，與陳涉度長絜大[79]，比權量力，則不可同年而語矣。然秦以區區之地[80]，致萬乘之權[81]，招八州而朝同列[82]，百有餘年矣。然後以六合為家，崤函為宮；一夫作難而七廟隳[83]，身死人手，為天下笑者，何也？仁義不施，而攻守之勢異也。

注釋

1 秦孝公：名渠梁（公元前三八一——前三三八），獻公之子，穆公十六世孫，在位二十四年（公元前三六一——前三三八），支持變法，國富兵強。殽函：殽（粵：肴；普：xiáo），殽山，在今河南省洛寧縣北；函，函谷關，在今河南靈寶市南。

2 雍州：雍（粵：用，高去；普：yōng，舊音 yòng），古代九州之一，包括今陝西、甘肅、青海等地。

3 囊（粵：瓤；普：náng）括：像用口袋那樣把東西全部裝進去。

4 八荒：東南西北謂之四方，東北、東南、西南、西北謂之四隅，合稱八方。八荒即八方荒遠之地。

5 商君：即商鞅（?——公元前三三八），衞國的庶公子，亦稱衞鞅、公孫鞅，好刑名之學。相秦孝公，定變法之令，改賦稅之法，重農抑商，濫用酷刑。秦孝公二十二年（公元前三四〇），商鞅攻打魏國立功，獲封之於（河南內鄉縣）、商（陝西商洛市）十五邑，號為商君。

6 務：致力。

7 具：戰備，《史記・陳涉列傳》及高步瀛（一八七三——一九四〇）《兩漢文舉要》作「備」，意義相同。

8 連衡：衡，即「橫」。連衡即秦國與東方各諸侯國分別結盟。鬥諸侯：使諸侯國自相爭鬥，鬥是動詞的使動用法。

9 拱手：兩手相合，大指相並的手勢，表示輕而易舉。西河：今陝西大荔縣、合陽縣、韓城市、宜川縣等地，以位於黃河西岸得名。秦孝公二十二年，商鞅擊敗魏兵，魏割西河之地於秦。

10 惠文、武、昭：《史記》作「惠文王、武王、昭王」。惠文王（駟，公元前三五六—前三一一），孝公之子，在位二十七年（公元前三三七—前三一一），即位後始稱王。子武王（蕩，公元前三二九—前三〇七），舉鼎絕臏而死，在位四年（公元前三一〇—前三〇七）。昭王，又稱昭襄王（稷，公元前三二五—前二五一），在位五十六年（公元前三〇六—前二五一）。

11 因遺策：策，戰略，《兩漢文舉要》作「冊」。

12 漢中：今陝西南部及湖北西北部地域。惠文王更元十三年（公元前三一二），秦敗楚，置漢中郡。

13 西舉巴、蜀：舉，攻拔；巴國，今重慶市主城區一帶；蜀國，今四川成都市一帶。更元七年，巴蜀互相攻擊，二國俱求救於秦，兩年後，司馬錯伐蜀，出兵滅掉二國，置巴、蜀二郡。

14 **東割膏腴之地**：秦武王四年（公元前三〇七），攻取韓國的宜陽（河南洛陽市宜陽縣）；昭襄王二十年（公元前二八五），魏國獻出河東故都安邑（山西運城市夏縣）。膏腴，指肥沃的土地。

15 **收要害之郡**：秦惠文王連取巴、蜀、漢中三郡，併屬益州；要害，指山川險阻。

16 **合從締交**：從，同「縱」。合從指六國聯盟抗秦。締交，締結盟約。

17 **當此之時**：《兩漢文舉要》作「當是時」。

18 **齊有孟嘗**：孟嘗君田文（？—公元前二七九），齊威王孫，靖郭君田嬰之子。為齊相，襲父封爵，封於薛（山東滕州市東南）。

19 **趙有平原**：平原君趙勝（？—公元前二五一），趙武靈王子，惠文王弟，相惠文王及孝成王，封於東武城（山東武城縣、平原縣），號平原君。

20 **楚有春申**：春申君黃歇（公元前三一四—前二三八），相楚二十餘年，封春申君，賜淮北地十二縣。

21 **魏有信陵**：信陵君無忌（？—公元前二四三），魏昭王少子，魏安釐王異母之弟，封為信陵（河南商丘市寧陵縣）君。

22 **智**：《史記》及《兩漢文舉要》作「知」，音義相同。

23 **尊賢而重士**：《兩漢文舉要》作「尊賢重士」，沒有「而」字。

24 約從離橫：離橫，《史記》作「連衡」，《兩漢文舉要》作「離衡」。此句解作相約合從，離散連橫。《史記》「連」字費解，誤。

25 兼韓、魏、燕、趙、宋、衛、中山之眾：兼，聚合；《兩漢文舉要》作「并」，聚合；燕下增「楚、齊」二國，稍異。除六國外，尚有宋（河南商丘市）、衛（河南濮陽縣）、中山（河北定縣）三個殘存的小國。

26 有寧越、徐尚、蘇秦、杜赫之屬為之謀：寧越，趙中牟人。徐尚，宋人。蘇秦（？—公元前二八四），字季子，東周洛陽人，縱橫家。先說秦惠文王不用，於是又東說燕、趙等六國，聯合抗秦。嘗佩六國相印，後遊說六國，結成合縱之約以抗秦，秦兵不敢闖函谷關者十五年。杜赫，周人，曾以安天下說周昭文君，有安周之意。之屬，這一類人，都是六國的謀臣及政治人才。

27 齊明、周最、陳軫、召滑、樓緩、翟景、蘇厲、樂毅之徒通其意：齊明，東周臣，歷仕秦、楚及韓。周最，《史記》作「取」（粵：罪；普：jù），同「聚」。東周成君之子，曾仕齊使鄭。陳軫，夏人，歷仕秦、楚，曾勸楚懷王勿貪秦地。召（粵：紹；普：shào），《史記》作「邵」，《兩漢文舉要》作「昭」。召滑（粵：骨；普：gǔ），楚人，曾奉楚王令使越。樓緩，趙人，曾為魏相、秦相。翟景未詳，或為魏相翟強。蘇厲，蘇秦之弟，仕於齊。樂（粵：岳；普：yuè）毅，魏靈壽（河北石家莊市靈壽縣）人，本齊臣，後入燕，燕昭王以為亞卿、上將軍，率五國之師伐齊，攻下七十餘城。之徒，這一班人。通其意，宣揚聯合抗秦的道理。這些都是六國重要的外交人才。

28 **吳起、孫臏、帶佗、兒良、王廖、田忌、廉頗、趙奢之倫**：吳起（公元前四四〇？—前三八一），衞人，通兵法，初仕魏，後為楚相，為一代名將。孫臏（公元前三七九—前三一四），孫武之後，齊大將，敗魏兵於馬陵，射殺龐涓。著《孫臏兵法》。帶陀，《史記》作「他」，音同。楚將。兒（粵：危；普：ní）良、王廖，都是當時天下知名的豪士。田忌，齊將，伐魏三戰三勝。廉頗，趙名將，惠文王時伐齊，大破之。趙奢，趙將，秦伐韓，趙王令趙奢將而救之，擊秦有功，封馬服君。倫，《兩漢文舉要》作「朋」，這一批人，都是六國的名將。

29 **百萬之眾，叩關而攻秦**：眾，《史記》作「師」。叩，挑戰，攻擊；《史記》作「仰」。

30 **秦人開關而延敵**：《兩漢文舉要》無「而」字。

31 **九國之師**：九國者，謂六國之外，更有宋、衞、中山三國。

32 **遁逃**：《兩漢文舉要》作「逡巡」，有所顧慮而徘徊或不敢前進。此指秦惠文王更元七年（公元前三一八）魏、趙、韓、燕、楚五國聯合攻秦一役。

33 **鏃**：箭頭。

34 從散約解：解，《史記》作「敗」。

35 逐北：北，敗走；言秦追擊諸侯敗退的軍隊。

36 漂櫓：漂，浮也。櫓，大楯。

37 分裂河山：河山，《史記》作「山河」。

38 彊國請服：服，《文選》作「伏」。

39 施及孝文王、莊襄王：施（粵：異；普：yì），訓蔓延。《兩漢文舉要》作「延」。孝文王（柱，公元前三〇二—前二五〇）元年十月己亥即位，三日辛丑卒，前後只有三天。莊襄王（異人、子楚，公元前二八一—前二四七）在位四年卒。

40 享國之日淺：《兩漢文舉要》無「之」字。孝文王、莊襄王合共才在位四年，日子短促。

41 及至始皇：秦始皇（嬴政，公元前二五九—前二一〇），在位三十七年。《兩漢文舉要》作「秦王」。下文「始皇之心」、「始皇既沒」二句亦同。

42 奮六世之餘烈：奮，《兩漢文舉要》作「續」。六世指秦孝公、惠文王、武王、昭襄王、孝文王、莊襄王。餘烈，猶云餘業。

43 振長策：振，舉也。策，馬鞭。

44 呑二周：周赧王末年，東西周分治。西周武公居洛陽，東周惠公居鞏邑。秦昭襄王五十二年（公元前二五五）滅西周，九鼎入於秦；莊襄王元年（公元前二四九）滅東周。

45 **執敲扑而鞭笞天下**：敲扑而，《兩漢文舉要》作「捶拊以」；敲扑，皆杖也，短曰敲，長曰扑。捶，杖也；拊，刀柄。鞭笞，鞭打笞擊。

46 **南取百越之地，以為桂林、象郡**：秦始皇三十三年取百越、陸梁等地，置桂林、象郡。百越指浙江、福建、廣東、廣西、越南等地，古為越族所居，種族繁多，號稱百越。桂林郡在廣西北部，象郡在廣東西南部、廣西南部及越南一帶。

47 **俛首係頸**：俛（粵：苦；普：fǔ），同「俯」，低頭。係，同「繫」，以繩繫頸。

48 **蒙恬北築長城**：蒙恬，秦代名將。秦始皇三十三年，蒙恬率兵三十萬，北逐匈奴，收復黃河以南地方。三十四年，築長城。

49 **匈奴**：歐亞大陸的遊牧民族，在蒙古地區立國（公元前二〇九—公元四六〇），長達六百餘年。

50 **彎弓**：彎，《史記》作「貫」，上弦也，音同。

51 **廢先王之道，燔百家之言**：燔，焚也；《兩漢文舉要》作「焚」。秦始皇三十四年，下令焚燒《秦紀》以外的各國史記、《詩》、《書》及百家語等書。翌年又坑死方士和儒生四百六十多人。

52 黔首：黔，黑色；秦始皇二十六年更名民曰黔首，即百姓。

53 隳（粵：輝；普：huī）：毀壞；《史記》及《兩漢文舉要》作「墮」，音同；下文「一夫作難而七廟隳」亦同。

54 收天下之兵：兵，武器。秦始皇二十六年收天下兵器。

55 銷鋒鍉，鑄以為金人十二：《兩漢文舉要》作「銷鋒鑄鐻，以為金人十二」，文字句讀略有不同。鍉（粵：嫡；普：dí），鋒也，又通「鏑」，箭鏃。金人，即銅人。

56 踐華為城，因河為池：踐，斷也。因，依也。華（粵：話；普：huà），西嶽太華山。河，黃河。沿着華山作為城郭，凭藉黃河作為護城河。

57 誰何：何，通「呵」。即呵斥、盤問行人。

58 關中：渭河平原，東有函谷關，南有武關（陝西商洛市商州區），西有散關（陝西寶雞市），北有蕭關（寧夏固原市），居四關之中，號稱關中。《三輔舊事》云：「西以散關為限，東以函谷為界，二關之中，謂之關中。」解釋更為清楚。

59 金城：堅固的城郭。

60 殊俗：指邊遠地區不同的風俗。

61 然而陳涉甕牖繩樞之子：《兩漢文舉要》無「然而」二字。陳涉（？—公元前二〇八），名勝，字涉，秦陽城（河南登封市）人。二世元年（公元前二〇九）與吳廣（？—公元前二〇八）在大澤鄉（安徽宿州市南）起兵反秦，自號張楚。甕（粵：蕹；普：wèng），陶製器皿，牖（粵：友；普：yǒu），用破罋口作窗戶。樞，門上的軸；繩樞，用草繩綑綁門板，形容家庭貧困。

62 **甿隸**：甿（粵：盟；普：méng），農民；《古文觀止》原作「氓」，其他《史記》、《文選》、《兩漢文舉要》等俱作「甿」，今正。隸，被判刑的人，亦指低賤的僕役。

63 **遷徙之徒**：徙。移動。指陳涉被徵調戍守漁陽（北京市密雲縣），亦指罰往邊地戍守的士卒。

64 **材能不及中庸**：庸，《史記》、《兩漢文舉要》作「人」。

65 **仲尼、墨翟**：仲尼，孔子（公元前五五一—前四七九）名丘，字仲尼。墨翟（粵：敵；普：dí）（公元前四六八—前三七六），即墨子，戰國時期的思想大家。

66 **陶朱、猗頓之富**：陶朱公即范蠡，輔佐句踐滅吳，其後變姓名經商於陶（山東定陶縣）。猗（粵：伊；普：yī）頓，魯人，學致富之道於陶朱公，乃遷往河東猗氏（山西安澤縣），大畜牛羊致富。或稱猗頓以經營鹽池起家。

67 **躡足行伍之間**：躡，踩；躡足即奔走。行（粵：杭；普：háng）伍，軍隊，古制以二十五人為行，五人為伍，行伍即軍隊下層組織的名稱。

68 **而倔起什伯之中**：《古文觀止》原作「俛起阡陌之中」，俛即「俯」字；《史記》作「俛仰」。依上下文比對，似以「倔起什伯」的語意比較連貫。今據《兩漢文舉要》改訂，句前尚增一「而」字。阡陌指田間道路。什伯指行伍十人百人之長，即下級士官。

69 **率罷散之卒**：罷，同「疲」。散，《古文觀止》原作「弊」，《史記》、《文選》、《兩漢文舉要》等俱作「散」，今正。

70 **天下雲集而響應**：集，《史記》作「會」；又《史記》與《兩漢文舉要》均無「而」字。

71 **贏糧而景從**：贏糧，帶着糧食。景（粵：映；普：yǐng），同「影」；景從，如影隨形。

72 **非尊於齊、楚**：非，《古文觀止》原作「不」，《史記》、《文選》與《兩漢文舉要》俱作「非」，今正。下文「非銛於鉤戟長鎩也」句同。

73 **鉏櫌棘矜**：鉏，鉏頭。櫌（粵：優；普：yōu），《兩漢文舉要》作「櫌」，農具，用於弄碎土塊，平整土地。棘矜，用棘木做的矛柄，即木杖。

74 **非銛於鉤戟長鎩也**：銛（粵：纖；普：xiān），鋒利，《兩漢文舉要》作「錟」。鉤戟，有鉤之戟。鎩（粵：殺；普：shā），長矛，《史記》作「鍛」，疑誤。

75 **謪戍之眾**：謪，徵調；《史記》與《兩漢文舉要》作「適」，《文選》作「讁」，亦貶謫之義，音義皆同。

76 非抗於九國之師也：抗，高出，超出；《史記》作「儔」，同輩。《兩漢文舉要》無「也」字。

77 曩時之士：曩（粵：攮；普：nǎng），過去，《史記》與《兩漢文舉要》作「鄉」。

78 功業相反：《史記》與《兩漢文舉要》句末增「也」字。

79 度長絜大：度（粵：踱；普：duó），量度。絜（粵：揭；普：xié），圍而量之。

80 然秦以區區之地：然，《史記》作「然而」二字。區區，微小。

81 致萬乘之權：此句《兩漢文舉要》作「千乘之權」。周制天子擁有兵車萬乘，比喻帝王氣象。

82 招八州而朝同列：招，《史記》作「抑」。朝，朝拜，使動用法。八州，古代全國分為九州，秦國僅佔雍州一地，卻能叫其他八州同列的諸侯前來朝拜。

83 七廟：古代帝王的宗廟奉祀七代祖先，三昭三穆，與太祖之廟合而為七。

譯文

秦孝公憑着殽山和函谷關的險固，坐擁雍州的地勢，君臣上下嚴密佈防，一直都在伺機而動打算取代周朝，有用席子捲起天下，用布疋包籠寰宇，將四海裝入袋子裏的整體策略，以達至併吞四面八方遠近各國的野心。在這個時侯，商鞅輔佐秦國，制定法律制度，專力發展農耕和紡織，整修防禦工事及提升戰備；在外交上採用連橫政策跟列國訂盟，使諸侯彼此猜忌惡鬥。於是秦國輕易奪得了黃河西岸大片的土地。

秦孝公死後，惠文王、武王、昭襄王繼承了原有的基業，遵照祖宗訂下的策略，向南兼併了漢中，向西攻佔巴、蜀，東邊割取了肥沃的土地，佔領險要的州郡。各國諸侯感到害怕，會商結盟，希望減少秦國的威脅。他們不惜用珍奇的器物、貴重的財寶和肥沃的土地，羅致天下的賢才，締結盟約聯合各國，構成一個整體。那時候，齊國有孟嘗君，趙國有平原君，楚國有春申君，魏國有信陵君。這四位公子，都是聰明睿智而又忠誠信實，寬容厚道又能真心愛人，尊敬賢士重視人才。他們約定採用合縱的方式，破解秦國的連橫政策，會同韓國、魏國、燕國、趙國、宋國、衞國、中山諸國組成聯軍。當時六國的賢士有寧越、徐尚、蘇秦、杜赫這一類謀臣替各國制定對策；有齊明、周最、陳軫、召滑、樓緩、翟景、蘇厲、樂毅這一班外交人才宣揚聯合抗秦的意圖；有吳起、孫臏、帶佗、兒良、王廖、田忌、廉頗、趙奢這一批將領指揮軍隊。他們以十倍的土地，百萬的雄師，挑戰函谷關進攻秦國。秦國開關迎擊敵人，九國的軍隊就逃跑了不敢冒進。秦國沒有消耗太多的武力，而各國諸侯已先自陷困境了。於是合縱的結盟自然解體，各國諸侯又爭着割地賄賂秦國。秦國因而有餘力對付沒落的諸侯，追趕那些逃走的、敗走的軍隊，躺下的死屍多達百萬，流淌的鮮血可以浮起大楯。秦國順着有利的形勢把握時機，將天下切割開來，將河山大地分成板塊，強國主動表示臣服，弱國按時入秦朝拜。

傳到了孝文王、莊襄王，在位的日子不長，國家沒有太大的作為。到了秦始皇，繼承了六代相傳的霸業，揮動長鞭決心統一全國，先是併吞了西周、東周，跟着消滅六國，登上了帝位，控制整個天地，拿着刀杖壓制天下人民，威風凜凜的震懾海內外。向南取得了百越大地，列為桂林郡、象郡。百越的君主俯首稱臣自我綑綁，等候朝廷官員的發落。又派蒙恬到北方修築長城，保衞邊疆，擊退匈奴後撤七百多里，胡人再也不敢南侵放牧，戰士也不敢拉弓放箭來報仇了。跟着廢棄先王至聖的言論訓誨，焚燒諸子百家的著述，以便實施愚民政策。破壞著名的都城，殺戮當地的英雄豪傑，沒收天下的兵器，全都送來咸陽，銷熔刀劍箭頭，鑄成了十二座銅人，以便削弱民間的武力。然後以華山作為城郭，把黃河看成了護城河，盤據着億丈的高城，挨着深不可測的河谷，以為就是最堅固的天然屏障了。有優秀的將帥、強勁的弓，在險要的地方設防；親信的大臣，精鋭的士卒，擺出鋒利的武器盤問來往的行人。天下都安定了，在秦始皇的心中，深信關中的地位十分穩固，堅固的城郭綿延千里，這就是子子孫孫千秋萬世的最佳保障了。秦始皇死後，餘威尚在，還可以震懾遠方異俗的外族。然而陳涉只不過是用破墻口作窗戶、用草繩綑綁門板的窮人子弟，是替人種田的僕役，是被徵調戍守邊疆的人。才能比不上中等資質的人，沒有孔子、墨子的賢德，也沒有陶朱、猗頓的財富。出身在軍旅之間，當上了什人長、伯人長之類的下級士官，率領着疲憊散亂的士卒，帶領着幾百人馬，轉過來攻打秦國。砍伐樹木做兵器，高舉竹竿作旗幟，天下人像雲一樣聚集，應聲而起，挑着糧食，如影隨形跟着他，殽山以東的英雄豪傑，跟着就一起舉義來顛覆秦國了。

其實秦國的國力絕不是弱小的，雍州的土地，殽山、函谷關的險要，還是跟過去一樣。陳涉的地位，並不比從前齊國、楚國、燕國、趙國、韓國、魏國、宋國、衞國、中山的國君尊貴；用鋤頭農具及棘木做的木杖，比不上鉤戟長矛的鋒利；那些被徵調往邊疆戍守的士卒，也比不上九國正規部隊的出色；謀略深遠看得通透，懂得調兵遣將方法的，都比不上過去的謀臣將領。但是成敗的結果卻不一樣，而事業的功效就恰好相反了。假使把從前山東的一些國家，跟陳涉比較計算長短大小，較量他們的力量權勢，根本就不可能相提並論。而且當年秦國以雍州小小的地方，以諸侯千乘兵車的國力，奪得其他的八大州，更使其他同等地位的諸侯國屈服稱臣，長達一百多年。然後把整個世界合併為一個國家，把殽山函谷關看作內地的宮室居所；想不到一個人的起義發難，竟然毀掉了秦國祭祀歷代祖宗的七廟，連國君也死於敵人的手上，為天下人所訕笑，這又是甚麼原因呢？仁義之道得不到彰顯，而進攻和防守的策略不同，天下大勢也就完全改觀了。

賞析與點評

〈過秦論上〉文筆精湛，敍事清晰，節奏輕快，雄辯滔滔，將秦國由艱苦崛起，到統一全國後迅即覆滅的歷史描繪出來，把握重點，言簡意賅，一直以來被視為必讀的佳作。讀過了本文，不啻重溫了一遍秦國史，同時也深感盛衰之間，成敗之際，興亡之機，強弱之勢，完全是不由人意安排似的，而整個攻守的形勢也就馬上逆轉了。也許我們可以視之為天意，其實作者更看重的卻是「仁義不施」的主旨，而這樣的論點自然還是歸結於人事了。

諸葛亮前出師表

後漢文　諸葛亮

本篇導讀——

諸葛亮（一八一—二三四），字孔明，後漢瑯琊郡陽都縣（山東沂南縣）人。漢末隱居鄧縣隆中（湖北襄樊市西），時人稱之為「臥龍」。建安十二年（二〇七），劉備（一六一—二二三）三顧草廬，請他出謀獻策，光復漢室。翌年赤壁之戰，跟孫權（一八二—二五二）合謀擊敗曹操（一五五—二二〇），奠定天下三分的局面。章武元年（二二一）為蜀漢丞相。劉備死，遺命輔佐後主（劉禪，二〇七—二七一）。建興元年（二二三）封武鄉侯，領益州牧。建興十二年八月在伐魏途中病卒於五丈原（陝西省岐山縣南）軍中。著《諸葛亮集》。

《三國志．蜀書．諸葛亮傳》：「建興元年，封亮武鄉侯，開府治事。頃之，又領益州牧。政事無巨細，咸決於亮。南中諸郡，并皆叛亂，亮以新遭大喪故，未便加兵。且遣使聘吳，因結和親，遂為與國。三年春，亮率眾南征，其秋悉平。軍資所出，國以富饒，乃治戎講武，以俟大舉。五年，率諸軍北駐漢中，臨發上疏。」諸葛亮〈前出師表〉載《三國志》本傳，寫於建興五年，本無篇名，《文選》題作〈出師表〉。翌年還有〈後出師表〉，亦見於《古文觀止》，但真偽參半。

臣亮言[1]：先帝創業未半[2]，而中道崩殂[3]。今天下三分，益州疲敝[4]，此誠危急存亡之秋也。然侍衛之臣不懈於內，忠志之士忘身於外者，蓋追先帝之殊遇，欲報之於陛下也。誠宜開張聖聽，以光先帝遺德，恢弘志士之氣，不宜妄自菲薄[5]，引喻失義[6]，以塞忠諫之路也。宮中府中[7]，俱為一體，陟罰臧否[8]，不宜異同。若有作奸犯科及為忠善者，宜付有司，論其刑賞，以昭陛下平明之治[9]，不宜偏私，使內外異法也[10]。侍中、侍郎郭攸之、費禕、董允等[11]，此皆良實，志慮忠純，是以先帝簡拔以遺陛下。愚以為宮中之事，事無大小，悉以咨之，然後施行，必能裨補闕漏[12]，有所廣益。將軍向寵[13]，性行淑均，曉暢軍事，試用於昔日，先帝稱之曰能，是以眾議舉寵為督。愚以為營中之事，事無大小，悉以咨之，必能使行陣和睦，優劣得所也。親賢臣，遠小人，此先漢所以興隆也；親小人，遠賢臣，此後漢所以傾頹也。先帝在時，每與臣論此事，未嘗不歎息痛恨於桓、靈也[14]。侍中、尚書、長史、參軍[15]，此悉貞亮死節之臣也[16]，願陛下親之信之，則漢室之隆，可計日而待也。

臣本布衣，躬耕於南陽[17]，苟全性命於亂世，不求聞達於諸侯。先帝不以臣卑鄙，猥自枉屈[18]，三顧臣於草廬之中[19]，諮臣以當世之事，由是感激，遂許先帝以驅馳。後值傾覆[20]，受任於敗軍之際，奉命於危難之間，爾來二十有一年矣[21]。先帝知臣謹慎，故臨崩寄臣以大事也。受命以來，夙夜憂歎[22]，恐託付不效，以傷先帝之明，故五月渡瀘[23]，深入不毛[24]。今南方已定，兵甲已足，當獎帥三軍[25]，北定中原，庶竭駑鈍[26]，攘除奸凶，興復漢室，還於舊都[27]。此臣所以報先帝，而忠陛下之職分也。至於斟酌損益，進盡忠言，則攸之、禕、允之任也。願陛下託臣以討賊興復之效；不效，則治臣之罪，以告先帝之靈。若無興德之言，則責攸之、禕、允之咎，以彰其慢[28]。陛下亦宜自謀[29]，以諮諏善道[30]，察納雅言，深追先帝遺詔，臣不勝受恩感激[31]。今當遠離，臨表涕泣[32]，不知所云[33]。

注釋

1 臣亮言：臣亮，作者自稱。言，上表陳事。《三國志》本傳缺此三字，《文選》首出始見之。

2 先帝：蜀漢昭烈帝劉備，即位三年而歿。

3 中道崩殂：中道，半途。天子死曰崩。殂，死亡，《文選》作「徂」。

4 益州疲敝：益州，蜀也，指整個四川。疲敝，困乏，指劉備在章武二年（二二二）伐吳，被東吳陸遜擊敗之事。

5 菲薄：菲，輕也。菲薄即看輕。

6 引喻失義：引喻淺近，以失大義。

7 宮中府中：宮中，指皇宮禁中。府中，指丞相府，代表國務機關。

8 陟罰臧否：陟（粵：職；普：zhì），擢升。罰，懲治。臧（粵：莊；普：zāng），美善。否（粵：鄙；普：pǐ），違紀犯法。臧否即品評善惡。

9 平明之治：平明，公平公開。治，施政。《三國志》、《文選》「治」作「理」，蓋避唐高宗李治諱所致。

10 內外：內謂宮中，外謂府中。

11 郭攸之：字演長，南陽（河南南陽市）人，建興二年（二二四）任黃門侍郎，後遷侍中。費禕（粵：衣；普：yī）（？—二五三）：字文偉，荊州江夏鄳（湖北省孝昌縣）人。後主踐位，任黃門侍郎，受命出使東吳，辭鋒敏銳，深受孫權器重。回國後遷為侍中。與諸葛亮、蔣琬、董允並稱為蜀漢四相。董允（？—二四六）：字休昭，南郡枝江（湖北枝江市）人，秉心公亮，時為黃門侍郎，後遷侍中，領虎賁中郎將，統宿衞親兵，對後主多所諫諍，是一位直臣。

12 禆補缺漏：禆，補助。禆補缺漏即補救缺點和疏漏之處。

13 向寵（？—二四〇）：襄陽宜城人。先主時為牙門將。秭歸之敗，惟向寵營保持完好，故先主稱之曰能。後主建興元年，封都亭侯，後為中部督，典宿衞兵，遷中領軍。延熙三年，征漢嘉蠻夷，遇害卒。

14 桓、靈：東漢桓帝劉志（一三二—一六七），在位二十二年（一四六—一六七）；靈帝劉宏（一五六—一八九），在位二十二年（一六八—一八九）。二帝用閹豎敗亡，皆昏荒無道之君。

15 侍中、尚書、長史、參軍：侍中即郭攸之。尚書指陳震（？—二三五），建興二年拜尚書。長史指張裔，諸葛亮出駐漢中，領留府長史。參軍指蔣琬，統留府事。

16 貞亮死節：貞，堅定不移。亮，誠信不欺。死節，死義殉節。

17 南陽：漢南陽郡轄有舊南陽、襄陽兩府地。諸葛亮居隆中，在南陽郡西境，即今湖北襄樊市內。古隆中舊址現已列為國家重點風景名勝區及國家重點文物保護單位。

18 猥自枉屈：猥，曲也。謂親身枉屈自己。

19 草廬：諸葛亮所居茅舍。相傳南陽鄧縣（河南鄧州市）西南有諸葛亮宅，是劉備三顧處。惟此說尚有爭論。

20 傾覆：指失敗，即漢獻帝建安十三年（二〇八），先主在當陽長坂（湖北當陽市）為曹操所敗，倉惶逃走之事。

21 爾來二十有一年矣：先主自建安十二年三顧草廬起計，至建興五年（二二七），共二十一年。

22 夙夜：早晚。

23 五月渡瀘：雅礱江之下游名曰瀘水，在四川會理縣西南匯入金沙江合流之處。一說瀘水在越嶲縣（四川西昌市）下三百里，為入滇必經之路，地理位置也很接近，今屬四川涼山彝族自治州。諸葛亮嘗於建興三年（二二五）五月南征，平定南方諸郡的叛亂。

24 不毛：指草木不生的蠻荒之地。

25 當獎帥三軍：帥，《三國志》本傳作「率」，訓率領，音義相同。

26 駑鈍：駑，劣馬。鈍，刀鋒不利。謂才能低劣平庸，乃自謙之辭。

27 舊都：西漢舊都原在長安，東漢光武帝遷於洛陽。

28 則責攸之、禕、允之咎，以彰其慢：咎，罪過。慢，怠慢。《三國志》本傳「咎」、「慢」二字剛好對調了。

29 自謀：謀，思考。《文選》作「課」，考察也。

30 諮諏：諮，問也。諏（粵：周；普：zōu），謀也。諮諏即詢問、商量。

31 不勝：勝（粵：升；普：shēng），勝任。不勝，就是不盡。

32 涕泣：泣，《三國志》本傳作「零」。

33 所云：云，《三國志》本傳作「言」。

譯文

臣諸葛亮上奏：先帝開基立國，還沒到一半，中間就駕崩了。現在天下分為三國，而益州地方人民勞苦困乏，這真是到了最危險的關頭了。但保衛京師的衛隊，在國內不敢懈怠，而盡忠愛國的官兵將士，亦願意獻身對外作戰，看來他們都感念先帝特殊的恩遇，就用來報答皇上了。皇上應該廣開言路多聽意見，將先帝的美德發揚光大，振起愛國之士的氣勢；不應該小看自己，說些不合理的話，這樣就會堵塞忠言勸諫的途徑了。

皇宮內廷和丞相外府，都是國家整體，擢升懲治、品評善惡，不能夠沒有標準。如果有違紀犯法或盡忠職守的，都應該交給主管部門處理賞罰事宜，藉以表現皇上公平公開的治國理念，不能偏幫或有私心，否則對內對外就有不同的法紀了。

侍中郭攸之、費禕、侍郎董允等，都是善良誠實的人，志向思慮忠貞純樸，因此先帝選拔他們來協助皇上。臣認為宮中的事項，無論大事小事，全部都要諮詢他們，然後才能付諸實行，這樣一定能夠補救缺點和漏洞，提升工作效率。至於將軍向寵，品格和行為都賢淑公正，完全了解軍事佈置，過去曾經受過考驗，先帝稱讚他「能幹」，因此朝臣公議推舉向寵任都督。臣認為軍中的事項，無論大事小事，全都要諮詢向寵，這樣才能使行軍佈陣順暢而又嚴肅，才能高的人和才能低的人都得到合理安排。親近賢良的忠臣，遠離邪惡的小人，這是漢代前段時期得以興盛的原因；親近邪惡的小人，遠離賢良的忠臣，這就是漢代後期敗壞覆亡的原因了。先帝在生之時，常常跟微臣討論這個問題，沒有不對桓帝、靈帝兩朝政治的敗壞感到難過和痛心的。現在侍中郭攸之、尚書陳震、長史張裔、參軍蔣琬各人，這些都是堅定誠信願意為國犧牲的大臣，希望皇上親近他們、信任他們，那麼漢室的復興和隆盛，相信數數日子很快就會實現了。

臣平民出身，在南陽耕作田地，只希望能在亂世中養活自己，沒有想過要顯要和得到權貴的賞識。先帝不嫌棄微臣出身低賤，還親身委屈自己，到臣的茅舍之中來訪三次，向臣詢問當代的天下大勢，為此臣十分感動，就答應為先帝效勞。後來在當陽長坂一役中遇到了挫折，在戰事失利的情況下接受委任，在非常危險艱難的日子中奉命出使，從那時到現在已經有二十一年了。先帝了解臣任事小心謹慎，所以臨近駕崩的時候就委託臣肩負復國的大任。接受任命以後，臣早晚憂慮感歎，擔心託付的任務沒有成效，會損害先帝的知人之明，所以前年五月渡過瀘水，穿過草木不生的蠻荒地帶。現在南方的動亂已經敉平了，軍隊的裝備也很足夠，就應該激勵三軍將士，出師北伐收復中原，希望盡微薄的力量，消滅叛逆的奸邪兇惡，光復漢室正統，回到我們的故都，這就是臣以此來報答先帝和忠於皇上的職責所在了。至於對政務作周詳考慮，區分該做不該做的事，提出好的意見，這就是郭攸之、費禕、董允等人的任務了。希望皇上任命臣負責討伐逆賊光復漢室的工作，沒有成效就懲罰臣，藉以稟明先帝的神靈。如果沒有增進德行的建議，就要責備郭攸之、費禕、董允等人，表明他們怠慢失職。皇上也要自我思考，聽取多方面的良策，謹慎地接納忠良的建言，仔細思考先帝的遺訓，微臣就會對皇上的厚愛感激不盡了。現在快要出發了，上表的時候忍不住哭起來，不知道說些甚麼話了。

賞析與點評

諸葛亮親自領兵北伐，可是又放心不下留在成都的後主劉禪。當時劉禪才二十一歲，一直就是扶不起的阿斗，限於君臣的名分，要調教並不容易，因此寫下了〈前出師表〉，目的就是希望劉禪能夠按照他的人事佈局安排，穩住形勢，不要胡作妄為。所以整篇文章都是苦口婆心的諄諄告誡。劉禪看了，未知會有多大的感動。但千古以來，很多讀者都被諸葛亮的忠心和誠意打動了，特別是結尾三句，「今當遠離，臨表涕泣，不知所云」，令人動容。

本文直抒胸臆，文字淺白，深摯誠懇，語語從肺腑中自然流出，就像當面的說話一樣，表現出忠心負責的形象，最後感懷國事，還是哭出來了。

陳情表

李密

本篇導讀——

李密（二二四—二八七），字令伯，蜀漢犍為郡武陽縣（四川彭山縣）人。父親早逝，母親何氏再嫁，由祖母劉氏撫養成人。師從學者譙周門下，博覽五經。後主時任尚書郎，出使東吳，有才辯。晉武帝泰始三年（二六七），朝廷徵召為太子洗馬，李密上表請辭，因當時祖母已九十六歲，難以遠行，而武帝讀表之後亦深受感動。其後任溫縣（河南溫縣）縣令、漢中（陝西漢中市）太守等，六十四歲病卒。

李密〈陳情表〉解釋不能出仕的原因，情辭懇切，委婉動人。文中提到「伏惟聖朝以孝治天下」，剛好就是作者所面對的困境，在忠孝難兩存之間，只能首先選擇盡孝了。孝道是人倫的基本，而晉武帝也尊重了李密的抉擇。《文選》題作〈陳情事表〉。

臣密言：臣以險釁[1]，夙遭閔凶[2]。生孩六月，慈父見背[3]；行年四歲，舅奪母志。祖母劉，愍臣孤弱，躬親撫養。臣少多疾病，九歲不行，零丁孤苦，至於成立。既無叔伯，終鮮兄弟[4]。門衰祚薄，晚有兒息[5]。外無朞功強近之親[6]，內無應門五尺之童。煢煢孑立[7]，形影相弔[8]。而劉夙嬰疾病[9]，常在牀蓐[10]；臣侍湯藥，未嘗廢離[11]。

逮奉聖朝，沐浴清化[12]。前太守臣逵，察臣孝廉[13]；後刺史臣榮，舉臣秀才[14]。臣以供養無主[15]，辭不赴命。詔書特下，拜臣郎中。尋蒙國恩，除臣洗馬[16]。猥以微賤[17]，當侍東宮[18]，非臣隕首所能上報。臣具以表聞，辭不就職。詔書切峻，責臣逋慢[19]。郡縣逼迫，催臣上道。州司臨門，急於星火。臣欲奉詔奔馳，則以劉病日篤；欲苟順私情，則告訴不許。臣之進退，實為狼狽[20]。

伏惟聖朝以孝治天下，凡在故老，猶蒙矜育；況臣孤苦，特為尤甚。且臣少事偽朝[21]，歷職郎署，本圖宦達，不矜名節。今臣亡國賤俘，至微至陋。過蒙拔擢，寵命優渥，豈敢盤桓，有所希冀？但以劉日薄西山，氣息奄奄，人命危淺，朝不慮夕。臣無祖母，無以至今日；祖母無臣，無以終餘年。母孫二人，更相為命[22]。是以區區不能廢遠[23]。臣密今年四十有四，祖母劉今年九十有六；是以臣盡節於陛下之日長，報劉之日短也[24]。烏鳥私情，願乞終養！臣之辛苦，非獨蜀之人士，及二州牧伯，所見明知；皇天后土[25]，實所共鑑。願陛下矜愍愚誠，聽臣微志。庶劉僥倖，卒保餘年。臣生當隕首，死當結草[26]。臣不勝犬馬怖懼之情[27]，謹拜表以聞！

注釋

1 險釁：艱險禍患，指命運惡劣。

2 閔凶：閔，憂也。凶，不幸的事。指父死母去。

3 見背：逝世，有背棄之意。

4 鮮：少。

5 晚有兒息：息，子也。到晚年才有子嗣。

6 朞功強近之親：朞（粵：基；普：jī）、功皆喪服名。朞服服喪一年，即伯叔兄弟。功分大功、小功，大功服喪九月，指堂兄弟；小功服喪五月，指堂姪、堂姪孫之屬。強（粵：襁；普：qiǎng）近，謂勉強可以親近或依靠的親族。

7 煢（粵：鯨；普：qióng）孑（粵：揭；普：jié）立：煢煢，沒有兄弟，孤單貌。孑，單獨。《文選》作「獨」。

8 弔：慰問。

9 嬰：遇也，患上。

10 蓐：即褥，草墊子，草席。

11 未嘗：《文選》作「未曾」。

12 逮奉聖朝，沐浴清化：逮，到了。聖朝，指晉朝，當時蜀漢滅國已經四年。沐浴，蒙受。清化，清明的風俗教化。

13 孝廉：漢代選拔人才的標準，以品德為重。孝謂善事父母者，廉謂清潔有廉德者。這是官吏入職的基本條件。

14 秀才：經州一級地方政府推選出來認為優秀的人才。

15 供養：供（粵：貢；普：gòng），奉獻。養（粵：讓；普：yàng），下奉上曰養，供養父母長輩舊讀去聲，表示敬意。至於養兒育女或家畜之類物，則讀如字平聲、上聲（粵：公仰；普：gōng yǎng）。

16 除臣洗馬：除，任命。洗馬，漢時為東宮屬官，太子出，則前驅。晉以後改掌圖籍。

17 猥：辱也，自謙之辭。

18 東宮：太子宮。

19 逋慢：逋，逃避。慢，怠慢。

20 狼狽：狼前二足長，後二足短；狽前二足短，後二足長。狼無狽不立，狽無狼不行。狼狽相離，則進退不得，表示兩難之狀。

21 偽朝：指蜀漢。相對於晉朝來說，蜀漢並不是正統合法的政權，故稱之為偽。

22 更相為命：更（粵：庚；普：gēng），更迭，更替。即相依為命，互相支持。

23 區區：拳拳之意。

24 報劉：《文選》作「報養劉」，增一「養」字。

25 皇天后土：謂天地神明。后土，地神。

26 死當結草：死後報恩之意。典出《左傳》：晉將魏顆放了父親的寵妾，未讓她殉葬，而是把她嫁了出去。其後魏顆與秦將杜回交戰，有老人結草絆倒杜回，使秦軍大敗。原來老人就是寵妾的亡父，為了報恩而結草為報了。

27 不勝犬馬：勝，盡也。犬馬乃臣對君自卑之辭，表示身份微賤。

譯文

臣李密稟告：臣因為命運險惡，很早就遭遇了禍患。出生才六個月，父親就去世了。到了四歲時，舅父就逼母親改嫁了。祖母劉氏憐憫臣孤苦幼弱，就親自養育。臣小時候身體多病，九歲還不能走路；在孤單困苦中，慢慢就長大了。家中沒有伯父叔父，也沒有多少兄弟，家道衰微，福祚淺薄，很遲才生下兒子。家外沒有伯叔兄弟、堂兄弟之類可以勉強依靠的親族，而家中也沒有看管門戶的小孩僮僕。孤孤單單的一個人，只有形體和影子相互照應。而且劉氏早就患上各種疾病，常常躺在牀上，臣侍奉她喝水吃藥，一直沒有離開過她。

到了聖明的晉朝，得以蒙受清明的風俗教化。前任太守名叫逵的，選拔臣作孝廉；後任刺史名叫榮的，又推舉臣當秀才。臣因為沒有人照顧祖母，也就辭職不赴任了。皇上特別頒下了詔書，派臣作郎中。未幾又蒙受國家的賞識，任命臣當洗馬。像臣這樣出身微賤地位卑下的人，擔當侍奉太子的職務，這實在不是臣殺身捐軀就能報答皇上的。臣於是具體上表說明清楚，再次請辭不能就職。跟着皇上的詔書措詞嚴峻，責備臣規避徵聘，辦事怠慢；而縣官催促臣出發上路，州官親自蒞臨寒舍，急得像星火快要燒起來了。臣想過馬上接受詔令動身到職，可是劉氏的病況一天比一天嚴重；希望暫時順應親情照顧老人，請求寬限亦未得許可。臣現在進退兩難，實在是狼狽極了。

臣低頭深思，當前聖明的朝廷以宣揚孝道感化天下為要務，凡是長者老人，都受到憐恤和奉養，何況臣孤獨艱苦的情況，還特別嚴重呢！而且臣過去曾在蜀漢偽政權任事，官至尚書郎，本來就想在宦途中飛黃騰達，無意以名聲和節操來炫耀。現在臣已經是亡國俘虜了，地位至為低賤至為鄙陋，承蒙朝廷過分的提拔，寵愛有加待遇優厚，怎麼敢拖延不決，有更多的企望呢？可是劉氏快到臨終時候，只剩下微弱的氣息，生命所剩無多，過得了早上也不敢想到晚上。臣如果沒有祖母，就不能活到今天；祖母沒有了臣，就不能好好地過餘下的日子了。我們祖孫二人，相依為命，所以臣內心實在不忍拋下她遠行。臣李密今年四十四歲，祖母劉氏今年九十六歲，看來是臣為皇上盡節的日子還很長，而報答劉氏時日無多了。臣烏鴉反哺的心願，希望皇上成全，令臣能供養老人到最後一天。臣的艱難情況，不但蜀中人士及梁州、益州的長官看得很清楚，就是天地神靈，也全都可以一起鑒定的。希望皇上憐恤這一點真誠，滿足臣下卑微的願望，使劉氏能僥倖平安度過晚年。臣活在世上，固然會捨命盡忠，就算死了，也會結草銜環來報恩的。臣懷着無盡卑賤恐懼的心情，認真地呈上表章，希望能得到體諒。

賞析與點評

李密不肯出仕，為的是要親自照顧年邁的祖母；而晉武帝三度徵召李密赴任，官職還一升再升，對於一般人來說，自然是求之不得，何必一推再推呢？李密不肯從命，他堅持的又是甚麼呢？

李密曾在蜀漢為官，亦以孝知名於天下，願不願意在新朝任職，我們不知道；但他的一點孝心，在〈陳情表〉中坦露無遺。本文文字淺白，情辭懇切，只是老實交待身世，以及跟祖母相依為命的經歷，真情實感，令人動容。〈陳情表〉就跟〈出師表〉一樣，一篇述孝，一篇盡忠，都是千古不朽的至情文字，讓人百讀不厭。

桃花源記

陶潛

本篇導讀——

陶潛（三六五—四二七），字淵明。一說名淵明，字元亮。潯陽柴桑（江西九江市）人。孝武帝太元十八年（三九三），起作江州（江西九江市）祭酒。安帝隆安二年（三九八），一度輔佐桓玄（三六九—四〇四）。元興三年（四〇四），出任劉裕的鎮軍參軍，次年任江州刺史劉宣的參軍。後來又做過彭澤（江西彭澤縣）令，未幾即解下印綬，辭職不幹了。晉亡後隱居不仕。宋文帝元嘉三年（四二六），名將檀道濟任江州刺史，慕名拜訪，陶潛亦不肯復出了。次年患病，從容寫好遺囑〈與子儼等疏〉、〈自祭文〉、〈自輓詩〉等。卒年六十二歲，私謚靖節。著《陶淵明集》。

〈桃花源記〉原是〈桃花源詩並記〉的序文，後來獨立出來，引起廣大讀者的共鳴，而原詩偏於說理，反不如本文流傳久遠。本文大約作於宋武帝永初二年（四二一），也就是晉宋易代之際，陶潛明五十七歲，隱居不仕。桃花源只是作者假想的世界，以此擺脫現實政治的局限，追求心靈的淨土，和平恬靜，自給自足。

晉太元中[1]，武陵人捕魚為業[2]。緣溪行[3]，忘路之遠近，忽逢桃花林。夾岸數百步，中無雜樹，芳草鮮美，落英繽紛[4]。漁人甚異之。復前行，欲窮其林。林盡水源，便得一山。山有小口，髣髴若有光。便捨船，從口入。

初極狹，纔通人。復行數十步，豁然開朗[5]。土地平曠，屋舍儼然[6]。有良田、美池、桑竹之屬[7]，阡陌交通[8]，雞犬相聞[9]。其中往來種作，男女衣著，悉如外人。黃髮垂髫[10]，並怡然自樂。見漁人，乃大驚。問所從來，具答之[11]。便要還家[12]，設酒殺雞作食。村中聞有此人，咸來問訊。自云先世避秦時亂，率妻子邑人來此絕境[13]，不復出焉，遂與外人間隔。問今是何世，乃不知有漢，無論魏晉。此人一一為具言所聞，皆歎惋[14]。餘人各復延至其家[15]，皆出酒食[16]。停數日，辭去。此中人語云[17]：「不足為外人道也。」

既出，得其船，便扶向路[18]，處處誌之[19]。及郡下，詣太守[20]，說如此。太守即遣人隨其往，尋向所誌，遂迷不復得路。南陽劉子驥[21]，高尚士也，聞之，欣然規往[22]，未果，尋病終[23]。後遂無問津者[24]。

注釋

1 太元：東晉武帝的年號（三七六——三九六），共二十一年。
2 武陵：晉郡名，在今湖南常德市。
3 緣：順着，動詞。
4 落英繽紛：落英，落花。繽紛，繁多雜亂之貌。
5 豁然開朗：突然眼前一亮，變得寬闊明亮的樣子。
6 儼然：整齊的樣子。
7 屬：類也。
8 阡陌交通：阡陌，田間分界道，東西曰阡，南北曰陌。交通，交錯相通。
9 相聞：聞，聽到；相聞，互相聽到。
10 黃髮垂髫：黃髮，指老人髮色轉黃。垂髫，指兒童的頭髮下垂。
11 具：詳細。
12 要：同「邀」，邀請。
13 絕境：與世隔絕的地方。

14 歎惋：感慨和驚訝。

15 復延：復，再。延，邀請。

16 酒食：食（粵：飼；普：sì），食物，名詞，舊音讀去聲；入去兩讀有區別動、名的辨義作用，上文「作食」（粵：蝕；普：shí），指吃飯，即讀如字。

17 此中人語云：語（粵：預；普：yù），對他說。

18 便扶向路：扶，沿着。向，以前；向路，前時所來之路。

19 誌之：留下記號。

20 詣：謁見。

21 南陽劉子驥：劉驎之，南陽（河南南陽市）人，好遊山水，嘗採藥至衡山，得遇仙境。事見《晉書·隱逸傳》。

22 規往：計劃前往。

23 尋：不久。

24 問津：津，渡口。問津指問路。

譯文

東晉太元年間，有一位武陵郡人，靠打魚為生。他順着溪流划船，也不知道走了多遠的路，忽然出現了一片桃花林。桃花林夾着溪流的兩岸生長，長達數百步，沒有其他不同的樹木，青草鮮嫩芳香，飄下來的花瓣繁多而又雜亂，漁夫被這樣的美景吸引着，十分驚異。他接着再向前划去，希望看到整個桃花林。到了桃花林的盡頭也即溪水發源的地方，看見了一座山。山上有小洞口，隱隱好像有些光亮，漁夫於是丟下了小船，從洞口走進去。

開始時通道十分狹窄，只夠一個人通過；再走幾十步，突然眼前一亮，變得寬闊明亮。這裏的地面平坦寬廣，房屋也很整齊。有肥沃的田地，優美的池塘，以及桑樹、竹林之類。田間小路四通八達，雞狗的叫聲都可以聽到。這裏來來往往耕作幹活的人，男女的裝束穿戴，就跟外面的人一樣；老人和小孩，都很安適地自得其樂。大家看見來了個漁人，感到十分驚訝，就問漁夫從哪裏來，漁夫詳盡地回答他們。大家於是邀請漁夫到家中作客，拿出酒來，殺雞做菜，請他吃飯。村裏的人聽說漁人來了，紛紛來打聽消息。他們說祖先為了逃避秦朝的禍亂，帶着妻子兒女和同鄉的人來到這個與世隔絕的地方，從此不再出去，於是也就跟外面的世界斷了來往。他們問現在是甚麼世代，竟然連漢代都沒聽過，就更不用說魏代、晉代了。漁夫就一件一件把他所知道的事情說給他們聽，他們聽後都十分感慨和驚訝。其他人都將漁夫請到自己的家中作客，預備酒飯接待他。住了幾天之後，漁夫告辭。這裏的人對他說：「不要對外邊的人說這裏的事。」漁夫出了山洞，尋回了自己的小船，就沿着前時所來的水路回去，並處處留下記號。一回到郡裏，漁夫馬上拜見太守，稟報自己的經歷。太守立刻派人跟着他前去，尋找過去所作的記號，可還是迷失方向認不得原來的路。南陽劉驎之先生，是道德高尚的名人，聽到了這個消息，很高興的要計劃往訪，但是還沒成行，不久就病死了，以後再也沒有人打聽了。

賞析與點評

世上有沒有桃花源呢？陶淵明〈桃花源記〉是寫實的，還是虛構的？所謂桃花，其實只是一個美麗的意象，一個充滿象徵意味的符號而已，有沒有桃花並不重要。就像本文所說的，桃花源就在溪流的兩岸，直至源頭一帶。漁人一進洞口，馬上又到了現實的世界，裏面的人如常工作，文中也沒提到桃花。

桃花源又在哪裏？漁人是武陵人，相傳桃花源就在今湖南常德市桃源縣西南三十里，即沅江下游一條小支流上，有道教第三十五洞天、第四十六福地之稱，今為桃花源景區。其實江西九江市星子縣廬山康王谷亦有「世外桃源」的美稱，在陶淵明故居附近，也是著名的景點。

至於〈桃花源記〉的作意，故事當然是虛構的，只是表達了作者期望走出亂世、避開政治干擾的期望。作者筆下的桃花源中並沒有行政長官，大家平等相待，生活富裕。假如某一天，桃花源內爭權奪利，相互廝殺，人性的醜惡表露無遺，那麼桃花源也就跟外面的世界沒有區別了。

五柳先生傳

陶潛

本篇導讀——

《晉書．隱逸傳》云：「潛少懷高尚，博學善屬文，穎脫不羈，任真自得，為鄉鄰之所貴。嘗著〈五柳先生傳〉以自況。……時人謂之實錄。」本文是陶潛的自傳，也是作者早年的個人寫照。本文大約寫於晉武帝太元十七年（三九二）陶潛首次出仕江州祭酒之前，當時他二十八歲，嚮往古人簡單自然的生活，力求忘懷得失，無欲無求，其實也帶有反抗現實的意味。著名古代文學史研究專家逯欽立以為該文作於陶潛五十六歲時，即宋武帝劉裕建政的永初元年（四二〇），文末「無懷氏」、「葛天氏」暗喻不仕宋朝之意。

先生不知何許人也，亦不詳其姓字，宅邊有五柳樹，因以為號焉。閑靜少言，

不慕榮利。好讀書，不求甚解；每有會意，便欣然忘食。性嗜酒，家貧不能常得。親舊知其如此，或置酒而招之，造飲輒盡[1]，期在必醉；既醉而退，曾不吝情去留[2]。環堵蕭然[3]，不蔽風日；短褐穿結[4]，簞瓢屢空[5]，晏如也[6]。常著文章自娛，頗示己志。忘懷得失，以此自終。

贊曰[7]：黔婁有言[8]：「不戚戚於貧賤[9]，不汲汲於富貴[10]。」其言茲若人之儔乎[11]？銜觴賦詩，以樂其志，無懷氏之民歟？葛天氏之民歟[12]？

注釋

1 造飲：探訪飲酒。

2 吝情：吝，吝嗇。吝情即留戀。

3 環堵蕭然：堵，牆壁。環堵即住室周圍。蕭然，空寂貌。

4 短褐：粗布短衣。

5 簞瓢屢空：簞，盛飯的竹器。瓢，乾葫蘆瓜，盛飲料的容器。屢空（粵：控；普：kòng），窮，匱乏。《論語．先進》云：「回也其庶乎，屢空。」顏回道德精神近乎完善，但他的物質生活卻是匱乏的。

6 晏如：如，語助詞。晏如指喜樂、安心之貌。

7 贊曰：史傳文後附加的一段評論，具有總結意義。

8 黔婁：或作「黔婁之妻」。黔婁，隱居於濟之南山（濟南千佛山）。修身清節，安貧樂道。魯恭公、齊威王先後想聘他任卿相，拒絕不就。死後衾不蔽體，頭腳都露出外面。曾參建議將白布斜放，就可以蓋住身體。但黔婁的妻子反對說：「邪而有餘，不如正而不足也。先生以不邪之故，能至於此。生時不邪，死而邪之，非先生意也。」事見《列女傳》。

9 戚戚：憂慮貌。

10 汲汲：不斷追求的樣子。

11 若人之儔：若人，此人，指五柳先生。儔，類也。

12 無懷氏、葛天氏：傳說中的上古帝王，象徵淳樸自然的世界。

譯文

先生不知道是甚麼地方人士，也不清楚他的姓名字號，住所旁邊種有五棵柳樹，因此就用來作別號了。他安閒沉靜，很少說話，也不羨慕榮華富貴。他喜歡讀書，不會要求完全理解；到了有所領會的時候，就高興得忘了吃飯。生性喜歡喝酒，可是家境貧困，不能常常買酒。親戚朋友了解他這樣的狀況，有些人就備辦酒席，請他來喝酒，他去喝酒就盡情暢飲，希望一定喝醉，喝醉了就告辭回去，來去隨心，不會有任何牽掛。家中四壁都空空的，擋不了風吹日曬。他穿的是粗布短衣，衣服破了就不斷修補，喝的吃的很多時都很匱乏，但內心還是安然舒泰的。有時寫文章自我欣賞，頗能展示個人的志趣，從而忘掉了得意與失意之事，希望就這樣過一生。

贊文說：黔婁有言：「不要擔心貧賤的生活，也不必急於謀求富貴。」這兩句話，可能說的就是像五柳先生那一類人吧！飲酒作詩，可以滿足個人的志趣。這是無懷氏的百姓呢，還是葛天氏的百姓呢？

滕王閣序

王勃

本篇導讀——

王勃（六五〇——六七五），字子安，絳州龍門（山西河津市）人。隋末大儒王通的孫子，也是著名詩人王績的姪孫。生於書香世家，天資聰慧。六歲即解屬文，詞情英邁。龍朔元年（六六一），以神童薦於朝。麟德元年（六六四），對策高第，授朝散郎，召為沛王府修撰。總章二年（六六九），諸王好鬥雞，因戲為〈檄英王雞〉文，觸怒唐高宗，遂被廢職，斥出沛王府。遠遊江漢。咸亨四年（六七三），補虢州參軍（河南靈寶市南），恃才傲物，為同僚所嫉，因擅殺官奴當誅，遇赦除名，其父王福畤受累貶為交趾（越南河內西北）令。上元二年（六七五），王勃南下探親。十一月至南海（廣東廣州市），渡海溺水，受驚而死。年二十六歲。王勃文章宏麗，乃「初唐四傑」之首。著《王子安集》十六卷。

滕王閣在今江西南昌市贛江邊上，與黃鶴樓、岳陽樓並稱為江南三大名樓。唐高宗永徽四年（六五三）為洪州都督李元嬰所建，這是一座皇家建築，極台榭歌舞之盛。貞觀十三年（六三九），李元嬰獲封為滕王，因以名閣。滕王閣先後經歷二十八次修葺，一九二六年毀於軍閥混戰之中。現在所見的乃一九八九年建成，已經是第二十九次重建了。

相傳閻伯嶼為洪州牧，九月九日宴群僚於滕王閣上。王勃路過南昌，獲邀赴宴，即席而作此文。關於王勃〈滕王閣序〉的寫作時間，過去即有二說。一說龍朔三年（六六三），王定保《唐摭言》說王勃「時年十四」。當時王勃的父親或任六合縣（江蘇南京市六合區）令，王勃探親路過洪州時作。序文中有「童子何知，躬逢勝餞」之語，可以為證。《新唐書·文藝傳》曰：「初，（王勃）道出鍾陵（即今江西南昌市），九月九日都督大宴滕王閣，宿命其婿作序以誇客，因出紙筆遍請客，莫敢當。至勃，沆然不辭。都督怒，起更衣，遣吏伺其文輒報。一再報，語益奇，乃矍然曰：『天才也！』請遂成文，極歡罷。」可見當時王勃一揮而就、語驚四座的情景。一說上元二年，辛文房《唐才子傳·王勃》指為「父福畤坐是左遷交趾令。勃往省覲，途過南昌」之作，二說互有不同。文中有「無路請纓，等終軍之弱冠」之語，「弱冠」即二十歲。各有所見，難以論定。現代一般多採用後說，據王勃〈過淮陰謁漢祖廟祭文〉，則八月十六日在淮陰祭漢高祖，九月至洪州，十一月旅次南海，未幾即遇溺而死。

〈滕王閣序〉全稱〈秋日登洪府滕王閣餞別序〉，亦名〈滕王閣詩序〉，以詩為主，序文只用來解釋詩作的背景，卻比詩作更為著名，這跟陶淵明〈桃花源詩並記〉的情況相似。

南昌故郡[1]，洪都新府[2]；星分翼軫[3]，地接衡廬[4]。襟三江而帶五湖[5]，控蠻荊而引甌越[6]。物華天寶，龍光射牛斗之墟[7]；人傑地靈，徐孺下陳蕃之榻[8]。雄州霧列，俊采星馳。台隍枕夷夏之交[9]，賓主盡東南之美。都督閻公之雅望[10]，棨戟遙臨[11]；宇文新州之懿範[12]，襜帷暫駐[13]。十旬休暇[14]，勝友如雲；千里逢迎，高朋滿座。騰蛟起鳳[15]，孟學士之詞宗[16]；紫電青霜[17]，王將軍之武庫[18]。家君作宰[19]，路出名區；童子何知，躬逢勝餞。

時維九月，序屬三秋。潦水盡而寒潭清[20]，煙光凝而暮山紫。儼驂騑於上路[21]，訪風景於崇阿[22]；臨帝子之長洲[23]，得仙人之舊館[24]。層巒聳翠，上出重霄；飛閣流丹，下臨無地[25]。鶴汀鳧渚[26]，窮島嶼之縈迴；桂殿蘭宮[27]，列岡巒之體勢[28]。披繡闥[29]，俯雕甍[30]。山原曠其盈視，川澤盱其駭矚。閭閻撲地[31]，鐘鳴鼎食之家[32]；舸艦迷津[33]，青雀黃龍之舳[34]。虹銷雨霽，彩徹雲衢[35]。落霞與孤鶩齊飛[36]，秋水共長天一色。漁舟唱晚，響窮彭蠡之濱[37]；雁陣驚寒，聲斷衡陽之浦[38]。

遙吟俯暢[39]，逸興遄飛[40]。爽籟發而清風生[41]，纖歌凝而白雲遏[42]。睢園綠竹[43]，氣凌彭澤之樽[44]；鄴水朱華[45]，光照臨川之筆[46]。四美具，二難并[47]。窮睇眄於中天[48]，極娛遊於暇日。天高地迥，覺宇宙之無窮；興盡悲來，識盈虛之有數。望長安於日下[49]，指吳會於雲間[50]。地勢極而南溟深[51]，天柱高而北辰遠[52]。關山難越，誰悲失路之人；萍水相逢，盡是他鄉之客。懷帝閽而不見[53]，奉宣室以何年[54]。

嗚呼[55]！時運不齊，命途多舛；馮唐易老[56]，李廣難封[57]。屈賈誼於長沙[58]，非無聖主；竄梁鴻於海曲[59]，豈乏明時？所賴君子安貧，達人知命。老當益壯，寧知白首之心[60]；窮且益堅，不墜青雲之志[61]。酌貪泉而覺爽[62]，處涸轍以猶懽[63]。北海雖賒[64]，扶搖可接[65]；東隅已逝[66]，桑榆非晚[67]。孟嘗高潔[68]，空懷報國之心[69]；阮籍猖狂，豈效窮途之哭[70]？

勃三尺微命[71]，一介書生[72]。無路請纓，等終軍之弱冠[73]；有懷投筆[74]，慕宗愨之長風[75]。舍簪笏於百齡[76]，奉晨昏於萬里[77]。非謝家之寶樹[78]，接孟氏之芳鄰[79]。他日趨庭[80]，叨陪鯉對[81]；今晨捧袂[82]，喜托龍門[83]。楊意不逢，撫凌雲而自惜[84]；鍾期既遇，奏流水以何慚[85]？

嗚呼！勝地不常，盛筵難再；蘭亭已矣[86]，梓澤坵墟[87]。臨別贈言，幸承恩於偉餞；登高作賦，是所望於群公。敢竭鄙誠，恭疏短引[88]。一言均賦[89]，四韻俱成[90]。請灑潘江，各傾陸海云爾[91]！

滕王高閣臨江渚。佩玉鳴鸞罷歌舞[92]。畫棟朝飛南浦雲[93]，珠簾暮捲西山雨[94]。閒雲潭影日悠悠，物換星移幾度秋。閣中帝子今何在，檻外長江空自流。

注釋

1 南昌故郡：南昌，原作「豫章」，因避唐代宗李豫諱改。漢高祖六年（公元前二〇一），灌嬰修築城池，名曰南昌，為豫章郡治所在地。

2 洪都：江西南昌市，漢屬豫章郡治，隋唐曰洪州，設都督府。

3 星分翼軫：古人以天上星宿與地上區域對應，稱為分野。豫章屬吳地，吳越揚州當牛、斗星分野，而翼、軫二星則屬楚的分野。據南昌而上考天文，則與楚地南七宿的翼、軫二星為鄰。

4 地接衡廬：衡，衡山，代指衡州（湖南衡陽市），在南昌的西南方。廬，廬山，代指江州（江西九江市），在南昌的北方。本句指則南昌跟衡山、廬山緊相連接。

5 襟三江而帶五湖：襟，衣襟，有包攬的意思。三江舊有多說，當指流貫江西幾條重要的河流，如贛江、撫河、修水等，南昌剛好位於三江的上游，如衣襟的位置，注入鄱陽湖。帶，衣帶，有束縛的意思；五湖指洞庭湖、鄱陽湖、青草湖、丹陽湖、太湖等，以此為南方大湖的總稱，鄱陽湖據五湖之中，與各湖相連。此句形容南昌地勢之壯闊。

6 控蠻荊而引甌越：控，扼控。南荊，即今湖北、湖南一帶。引，連接。甌越，東甌百越在今浙江南部地區，古東越王建都於東甌（浙江永嘉縣）。形容南昌地勢之險要。

7 龍光射牛斗之墟：龍光，劍氣。牛、斗，二星。墟，地域，即江西一帶。晉時張華見牛、斗二星之間常有紫氣，豫章人雷煥知天象，指是寶劍的精氣。張華遂派雷煥為豐城（江西豐城市）令，掘獄屋基，入地四丈，得一石匣，內有龍泉、太阿二劍，皆光芒耀目，為稀世珍寶。其後寶劍入水化為雙龍。

8 徐孺下陳蕃之榻：徐穉（九七—一六九），字孺子，豫章南昌人，淡泊名利，時稱「南州高士」。陳蕃（？—一六八）任太守，平素不接賓客，惟設一榻，以待徐穉臥宿，去則懸之。

9 台隍枕夷夏之交：台，城上之樓台。隍，城下近河之處。台隍即城池。枕，枕着，壓在，動詞，舊讀去聲。夷即荊楚一帶，夏即東南揚州之地，而南昌的城池剛好就是夷夏的要衝。

10 都督閻公：都督，對州牧的敬稱。閻公，閻伯嶼，湖廣麻城縣（湖北麻城市）人，當時任洪州牧。

11 棨戟遙臨：棨戟，有衣之戟；官吏出行時，騎吏持戟以為前驅引導，也就是都督的儀仗隊。遙臨，從遠方來任南昌牧。

12 宇文新州之懿範：宇文鈞新任豐州牧，道經此地。懿範，優美的風度。或曰新州指廣東雲浮市新興縣。

13 襜帷：襜（粵：簽；普：chān），馬車前的帷幕。帷，馬車兩旁的帷幕。

14 十旬休暇：十日為旬；唐制，官員每逢旬日休息。作者作序時為重九，同時又碰上旬日的假期。休暇，放假。

15 騰蛟起鳳：蛟氣騰光，鳳彩耀空，比喻與會者才華洋溢。

16 孟學士之詞宗：指晉時孟嘉，為桓溫參軍。重九桓溫宴請群僚，孟嘉帽為風吹落，桓溫叫人為文譏笑他，他亦為文作答。或指孟泉，乃座中顯客。詞宗，詞章的宗匠，泛指座客有很多著名的文士。

17 紫電青霜：紫電、青霜，皆為劍名，此泛指兵器。或論武略，如威光激電，凜然青霜。蕭明〈與王僧辯書〉云：「紫電青霜，無非武庫之兵。」

18 王將軍之武庫：王將軍，指梁朝王僧辯，任江州刺史征東大將軍，平定侯景之亂，官至太尉。武庫，收藏兵器之所，讚座客亦多軍事人才。

19 家君作宰：家君，對人稱自己的父親。王勃的父親名王福時。作宰，指任職六合縣令或交趾令。

20 潦水：路旁積水，即雨水。

21 儼驂騑：儼，嚴整昂首之貌。驂騑（粵：參霏；普：cān fēi），駕車之馬在兩旁者，此指馬車。

22 崇阿：高陵。

23 臨帝子之長洲：臨，至也。帝子，指滕王李元嬰，唐高祖之子。長洲，指南昌章江門外、贛江中的沙洲，今名新洲。

24 得仙人之舊館：得，謂登其上也。仙人，亦指滕王。舊館，即滕王閣。

25 飛閣流丹，下臨無地：形容高閣倒映於水中，像飛動似的，丹紅的建築物在水中流淌，往下看似不着地。

26 鶴汀鳧渚：鳧，水鴨，汀、渚，水裏的小洲。白鶴漫步於水濱，水鴨棲息於沙洲之上。

27 桂殿蘭宮：殿庭裏桂花盛開，宮闕裏蘭香馥郁，形容宮殿的豪華。或指宮殿都用蘭桂之木建造。

28 列岡巒之體勢：列，一本作「即」，順着。指順着山巒起伏的形勢排列。

29 披繡闥：披，開也。繡闥，雕鏤的門屏。

30 俯雕甍：俯，下視。雕甍，雕刻的屋脊。

31 閭閻撲地：閭，里門；閻，里巷的門；通指房屋。撲地，遍地。

32 鐘鳴鼎食之家：食時擊鐘，列鼎會食，摹寫富貴人家的生活氣派。

33 舸艦迷津：舸（粵：哿；普：gě），大船。艦，戰船。迷津，堵塞渡口，形容船舶多到找不到。

34 青雀黃龍之舳：青雀黃龍，以青雀黃龍作為彩繪造型的大船；舳（粵：族；普：zhú），船尾。

35 彩徹雲衢：雲衢，一本作「區明」。彩，指夕陽。徹，通也。雲衢，指雲霞匯聚成幻彩的光束。區，大地。明，明亮。

36 落霞與孤鶩齊飛：鶩，水鴨，亦可指雁。指飄落的雲霞與孤單的水鴨並排飛舞。

37 彭蠡：鄱陽湖，現為中國第一大湖。

38 聲斷衡陽之浦：斷，盡也。衡陽有回雁峰，雁不過此。雁聲回蕩於衡陽的水濱，漸漸地聽不到了。

39 遙吟俯暢：吟，一本作「襟」。俯，一本作「甫」。意即悠遠的情懷在放眼遠望中漸感舒暢；另本譯作遠遊的懷抱開始感到舒暢。

40 逸興遄飛：逸興，超逸的興象。遄，急速。

41 爽籟：爽，秋高氣爽。籟，空竅所發出的聲音。爽籟即秋聲，又指排簫的音樂。

42 纖歌凝而白雲遏：纖，細也；纖歌指美妙的歌聲。凝，迴蕩；遏，停留。美妙的歌聲迴蕩天際，白雲也因此停留了。

43 睢園綠竹：睢，《古文觀止》原作「雎」誤。睢園，漢梁孝王劉武在睢陽（河南商丘市睢陽區）修建的菟園，那裏栽種了綠竹。喻遊宴之盛。

44 氣凌彭澤之樽：氣，氣派。凌，超越。彭澤，陶淵明。樽，酒杯。喻座中之善飲者。

45 鄴水朱華：鄴水，指鄴城（河北臨漳縣西），魏太子曹丕在此修建鄴宮。朱華，紅蓮。曹植〈公讌詩〉云：「朱華冒綠池。」

46 臨川之筆：王羲之嘗為臨川內史，喻善書者；謝靈運亦嘗為臨川內史，則喻善文者。

47 四美具，二難并：四美指良辰、美景、賞心、樂事；二難指賢主與嘉賓難得的遇合。并，兼備。

48 睇眄：睇，小視。眄，斜視。

49 望長安於日下：《世說新語．夙慧篇》引晉明帝司馬紹，曰：「舉目見日，不見長安。」此句指夕陽西下之處可以望見長安。

50 指吳會於雲間：吳會（浙江紹興市），古代會稽郡分為吳會、吳郡、吳興，合稱三吳。吳會亦兼指吳郡、會稽郡，泛指江浙地區。此句指在雲霧繚繞之間遙看江浙地區。

51 **南溟**：南海。

52 **天柱**：傳說崑崙山上有銅柱，其高入天，故曰天柱。**北辰**：北極星。

53 **帝閽**：君門也，比喻朝廷。

54 **奉宣室以何年**：宣室，漢未央宮前正殿，漢文帝劉恆曾在此召見賈誼，深夜問鬼神之本。此句指像賈誼這樣能被皇上召見，不知道會在甚麼時候了。

55 **嗚呼**：一本作「嗟乎」。

56 **馮唐易老**：馮唐，歷事文帝、景帝，白首為郎，拜為車騎都尉，出為楚相；及武帝即位，仍欲用他，但年已九十餘，不能再任官了。

57 **李廣難封**：李廣乃西漢名將，武帝時為右北平太守，與匈奴大小七十餘戰，可惜仍未能封侯。

58 **屈賈誼於長沙**：賈誼，漢洛陽人，為周勃、灌嬰等反對，謫為長沙太傅。

59 **竄梁鴻於海曲**：竄，逃匿也。梁鴻，字伯鸞，扶風平陵（陝西咸陽市）人，耿介有節操，恥事權貴，攜妻子孟光逃匿吳地。海曲，海邊偏遠之處。

60 **老當益壯，寧知白首之心**：知，一本作「移」。《後漢書．馬援傳》：「丈夫立志，窮當益堅，老當益壯。」案馬援拜伏波將軍，平定交趾，至六十二歲猶披甲上馬，以示可用。倘依「寧移」句則譯作「難道頭髮白了就會改變心意嗎？」

61 青雲之志：高潔的志向。

62 酌貪泉而覺爽：貪泉，在廣州附近的石門，傳說飲此水者會貪得無厭。晉吳隱之為廣州刺史，至泉所，酌而飲之，賦詩云：「古人飲此水，一歃懷千金。試使夷齊飲，終當不易心。」此處用典，指心中沒有貪念，喝下此水反而更加堅定。爽，指神清目爽。

63 處涸轍以猶懽：以，一本作「而」。涸，乾枯。轍，車輪之跡，坑道。《莊子．外物》云：「周顧視車轍中，有鮒魚焉。」懽，同「歡」。此句喻處於困境之中，仍然保持心境的開朗。

64 睽：遠。

65 扶搖可接：扶搖，自下而上的暴風。《莊子．逍遙遊》云：「北溟有魚，其名為鯤。……化而為鳥，其名為鵬。……摶扶搖而上者九萬里。」

66 東隅：東方日出之地，指早晨。

67 桑榆：日落時，光尚留於桑榆之上，指黃昏。《後漢書．馮異傳》云：「失之東隅，收之桑榆。」

68 孟嘗：字伯周，會稽上虞（浙江紹興市上虞區）人。漢順帝時為合浦（廣西合浦縣）太守，為人高潔；桓帝時，雖屢獲薦舉，猶隱居窮澤。

69 空懷報國之心：心，一本作「情」。

70 阮籍猖狂，豈效窮途之哭：阮籍，字嗣宗，三國魏尉氏（河南開封市尉氏縣）人，身處亂世，佯狂保身，嗜酒放蕩，任性而為。《晉書・阮籍傳》云：「時率意獨駕，不由徑路。車迹所窮，輒慟哭而反。」

71 三尺微命：三尺，《禮記・玉藻》：「紳制，下長三尺。」紳即衣帶。微命，即一命，按周朝的官制分為九級，一命是最低級的官職。王勃曾為虢州參軍，故自比於一命之士，自謙渺小。或稱此文寫於十四歲時，王勃沒有任何官職，那麼此句只能訓為三尺兒童，身份卑微，尚未成人。

72 一介：一個。

73 無路請纓，等終軍之弱冠：纓，古時用以繫冠的帶子，請纓即投軍報國。終軍，字子雲，濟南人。武帝時出使南越，自請「願受長纓，必羈南越王而致之闕下」。事未成，被害，死時二十餘歲。弱冠，男子二十歲行冠禮，表示成年。

74 投筆：典出投筆從戎的故事。班超，字仲升，扶風安陵（陝西咸陽市）人。嘗為人書記，意不屑，投筆從戎，有封侯萬里之志。

75 **慕宗慤之長風**：慕，愛也。宗慤（粵：確；普：què），字元幹，南朝宋南陽人，少時叔父問其志向，曰「願乘長風破萬里浪」，後因戰功封洮陽侯。

76 **舍簪笏**：舍，同「捨」；簪，冠簪；笏，手版；皆仕途所用之物。喻官職地位可以放棄。

77 **奉晨昏**：侍奉父母。

78 **謝家之寶樹**：謝玄為叔父謝安所器重，嘗答曰：「譬如芝蘭玉樹，欲使其生於庭階耳！」引申有喻佳子弟之意。

79 **接孟氏之芳鄰**：接，結鄰。孟氏，孟子之母，三遷擇鄰，最後定居於學宮附近。比喻幸得與賢者比鄰。

80 **趨庭**：在院子裏走過。引申為學詩學禮，有子承父教之意。《論語・季氏》云：「鯉趨而過庭。」

81 **叨陪鯉對**：叨，忝也。鯉，孔子之子孔鯉。對，回答。回應父親的教誨，表示有良好的家庭教育，就像孔子訓子一樣。

82 **捧袂**：舉起雙袖，表示恭敬的姿勢，有進謁之意。

83 **龍門**：《後漢書・李膺傳》云：「膺以聲名自高，士有被其容接者，名為登龍門。」這裏以閻公比作李膺，而自己也有登龍門之感。

84 楊意不逢，撫凌雲而自惜：楊意，楊得意的省文，蓋因對仗的工整而減字。司馬相如經蜀人楊得意引薦，入朝見漢武帝。《史記・司馬相如列傳》云：「相如既奏〈大人〉之頌，天子大悅，飄飄有凌雲之氣，似遊天地之間意。」凌雲即有出塵之想。本文自比司馬相如，可惜無人引薦。

85 鍾期既遇，奏流水以何慚：鍾期，鍾子期的省稱。本句表示幸遇知音。伯牙鼓琴，志在流水，鍾子期曰：「善哉！洋洋兮若江河。」

86 蘭亭：在浙江紹興市西南。晉穆帝永和九年（三五三）三月三日上巳，王羲之在蘭亭宴集群賢，行修禊禮，祓除不祥。

87 梓澤：晉石崇建金谷園，一名梓澤，故址在今河南洛陽市西北。

88 恭疏短引：疏，陳述；恭敬的寫下了這篇序文。

89 一言均賦：一言，一韻。均，同。賦，賦詩。希望大家拈一字為韻，一起賦詩。案附見王勃的〈滕王閣詩〉所用詩韻為「渚」、「舞」、「雨」，「悠」、「秋」、「流」六字，分屬上聲語麌韻及平聲尤韻，嚴格來說用了兩部詩韻。

90 四韻俱成：傳統五七言詩一般都在雙數句押韻，四韻即八句。

91 請灑潘江，各傾陸海云爾：《古文觀止》並無此句，今補。這裏形容在座賓客都有陸機、潘岳的文采，就像江海一樣波瀾壯闊。

92 佩玉鳴鸞：舞女身上的裝飾，借指舞女。
93 南浦：在江西南昌縣西南，舟楫往來之所。
94 西山：一名南昌山，在江西新建縣西章江門外三十里。

譯文

南昌是過去的郡治，洪州卻是新設的都督府，這裏上應天文，是翼星、軫星的分野，鄰近楚地；而地理上又跟衡山、廬山接壤。像衣襟一樣包攬三江匯流注入鄱陽湖去；五湖就像衣帶一般相互縈繞。此地扼控着南蠻荊楚，卻又接連着東甌百越。物產精美，自是上天的珍寶所聚，豐城寶劍的光芒直射衝上牛星、斗星的區域。人才傑出，又是大地的靈氣所鍾，徐穉乃南州高士，值得陳蕃專為他設置臥榻。壯麗的城市，浮於雲霧之上；俊秀的人物，就像繁星的流動。城池座落於夷夏交界的要衝，主人與賓客全都是東南地區的名流才俊。都督閻公具有崇高的聲譽，展現儀仗和軍容，從遠道來臨坐鎮洪州。宇文鈞先生新任州牧，表現出美好的典範，在赴任途中停下車馬暫時留駐。碰上十旬休假的日子，好朋友風雲會集。有些還不遠千里而來，席上坐滿了高貴的賓客。龍飛鳳舞，孟學士就是當代文壇的宗匠；紫電流光，青霜凜冽，王將軍武庫裏面藏有很多精良的兵器。家父在外地任職縣令，使我有機會路過這個著名的地方。我年幼無知，居然有機會參加這次盛會。

現在是九月，時序上已屬暮秋。路上的積水都乾了，而潭水顯得清冷澄澈；天空上雲煙淡蕩，黃昏中的山色泛着紫光。駕着嚴整昂揚的馬車在路上行走，在高山上欣賞風光。來到了滕王的洲渚之上，見到了仙人住過的公館。這裏青翠起伏的山峰高聳入雲，凌空的樓閣倒映於水中，丹紅的建築物在水中流淌，往下看不到地面。白鶴、野鴨棲息於沙洲上下，盡是紆曲迴環的島嶼散佈。殿庭裏桂花盛開，宮闕裏蘭香馥郁，順着起伏的山巒，配合有致。打開雕鏤的門屏，俯視彩飾的屋脊，山峰平原無限空闊，盡收眼底，河川湖水奔騰流注，看得令人驚心動魄。大街小巷中盡是華屋豪宅，以及鳴鐘列鼎華筵會食的富貴人家。大船戰艦塞滿了渡口，船尾還雕飾着青雀黃龍的彩繪。虹消雲散，雨過天青，夕陽返照，雲霞匯聚成幻彩的光束。飄落的雲霞與孤單的水鴨並排飛舞，澄碧的河水和蔚藍的天空連成了一片碧色。傍晚漁舟中傳出了歌聲，此起彼落，響遍了鄱陽湖邊；排成陣勢的雁群，感受到寒意而發出的叫聲，也就迴蕩於衡陽的水濱，漸漸聽不到了。

悠遠的情懷在放眼遠望中漸感舒暢，超逸的興致馬上又湧出來了。秋聲送爽引來了舒徐的清風，美妙的歌聲迴蕩天際而白雲也因此停留了。梁孝王在睢陽修建菟園，栽種綠竹，善飲的氣派超過彭澤令陶淵明的小酌；在魏太子鄴宮的西園中欣賞紅蓮，花光跟王羲之的妙筆相互輝映。世間四種美好的事物：良晨、美景、賞心、樂事都已齊備，而兩個難得的組合：賢主、嘉賓也聚在一起了。向天空極目遠眺，在假日裏盡情玩樂。蒼天高遠，大地寥闊，令人感到宇宙的無窮無盡；歡樂已過，悲哀來襲，我也知道盛衰有時，命中都有定數的。遠望長安，就在夕陽西下之處；近看吳會地區，好像浮於雲霧繚繞之間。陸地到了盡頭，南海深不可測；天柱山高不可攀，而北極星又是多麼遼遠啊！關山阻隔，難以攀越，有誰會同情不得志的人呢？萍水間偶爾聚首，原來大家都是異鄉的旅客。懷念帝京君門九重，深不可測；在宣室前殿中等待召見，不知道還要等到哪一年？

唉！人生的機遇不同，命運又有很多阻滯。馮唐白首為郎，很快就垂垂老去；李廣驍勇善戰，卻沒有封侯的機會。賈誼遭受委屈，被貶謫到了長沙，卻不是因為沒有遇到聖明的君主；而梁鴻逃匿於海濱之地，難道是沒有遇上清明的時代嗎？大抵君子安處貧困的環境，而通達的人更能了解天命的安排。年華老去，壯心不已，怎能在白髮時改變初衷？境遇窮困，但操守更加堅定，自然更不能失去高潔的志節了。喝了貪泉的水，覺得神清目爽，更加廉潔自持；處身乾涸的坑道之中，心境依然保持歡快。北海雖然遙遠，憑着旋風還是能夠到達的；早上雖然過去了，珍惜黃昏卻也為時不晚。孟嘗志行高潔，徒然懷抱報國的熱情；阮籍佯狂放縱，又怎能學他跑到絕境中痛哭呢？

王勃地位卑微，只是一個讀書人。沒有機會請纓報國，但也同終軍一樣正值二十歲的年紀了；很想能夠投筆從戎，自然羨慕宗慤「乘長風破萬里浪」的英雄氣概。如今我已放棄一生的功名富貴，希望朝夕侍奉父親。雖然稱不上謝家芝蘭玉樹的佳子弟，卻很想做孟家的鄰居，跟賢士交往。不久將會見到父親，就像孔鯉對父親孔子教誨的回應，讀詩學禮。今天有幸奉陪各位長者，高興得像鯉躍龍門一樣。碰不上楊得意那樣引薦的人，縱有凌雲的佳作也只能自我憐惜了；如果能夠遇到鍾子期那樣的知音，那麼就算彈奏着高山流水的曲調，又有甚麼可羞愧呢？

唉！名勝之地不能永存，盛大的宴會難以再遇。王羲之蘭亭宴集已為陳跡，石崇的金谷園亦成廢墟。臨別時寫下了這些話語，很感謝得蒙恩寵讓我參加這樣的盛會；至於登高賦詩，就只有寄望於座上的諸位先生了。現在就讓我冒昧地盡點微薄的心意，恭敬地寫下這篇小序說明作意。希望大家各拈一字為韻，一起賦詩，而我也已寫下四韻八句了。敬請在座諸君揮灑文筆，就像潘岳文采如江水綿長；傾瀉才情，亦像陸機才氣如海濤洶湧。

滕王閣巍峨高聳，矗立在贛江的沙洲之上，佩玉鳴鸞的舞伎都已停止歌舞了。早上畫棟展現出來，連南浦的雲彩都飛進來了；黃昏珠簾都捲起，同時也將西山的雨意吸了過來。

悠閒的彩雲倒映於澄碧的潭水中，日子過得自在；景物不斷地變化，時序也不停地轉換，不知道過了多少個秋天。高閣中的滕王現在往哪裏去了？欄杆外面的長江仍然不斷地滾滾奔流。

賞析與點評

〈滕王閣序〉是駢文中的名篇，用典甚多，對仗工整，言語華麗，音韻鏗鏘，讀起來毫不費力。如果深入理解，從中還可以讀出很多歷史掌故和文化姿采，感受唐代讀書人的淩雲壯志，更對時代充滿了自信。

本文創出了很多成語，例如「人傑地靈」、「高朋滿座」、「萍水相逢」、「命途多舛」、「臨別贈言」、「物換星移」等，淺白生動。

雜說四

韓愈

本篇導讀——

韓愈（七六八—八二四），字退之，河陽（河南孟州市）人，生於長安。祖籍昌黎（河北昌黎縣），自稱韓昌黎。三歲而孤，由嫂鄭氏撫之成立。貞元八年（七九二）進士，十二年出任宣武軍節度使觀察推官。十七年任四門博士教職。十八年冬升為監察御史，在任不過兩個月，因上書〈御史台上論天旱人饑狀〉，被貶為連州陽山（廣東陽山縣）令。憲宗元和元年（八〇六）六月任國子博士，一度任河南縣令。後升為刑部侍郎。元和十四年以諫迎佛骨，貶為潮州（廣東潮州市）刺史。長慶元年（八二一）授國子祭酒，主持國家最高教育機構。轉任兵部侍郎、吏部侍郎、京兆尹兼御史大夫。卒謚文。傳說服用硫磺，成了文學史上的一段訟案。著《昌黎先生集》。倡導古文運動，主張散體，反對駢偶文風。詩、文俱為大家，而文章更推為唐宋八大家之首。

韓愈自二十五歲中進士以後，仕途並不順暢，奔走多年，一直都得不到賞識和重用，因而有感而發，批評當時的社會埋沒人才、摧殘人才。本文專寫伯樂和千里馬的關係，更為千里馬鳴不平，抒發了渴望知音的心聲。本文大約作於貞元十一年至十六年間（七九五－八〇〇），當為三十歲左右的作品。孫昌武《韓愈選集》訂為貞元十九年（八〇三）貶陽山以前，可供參考。

世有伯樂[1]**，然後有千里馬。千里馬常有，而伯樂不常有。故雖有名馬，祇辱於奴隸人之手**[2]**，駢死於槽櫪之間**[3]**，不以千里稱也。**

馬之千里者，一食或盡粟一石[4]**。食馬者**[5]**，不知其能千里而食也。是馬也，雖有千里之能，食不飽，力不足，才美不外見**[6]**，且欲與常馬等不可得，安求其能千里也！**

策之不以其道[7]**，食之不能盡其材，鳴之而不能通其意**[8]**，執策而臨之曰：「天下無馬。」嗚呼！其真無馬邪？其真不知馬也！**

注釋

1 伯樂：或即孫陽，春秋時代郜（山東成武縣）人，善相馬。《韓詩外傳》云：「使驥不得伯樂，安得千里之足。」

2 祇辱：祇，同「只」。辱，屈辱。

3 駢死：駢，雙馬並行。駢死即並排而死。槽櫪：槽，餵飼牲口用的食器。櫪，馬棚。

4 一食或盡粟一石：一食（粵：蝕；普：shí），吃一頓。一石（粵：擔；普：dàn），十斗。

5 食馬：食（粵：飼；普：sì），同「飼」，使食，餵養動物。食馬即餵馬。下文「而食」、「食之」音義及使動用法亦同。

6 外見：見，同「現」，即表現、出現。

7 策之：策，馬鞭。這裏用作動詞，意即策騎。

8 鳴之：馬鳴，或謂喚馬，說亦可通。

譯文

世上有懂得相馬的伯樂，然後才有千里馬。千里馬常有，而伯樂就不常有了。所以雖然有了名馬，只是在奴隸的手上受辱，跟其他平常的馬並排死於馬槽和馬棚之間，就說不上是千里馬了。

馬能夠日行千里的，吃一頓可能就耗掉了一石的粟。餵馬的人，不懂得因應千里馬的食量來餵食。這匹馬啊，雖然可以跑千里，如果吃不飽，氣力不夠，更好的優點都不能表現出來，就算想跟普通的馬同等都辦不到，又怎能求牠能跑千里啊！

策騎牠的不得其法，餵養牠的不能配合牠的食量，鳴叫的時候又不明白牠的想法，拿起馬鞭對着牠說：「天下沒有好馬。」唉，這真的是沒有好馬嗎？是他真的不懂得馬啊。

賞析與點評

本文是一篇寓言小品，主要是駁斥「天下無馬」的觀點，進而大膽指出其實這是「世無伯樂」所致。伯樂與千里馬之間構成了一種相互辯證的關係。作者看到社會有大量各方面的人才，可是卻沒有發揮的機會，只能屈死在制度之下，而把持朝政的人竊據了所有的資源，可就是沒有看到人才的存在。例如天寶六載（七四七）詔天下通一藝者詣京師，李林甫忌刻文士，下付尚書省試，皆使落選，遂表賀「野無遺賢」，而當年應試的杜甫、元結等，自然落第了。

師說

韓愈

本篇導讀——

本文系統地提出了「師道」的理論，以及論證「從師」的必要，期待振興儒學，召集後學，及推廣古文。柳宗元（七七三—八一九）〈答韋中立論師道書云〉：「今之世不聞有師，有輒譁笑之，以為狂人。獨韓愈奮不顧流俗，犯笑侮，收召後學，作〈師說〉，因抗顏而為師。世果群怪聚罵，指目牽引，而增與為言辭。愈以是得狂名，居長安，炊不暇熟，又挈家而東，如是者數矣。」又〈報嚴厚輿書〉云：「僕才能勇敢不如韓退之，故不為人師。人之所見有同異，無以韓責我。」柳宗元有些謙虛，不肯為人師，就像孟子所批評的「人之患在好為人師」（《孟子·離婁上》），以免被人誤會，顯出狂妄；而韓愈剛好就被人視作「狂人」，敢於冒天下之大不韙，顯出承擔的勇氣。

古之學者必有師。師者，所以傳道、受業、解惑也[1]。人非生而知之者，孰能無惑？惑而不從師，其為惑也，終不解矣。

生乎吾前，其聞道也，固先乎吾，吾從而師之。生乎吾後，其聞道也，亦先乎吾，吾從而師之。吾師道也，夫庸知其年之先後生於吾乎？是故無貴無賤，無長無少，道之所存，師之所存也。

嗟乎！師道之不傳也久矣！欲人之無惑也難矣！古之聖人，其出人也遠矣，猶且從師而問焉。今之眾人，其下聖人也亦遠矣，而恥學於師。是故聖益聖，愚益愚，聖人之所以為聖，愚人之所以為愚，其皆出於此乎？

愛其子，擇師而教之。於其身也，則恥師焉，惑矣！彼童子之師，授之書而習其句讀者，非吾所謂傳其道、解其惑者也。句讀之不知[2]，惑之不解，或師焉，或不焉[3]，小學而大遺，吾未見其明也。

巫醫、樂師，百工之人[4]，不恥相師。士大夫之族，曰師、曰弟子云者，則群聚而笑之。問之，則曰：「彼與彼年相若也，道相似也。位卑則足羞，官盛則近諛[5]。」嗚呼！師道之不復，可知矣。巫醫、樂師、百工之人，君子不齒[6]，今其智乃反不能及，其可怪也歟！

聖人無常師，孔子師郯子、萇弘、師襄、老聃[7]。郯子之徒，其賢不及孔子。

孔子曰：「三人行，則必有我師[8]。」是故弟子不必不如師，師不必賢於弟子，聞道有先後，術業有專攻[9]，如是而已。

李氏子蟠，年十七，好古文，六藝經傳，皆通習之。不拘於時，學於余，余嘉其能行古道，作師說以貽之。

注釋

1 傳道：道，謂事物當然之理，修己治人之方。含義廣泛，幾乎無所不包，一般是教不了的。所謂傳，自以心傳、感悟為上，例如身教就是一種感染。受業：受，當作「授」，即授業，訓授與，即指示路向。業，大板也，古代的書籍刻寫在竹簡或木板之上。所謂授業或受業，都有以手傳交收之意，也就是知識的傳承。其他學業、修業、肄業、畢業、事業、行業、術業、職業等都是跟讀書求學有關的詞語。解惑：解釋疑難所在。所謂解，自以口說為主。

2 句讀：斷句。句通常是指句子誦讀時停頓之處，讀即逗，即句子中途休止的地方；相當於現代使用的句號和逗號。

3 或不焉：不，讀如「否」。本句意即不從師學習。

4 巫醫：古代巫師與醫師不分，只視作傳習技藝之人。樂師：掌國學之政，以教國子樂舞。百工：各類工匠。

5 諛：諂也，用好話奉承人家。

6 不齒：齒有並列、排次之意；不齒即不屑與之同列。

7 郯（粵：談；普：tán）子：春秋時郯國（山東郯城縣）的國君。魯昭公十七年，郯子來朝，昭公嘗問少皞氏以鳥名官之故，孔子見於郯子而學之。萇（粵：腸；普：cháng）弘：春秋周敬王時大夫，孔子曾向萇弘問樂。師襄：魯國的樂官，孔子學鼓琴於師襄子。老聃：即老子，楚人，博知古今。傳說孔子適周，問禮於老聃。

8 三人行，則必有我師：《論語・述而》曰：「三人行，必有我師焉，擇其善者而從之，其不善者而改之。」

9 專攻：專長。

譯文

古代的讀書人一定有老師的。老師就是傳授道理，指示路向，以及解疑釋難的人。人不會一生下來就懂事的，誰能夠沒有疑惑呢？有了疑惑而不去請教老師，他的疑惑，就永遠不能解決了。

出生在我之前的，他聽聞道理，一定比我早，我就要跟他學習了。出生在我之後的，他聽聞道理，也比我早的，我就要跟他學習了。我學習的是道理，又怎麼知道他的年齡是生在我的前面還是後面呢？因此不管他是尊貴的、卑賤的、年長的、年輕的，道理所在之處，老師也就在那裏了。

唉！尊師重道的風氣不流傳已很久了，想叫人沒有疑惑也很難了。古代的聖人，超出常人很多，他們還要跟從老師提出疑問。現在的一般人，跟聖人的距離已經很遠了，可是卻恥於向老師學習。所以聖人就更加聖明，愚人就更加愚昧了。聖人能夠聖明的原因，愚人還是愚昧的原因，問題都出在這裏嗎？

愛惜自己的兒子，就會選擇老師來教導他們，可是對於自己，卻恥於向老師學習，這就令人奇怪了。那些童子的老師，指導他們認字書寫，學習書中的斷句和停頓，這並不就是我所說的給他傳授道理，給他解疑釋難的老師。斷句和停頓不懂得，疑難沒有弄明白，前者請教老師，後者不請教老師，細小的地方學習而大道卻遺漏了，我不覺得他們是明智的。

巫醫、樂師和各類工匠，不會羞於相互學習。士大夫的階層，有些稱老師、稱學生的，就會有很多人圍在一起來取笑他了。問他們原因，就會說：「他跟他年齡差不多大，道德修養也很相近啊。拜地位低的人做老師令人感到羞愧，拜地位高的就顯得諂媚奉承。」唉！尊重老師的風氣相信很難再恢復了。巫醫、樂師和各類工匠，君子不屑於跟他們站在一起，現在君子的智識反而比不上這些專業人士，這真是太奇怪了。

聖人沒有固定的老師，孔子曾經師從郯子、萇弘、師襄、老聃。郯子這些人，他們的賢德比不上孔子。孔子說：「三個人走在一起，一定會有值得我學習的老師。」所以說學生不一定比不上老師，老師也不見得就比做學生的好。聽聞道理各有先後，技藝事業各有專長，大概就是這個樣子吧。

李家有一位兒子叫蟠的，十七歲，喜歡古文。六經的經文和傳注，他全都讀明白了。不受時下風氣的影響，要來跟我學習。我讚賞他能夠遵承古道，就作了〈師說〉送給他。

賞析與點評

〈師說〉一文說明老師的重要性，提出很多精闢的見解，文筆平易流暢，結構尤為嚴密；而議論師道虛實正反，前後照應，變化多姿，更是文章中的精品，值得現代從事教育工作者細讀和思考，教育不只是一份職業，更可提升到更高的教學層次，傳承道理。

祭鱷魚文

韓愈

本篇導讀——

元和十四年（八一九）正月十四日，韓愈因諫迎佛骨，觸怒憲宗皇帝，被貶為潮州（廣東潮州市）刺史。年末，轉袁州（江西宜春市）。十五年被召回朝，拜國子祭酒。韓愈在潮州任上八個月，興利除害，建樹甚多，尤以文教事業影響更大。韓愈〈潮州刺史謝上表〉云：「臣所領州，在廣府極東界上，去廣府雖云纔二千里，然來往動皆經月。過海口，下惡水，濤瀧壯猛，難計程期，颶風鱷魚，患禍不測。」《新唐書・韓愈傳》亦云：「初，愈至潮，問民疾苦，皆曰：『惡溪有鱷魚，食民畜產且盡，民以是窮。』數日，愈自往視，令其屬秦濟以一羊一豕投溪水而祝之。是夕暴風震電起溪中，數日水盡涸，西徙六十里。自是潮無鱷魚患。」雖然鱷魚不見得聽話自動離開，但祭鱷魚的行動卻有穩定人心的作用。現在韓江北堤中段尚有祭鱷台景點，而鱷渡秋風亦為潮州八景之一。

〈祭鱷魚文〉原集作〈鱷魚文〉，沒有「祭」字。又本文不屬於祭文類，而是雜文類，跟〈瘞硯銘〉、〈毛穎傳〉、〈送窮文〉等並列。

維年月日[1]，潮州刺史韓愈、使軍事衙推秦濟[2]，以羊一豬一，投惡谿之潭水[3]，以與鱷魚食，而告之曰：

「昔先王既有天下，列山澤[4]，罔繩擉刃[5]，以除蟲蛇惡物為民害者，驅而出之四海之外。及後王德薄，不能遠有，則江漢之間，尚皆棄之，以與蠻夷楚越，況潮嶺海之間[6]，去京師萬里哉？鱷魚之涵淹卵育於此[7]，亦固其所。今天子嗣唐位[8]，神聖慈武。四海之外，六合之內[9]，皆撫而有之。況禹跡所揜[10]，揚州之近地[11]，刺史縣令之所治，出貢賦以供天地、宗廟、百神之祀之壤者哉？鱷魚其不可與刺史雜處此土也！

「刺史受天子命，守此土，治此民。而鱷魚睅然不安谿潭[12]，據處食民畜熊豕鹿麞[13]，以肥其身，以種其子孫[14]；與刺史亢拒[15]，爭為長雄[16]。刺史雖駑弱，亦安肯為鱷魚低首下心，伈伈晛晛[17]，為民吏羞，以偷活於此邪？且承天子命以來為吏，固其勢不得不與鱷魚辨[18]。鱷魚有知，其聽刺史言！

「潮之州，大海在其南。鯨鵬之大，蝦蟹之細，無不容歸，以生以食，鱷魚朝發而夕至也[19]。今與鱷魚約：盡三日，其率醜類南徙於海[20]，以避天子之命吏！三日不能，至五日；五日不能，至七日；七日不能，是終不肯徙也。是不有刺史[21]，聽從其言也。不然，則是鱷魚冥頑不靈，刺史雖有言，不聞不知也。夫傲天子之命吏，不聽其言，不徙以避之，與冥頑不靈而為民物害者，皆可殺。刺史則選材技吏民[22]，操強弓毒矢，以與鱷魚從事[23]，必盡殺乃止。其無悔！」

注釋

1 維年月日：另本或作「維元和十四年四月二十四日」。

2 衙推：唐代軍府或州郡屬官。

3 惡谿：又名鱷谿，即韓江，在潮州城之東北。

4 列：封禁；或同「烈」，火焚也。

5 罔繩擉刃：罔，同「網」；罔繩，以繩為網。擉（粵：促；普：chuò），刺也，戳也，以扠刺泥中取物。擉刃，以刃來刺。

6 嶺海之間：嶺海，指五嶺和南海之內。間，同「間」，一本作「間」。

7 涵淹：潛伏水下。卵育：孵化生息。

8 今天子：指唐憲宗李純，在位十五年。
9 六合：天地四方，即上下東南西北，六合即宇內。
10 禹跡所揜：揜，一本作「掩」，至也。傳說夏禹曾遠至南方的蒼梧，則潮州可能也是足跡所至了。
11 揚州之近地：揚州，古代的九州之一；潮州在九州中屬揚州地區，故為近地。
12 睅然：睅（粵：浣；普：hàn），大目。睅然，指眼睛突出貌，樣貌兇惡。
13 據處食民畜：據處，盤據之處。畜，豢養的牲畜。熊豕鹿麞：山澤中的野生動物。豕，野豬。麞（粵：章；普：zhāng），牙獐，似鹿而小，頭上無角。
14 種（粵：腫；普：zhǒng）：繁殖，動詞。
15 亢：一本作「抗」。
16 長（粵：掌；普：zhǎng）：領導人物。
17 伈（粵：審；普：xǐn）伈：恐懼貌。晛（粵：現；普：xiàn）晛：小目貌，不敢正視；一本作「覗（粵：肆；普：sì）覗」，窺視，偷看。
18 辨：爭論是非。
19 朝發夕至：謂朝發於潮州，夕至於大海。
20 醜類：醜，眾也；醜類，即同類。

21 不有刺史：無視刺史的存在。

22 材技吏民：有材能武藝的官吏、百姓。

23 從事：猶周旋，較量。

譯文

某年某月某日，潮州刺史韓愈委派軍事衙推屬官秦濟，把一隻羊、一頭豬投入惡溪的潭水中，送給鱷魚吃，同時又告訴鱷魚說：

「過去古代聖明的君主統治天下之後，封禁山野和沼澤地帶，用繩索編成圍網，用利刀做成扠子，以便消滅害蟲、毒蛇等為害人民的可惡動物，並把牠們驅逐到四海之外。到了後代，君主的德行及威望不足，政令的施行不能夠達於遠方，就將長江、漢水之間的大片土地，都一一放棄給蠻族、夷族、楚國、越國等，何況潮州處於五嶺和南海之間，距離京城萬里之遠呢！鱷魚潛伏於水下，孵化生息，也就很自然地將此地當作居所了。現在天子繼承了大唐帝位，神明聖賢仁慈威武，四海以外，以及天地四方之內的疆域，都是他所統轄和擁有的。何況潮州正是大禹足跡所達的地域，屬於古代揚州地區，現由刺史、縣令管治，又是交納貢品、賦稅用作供應皇上祭祀天地、祖宗和各種神靈的屬土呢？鱷魚是不可以跟刺史一起在這塊土地上生活的。

「刺史接受天子的任命，鎮守這塊土地，管治這裏的百姓，而鱷魚睜大眼睛不肯安居於河道潭水之中，盤據土地吃掉百姓豢養的牲畜和野生的熊、豬、鹿、獐等，來養肥自己的身體，繁殖後代子孫；又跟刺史對抗，爭當本地的領導人物。刺史看起來雖然軟弱無能，又怎麼願意向鱷魚低頭屈服，以致膽怯恐懼，不敢正視問題，讓百姓及官吏丟臉，就這樣的在這裏苟且偷生？而且刺史是奉天子的命令來這裏當官的，職責所在，自然不得不與鱷魚爭論是非了。鱷魚如果能夠明白，就得聽刺史的話了。

「潮州這塊地方，大海在它的南方，無論是鯨魚、鵬鳥等大型動物，還是蝦、蟹之類的小動物，沒有不讓牠們藏身居住，並在這裏生活和覓食的，鱷魚早上從潮州出發，晚上就能到達大海了。現在刺史與鱷魚訂約，限三天之內，務必率領一批同類南遷到大海去，避開天子所任命的地方官吏。三天辦不到，就寬限到五天；五天辦不到，就寬限到七天；七天還辦不到，就表明鱷魚最終是不願意遷徙了。這就是不把刺史放在眼裏、把刺史的話當耳旁風了。否則就是鱷魚愚蠢頑固，就算刺史有言在先，也還是聽不進去了。凡對天子所任命的屬官傲慢無禮，不聽他的話，不肯遷徙避開的，以及愚蠢頑固而又為禍百姓生命財產的，都應該處死。

刺史要挑選有才幹、有技能的官員和民眾，拿出強硬的弓弩與有毒的箭鏃，向鱷魚宣戰，一定要把鱷魚全部殲滅才會住手。你們可不要後悔啊！」

賞析與點評

過去潮州地區荒僻，韓江沼澤地區有很多鱷魚出沒，為禍百姓。韓愈撰〈祭鱷魚文〉，急民之所急，雖然趕不了鱷魚，卻有安撫民心的作用，並可提醒民眾注意安全。

本文表面上是一篇祭文，跟鱷魚作戰，宣示鱷魚的末日，實際上卻是一篇雜文，可能也是一則寓言，有所會意。中唐時代藩鎮割據，漠視天子的權威；韓愈卻以維護國家主權的統一為己任，具有討賊的意味，並表現出強悍的態度。文中多次寫到「天子」之尊，而韓愈也是受命於天子履行職責，忠義之氣，令人動容。

捕蛇者說

柳宗元

本篇導讀——

柳宗元（七七三—八一九），字子厚，河東（山西運城市解州鎮）人，生於長安。德宗貞元九年（七九三）進士及第。十四年考中博學宏詞科。後調藍田（陝西藍田縣）尉。順宗永貞元年（八〇五）任尚書禮部員外郎。未幾憲宗登基，政局驟變，先貶邵州（湖南邵陽市）刺史，再貶為永州（湖南永州市零陵區）司馬。元和十年（八一五）奉詔回京，出為柳州（廣西柳州市）刺史，卒於任上。著《柳河東集》。與韓愈倡導古文運動，並稱韓柳，唐宋八大家之一。

〈捕蛇者說〉是柳宗元貶官永州期間的作品，跟孔子「苛政猛於虎」的立意相同，謂當時賦斂毒民，其烈如是，亦可謂「賦斂毒於蛇」了。

永州之野產異蛇，黑質而白章[1]，觸草木盡死。以齧人[2]，無禦之者。然得而腊之以為餌[3]，可以已大風、攣踠、瘻、癘[4]，去死肌[5]，殺三蟲[6]。其始太醫以王命聚之，歲賦其二，募有能捕之者，當其租入[7]，永之人爭奔走焉。

有蔣氏者，專其利三世矣。問之，則曰：「吾祖死於是，吾父死於是，今吾嗣為之十二年，幾死者數矣[8]。」言之，貌若甚慼者。余悲之，且曰：「若毒之乎[9]？余將告於蒞事者，更若役，復若賦，則何如？」蔣氏大慼，汪然出涕曰：「君將哀而生之乎？則吾斯役之不幸，未若復吾賦不幸之甚也。嚮吾不為斯役，則久已病矣。自吾氏三世居是鄉，積於今六十歲矣，而鄉鄰之生日蹙。殫其地之出[10]，竭其廬之入，號呼而轉徙，飢渴而頓踣[11]，觸風雨，犯寒暑，呼噓毒癘[12]，往往而死者相藉也[13]。曩與吾祖居者，今其室十無一焉；與吾父居者，今其室十無二三焉；與吾居十二年者，今其室十無四五焉，非死即徙爾，而吾以捕蛇獨存。悍吏之來吾鄉，叫囂乎東西，隳突乎南北[14]，譁然而駭者，雖雞狗不得寧焉。吾恂恂而起[15]，視其缶，而吾蛇尚存，則弛然而卧[16]。謹食之[17]，時而獻焉。退而甘食其土之有，以盡吾齒。蓋一歲之犯死者二焉，其餘則熙熙而樂，豈若吾鄉鄰之旦旦有是哉！今雖死乎此，比吾鄉鄰之死則已後矣，又安敢毒耶？」

余聞而愈悲。孔子曰：「苛政猛於虎也[18]。」吾嘗疑乎是，今以蔣氏觀之，猶信。嗚呼！孰知賦斂之毒，有甚是蛇者乎！故為之說，以俟夫觀人風者得焉[19]。

注釋

1 黑質而白章：黑體白花紋。章，文也，采也。

2 齧（粵：謁；普：niè）：咬。

3 腊之以為餌：腊（粵：昔；普：xī），乾肉；腊之即曬成乾肉。餌，藥餌，糕餅。

4 大風：惡疾也。《素問》：「骨節腫，鬚眉落，名曰大風。」俗稱大痲瘋。攣踠（粵：聯碗；普：luán wǎn）：手腳彎曲不能伸直。瘻（粵：漏；普：lòu）：頸腫病。癘：惡瘡。

5 去死肌：去，除去。死肌，如癰疽之腐爛者。

6 殺三蟲：即三尸蟲，道家把人的腦、胸、腹三部稱為三尸，泛指人體內的寄生蟲。

7 當其租入：當（粵：檔；普：dàng），抵。當作應交的賦税。

8 數（粵：朔；普：shuò）：多次。

9 若：汝，你，代詞。

10 殫：盡。

11 頓踣：頓，頓躓，謂行路顛蹶。踣（粵：白；普：bó），同「仆」，向前仆倒，引申為僵、倒斃。頓踣就是累得倒下來了。

12 呼嘘毒癘：出氣急曰呼，緩曰嘘，猶言呼吸。毒癘，瘴氣。

13 相藉：即枕藉，互相壓着。

14 隳突：隳，毀；突，突入民家，擊毀器物。隳突，橫衝直撞，猶騷擾。

15 恂恂：小心謹慎、恭敬誠實貌。

16 弛然：放心的樣子。

17 食之：飼養；食之即養蛇。食為使動詞，訓使之食。

18 苛政猛於虎：語見《禮記・檀弓下》。苛索無盡的政令比老虎還要兇猛。

19 觀人風者：人風，即民風，避唐太宗諱改字。謂採風問俗之人。

譯文

永州的郊野出產一種特異的蛇，蛇身黑色而有白花紋，草木碰到了都會枯死；讓牠咬了的人就無藥可醫了。要是捉到這種毒蛇，把牠曬成乾肉製作藥材，可以治好痲瘋、手腳彎曲、脖子腫痛和惡瘡等疾病，還可以除去腐爛的肌肉，並殺死寄生人體的三尸之蟲。過去御醫由皇上下旨徵集這種毒蛇，每年上繳兩次；招募能夠捕捉這種毒蛇的人，捕來這種蛇當作他所支付的租稅。永州的人都爭先恐後捕捉這種毒蛇。

這裏有戶姓蔣的人家，享有這種專利已經三代了。我問他有關捕蛇的情況，他回答說：「我的祖父死於捕蛇，我的父親死於捕蛇，現在我接替這項工作十二年了，幾乎被蛇咬死都好幾次了。」說話時表情好像非常悲傷。我很同情他，就說：「你怨恨做這項工作嗎？我打算告訴主管官員，更換你的差役，恢復徵收你的賦稅，你看怎麼樣？」蔣氏更加悲傷，眼淚汪汪地說：「您是哀憐我，要讓我活下去嗎？那麼我做這項工作所遭受的不幸，就比不上恢復徵收賦稅來得更為不幸了。當初我不做這項工作，可能早就完蛋了。自從我家三代以來住進這個村子，到現在已經六十年了。鄰居們的生活愈來愈窮困，他們耗盡了田地裏的出產，挖空了家裏的收入，大聲哭喊着輾轉遷徙，又餓又渴，累得都倒下來了。頂着風吹雨打，冒着嚴寒酷暑，呼吸着有毒的瘴氣，往往就這樣死去，以致積屍成堆。從前跟我的祖父同住在這兒的人，現在十家中剩不了一家；跟我父親同住的人，現在十家中只有不到兩三家；跟我同住了十二年的人，現在十家中只有不到四五家。不是死了就是搬走，而我就靠捕蛇單獨活下來了。兇悍的差役來到我們的村子，由東到西到處呼叫吵鬧，又由南到北橫衝直撞，一片喧鬧，相當嚇人的樣子，連雞犬都得不到安寧啊！我小心謹慎地起牀，看看大缸子，我養的蛇還在，就可以放心地睡覺了。平日認真地飼養毒蛇，適當時候呈獻上去，回家後就可以津津有味吃我田地裏的出產，有望安享天年了。看來一年中冒生命危險的只有兩次，其餘的時間都是開心快樂的，哪裏會像我的鄰居天天都在提心弔膽中生活呢！現在就算因捕蛇而死，比起我們村子裏的鄰居已經算是死得晚了，又怎麼敢怨恨呢？」

我聽了這番話心裏更加悲酸。孔子說：「暴虐的政令比老虎還要兇猛。」我曾經懷疑過這句話，現在看了蔣家的遭遇，才相信了。唉！誰想到賦稅的毒害，竟然比毒蛇還要厲害呢！所以我寫了這篇論說文，以便給那些要考察民情風俗的人作參考。

賞析與點評

柳宗元貶官到了永州，有機會接觸到基層的農民，切身了解農民一直以來所承受的財稅重擔。至於永州蔣氏以上繳毒蛇代替交賦稅，儼然由毒蛇養活三代人，他們更由捕蛇而改為養蛇，等待上繳了。雖然蔣氏的祖父和父親先後被蛇咬死，但他已經安渡十二年了，很多時候還是過着「熙熙而樂」的日子，可見毒蛇不毒，反而「復若賦」的建議更毒。由「苛政猛於虎」到「賦斂毒於蛇」，幾千年過去了，低下層老百姓的生活幾乎沒有改變，而悲劇也一再出現，說來也令人悲哀了。

種樹郭橐駝傳

柳宗元

本篇導讀——

〈種樹郭橐駝傳〉表面上是一篇傳記，但讀來卻更像是寓言小說，說明種樹之道，帶出「能順木之天以致其性焉爾」的主張，希望統治者關懷社會民生，減少對百姓的干擾，說明養人之術，具有政論色彩，跟陶淵明〈桃花源記〉的作意相似。本文可能是貞元十九年至二十一年（八〇三——八〇五）的作品，在永貞革新前兩年，柳宗元升任監察御史裏行，到各地考察巡視，因有所見而作。

郭橐駝[1]，不知始何名。病僂[2]，隆然伏行[3]，有類橐駝者，故鄉人號之駝。駝聞之，曰：「甚善，名我固當。」因捨其名，亦自謂橐駝云。

其鄉曰豐樂鄉，在長安西[4]。駝業種樹，凡長安豪家富人為觀遊及賣果者[5]，皆爭迎取養[6]。視駝所種樹，或遷徙[7]，無不活，且碩茂，蚤實以蕃[8]。他植者雖窺伺傚慕，莫能如也[9]。

有問之，對曰：「橐駝非能使木壽且孳也[10]，能順木之天以致其性焉爾。凡植木之性，其本欲舒[11]，其培欲平[12]，其土欲故[13]，其築欲密[14]。既然已，勿動勿慮，去不復顧。其蒔也若子[15]，其置也若棄，則其天者全，而其性得矣。故吾不害其長而已，非有能碩茂之也；不抑耗其實而已[16]，非有能蚤而蕃之也。他植者則不然，根拳而土易[17]，其培之也，若不過焉則不及。苟有能反是者，則又愛之太殷[18]，憂之太勤，旦視而暮撫，已去而復顧，甚者爪其膚以驗其生枯，搖其本以觀其疏密，而木之性日以離矣。雖曰愛之，其實害之；雖曰憂之，其實讎之。故不我若也[19]，吾又何能為哉！」

問者曰：「以子之道，移之官理[20]，可乎？」駝曰：「我知種樹而已，官理非吾業也。然吾居鄉，見長人者[21]，好煩其令，若甚憐焉[22]，而卒以禍。旦暮吏來而呼曰：『官命促爾耕，勗爾植[23]，督爾穫，蚤繅而緒[24]，蚤織而縷[25]，字而幼孩[26]，遂而雞豚[27]。』鳴鼓而聚之，擊木而召之[28]。吾小人輟飧饔以勞吏者[29]，且不得暇，又何以蕃吾生而安吾性邪[30]？故病且怠[31]。若是，則與吾業者，其亦有類乎？」問者嘻曰[32]：「不亦善夫[33]！吾問養樹，得養人術[34]。」傳其事以為官戒也。

注釋

1 槖（粵：托；普：tuó）駝：即駱駝，背部隆起，像囊槖的形狀。

2 病僂：僂（粵：呂；普：lǚ），一本作「瘻」。脊背彎曲，即駝子。

3 隆然伏行：隆然，脊背高高突起。伏行，低頭走路。

4 長安：今陝西西安市長安區。

5 為觀遊：為，修建。指修建觀賞遊覽的園林。

6 爭迎取養：搶着接到家中僱用他。

7 遷：一本作「移」。

8 蚤：早；一本作「早」。下文「蚤繅而緒，蚤織而縷」句同。

9 莫：沒有一個人，指示代詞。

10 孳：生長快速茂盛。

11 其本欲舒：本，根部。舒，舒展。

12 其培欲平：培，培植。平，均勻。

13 故：原來的泥土。

14 其築欲密：築，搗土。密，堅實。

15 蒔（粵：事；普：shì）：種植，移栽。

16 抑耗：抑，抑制，壓制。耗，消滅，損害。

17 根拳而土易：拳，彎曲而不舒。土易，換上新的泥土。

18 殷：深厚；一本作「恩」。

19 不我若：即不若我，不如我也；介詞結構，古今語序不同。

20 官理：為官治民之道。唐人避高宗諱，改「治」為「理」。下文「官理非吾業也」句，一本無「官」字。

21 長（粵：掌；普：zhǎng）人者：地方長官。

22 憐：愛也。

23 勖：勉勵。

24 繅而緒：繅，一本作「繰」，音同。緒，絲也。即煮繭抽絲。而，通「爾」，你也，人稱代詞。下三句同。

25 縷：線，這裏指紡線織布。

26 字：養育。

27 遂：飼養。豚：小豬，泛指豬。

28 擊木而召之：敲打着木梆之類，召集群眾。

29 飧饔：飧，晚飯。饔，早飯。勞：慰勞，接待；讀去聲。

30 邪：一本作「耶」。

31 故病且怠：病，困苦。怠，疲乏。

32 問者嘻曰：一本作「問者曰：嘻！」嘻，笑貌，又感歎聲。

33 不亦善夫：夫，文言助詞。

34 養人：人，即「民」；唐人避太宗諱，改「民」為「人」。

譯文

郭橐駝，不知道他原來叫甚麼名字，患了駝背病，脊背隆起，低頭走路，就像駱駝的樣子，所以鄉里的人給他取了一個外號，叫橐駝。橐駝聽到這個外號說：「很好！這個名字叫我，就很恰當。」於是捨棄了原來的名字，自稱為橐駝了。

他住在豐樂鄉，就在長安的西邊。駝子以種樹為業，凡是長安城裏的富貴人家要修建園林觀賞遊覽的，以及賣水果的，都搶着接到家中款待他。看他所種的樹，即使是移植來的，也沒有不存活下來的；而且長得高大茂盛，結果又早又多。其他種樹的人，就算暗地裏偷窺模仿，就是沒有一個人能比得上他。

有人問他種樹的經驗，他回答說：「駝子並不能使樹木活得長久、長得繁茂，只是順應樹木的自然規律，使之按照自己的本性成長。凡是要種的樹木，根部要舒展，培植要均勻，泥土用原有的，搗土要踩得結實。一切都弄好了，就不要再動它，也不用擔心它，離開後就不要回頭再看了。種樹時要像照顧子女一樣細心，種好了就把它擱在一邊，丟棄不管，那麼樹木的天性就可以保全，而本性亦獲得發展了。所以我只是不妨害它的生長罷了，並沒有能力使它高大茂盛啊；只是不抑制、不損害它結果子罷了，卻沒有能力使它果實結得又早又多啊。其他種樹的人可就不是這樣了，樹根彎曲並且換上了新土，培土不是過多就是不足。如果有人不這樣做，那就是愛它太深，擔心得有點過分。早上看看，晚上摸摸，走開了還要回頭再看，嚴重的甚至用指甲抓破樹皮，檢驗它是死的活的，搖動樹根，看看泥土是鬆的還是實的，這樣樹木的本性一天天地消散了。雖說是愛它，其實是害了它；雖說是擔心它，其實是敵視它。所以都比不上我。我又有甚麼特別的本領呢？」

提問的人說：「把您的種樹經驗，應用到當官治民方面，行嗎？」駝子說：「我只懂得種樹吧，當官治民同我的專業無關。但我住在鄉下，看到長官往往發出很多命令，好像很愛護百姓似的，結果帶來了災禍。早晚都有差吏來喊叫：『官府下令催促你們種田，勉勵你們栽種，督促你們收割，早點煮繭抽絲，早點紡紗織布，養育好你們的小孩，飼養好你們的雞和豬。』有時擊鼓召喚百姓，敲打梆子召集鄉民。我們做小百姓的，就是停吃晚飯和早餐，都要來慰勞官員，何況大家都忙不過來，又怎能增加我們的生產，而生活安頓呢？所以困苦而又疲累。像這種情形，就跟我種樹的專業，大概都是同一類事吧？」提問的人高興地說：「這不是很好嗎！我問種樹的問題，卻得到了養民的方法。」就把這件事傳播出去，作為官吏的戒條參考吧。

賞析與點評

〈種樹郭橐駝傳〉自是有為而作，由種樹問題談到治國體驗，以小見大，因微知著，說明無論是種樹還是治國，都要順着對象的天性，減少人為的干擾。

由種樹經驗談到治民之道，郭橐駝批評當時的官吏「好煩其令」，干擾百姓的工作，令大家疲於奔命。結語「傳其事以為官戒也」，即揭出作意，將養樹和養民的道理結合起來，意蘊深長。吳楚材、吳調侯論云：「一篇精神命脈，直注末句結出，語極冷峭。」指出柳文冷峭的基本風格，跟韓文的雄健相互輝映，各有千秋。

宋明

書洛陽名園記後

李格非

本篇導讀——

李格非（一〇四五？——一一〇六？），字文叔，北宋濟南歷下（山東濟南市）人。神宗熙寧九年（一〇七六）進士，初任冀州（河北冀州市）司戶參軍、試學官，後為鄆州（山東東平縣）教授。哲宗元祐六年（一〇九一）任國子博士，以文章受知於蘇軾，與李禧、董榮、廖正一同在館職，合稱「後四學士」。徽宗紹聖二年（一〇九五）召為校書郎、禮部員外郎、提點京東路刑獄等。崇寧元年（一一〇二）罷職，名列元祐黨人之中，攜眷返歸明水（山東章丘市）原籍。六十一歲卒。女兒李清照乃著名詞人。著《禮記說》、《洛陽名園記》等。

紹聖二年，李格非撰成《洛陽名園記》，著錄富鄭公園、董氏西園、董氏東園等著名的園林府第十九處，包括了富弼、司馬光等人的豪宅。當時朝廷達官貴人到處營造園圃台榭以供享樂之用，蔚為盛況。在這篇後記中，李格非更強烈地感受到「天下治亂之候」，並藉此寄託了自己對國家安危的憂思，檢討施政的得失，不希望重蹈唐末的覆轍。欽宗靖康二年（一一二七），金兵席捲半個中國，洛陽再遭劫難，距離寫這篇文章的時候，才不過三十三年而已，難免令人感到有些諷刺。《宋史・李格非傳》云：「嘗著《洛陽名園記》，謂『洛陽之盛衰，天下治亂之候也。』其後洛陽陷於金，人以為知言。」

洛陽處天下之中，挾殽、黽之阻[1]，當秦、隴之襟喉，而趙、魏之走集[2]，蓋四方必爭之地也。天下當無事則已[3]，有事則洛陽必先受兵。予故嘗曰：「洛陽之盛衰，天下治亂之候也[4]。」

唐貞觀、開元之間[5]，公卿貴戚，開館列第於東都者[6]，號千有餘邸。及其亂離，繼以五季之酷[7]，其池塘竹樹，兵車蹂蹴[8]，廢而為丘墟。高亭大榭[9]，煙火焚燎[10]，化而為灰燼。與唐共滅而俱亡，無餘處矣。予故嘗曰：「園囿之興廢[11]，洛陽盛衰之候也。」且天下之治亂，候於洛陽之盛衰而知；洛陽之盛衰，候於園囿之興廢而得；則《名園記》之作，予豈徒然哉？

嗚呼！公卿大夫方進於朝，放乎一己之私，自為之而忘天下之治忽[12]，欲退享此，得乎？唐之末路是已。

注釋

1 殽黽：殽，殽山，在今河南省洛寧縣北，握黃河經晉陝高原轉入黃淮平原的要衝，自古即為軍事要地。黽（粵：敏；普：mǐn），澠池，在今河南省澠池縣西，連接殽山，亦為古代要塞。

2 走集：要衝，邊境的壁壘。

3 當：或作「常」。

4 候：徵兆，跡象。

5 唐貞觀、開元之間：句前或有「方」字，訓當也。貞觀是唐太宗年號，歷時二十三年（六二七—六四九）；開元乃唐玄宗前期的年號，歷時二十九年（七一三—七四一），都是歷史上的盛世。

6 東都：洛陽，唐代的東都。

7 五季：唐宋之間有後梁、後唐、後晉、後漢、後周五個國祚短促的朝代，歷時五十三年（九〇七—九六〇）。

8 蹂蹴：即蹂躪，有踐踏、破壞之意。

9 大榭：建築在高台上的樓閣。

10 燎：縱火。

11 園囿：園，花園。囿，養動物的園子。

12 治忽：治訓勤勞、治理；忽訓疏忽、怠惰。治忽即治亂。

譯文

洛陽位於天下的中央，挾帶着殽山、澠池的險阻要衝，又扼着陝西、甘肅的咽喉地帶，而且還是河北、山西的軍事要塞，這是四方都想奪得的土地。天下太平無事就算了，有亂事的時候，洛陽首先就會受到軍事的攻擊。所以我曾經說過：「洛陽的興盛或衰落，便是天下太平或亂世的先兆了。」

唐代貞觀、開元年間，公卿貴族在東都修建園林別墅和豪宅府第，據說有一千多家。等到後期遭受動亂而流離失所，接着五代兵禍連連，環境惡化，很多池塘和竹林，經過軍隊戰車的踐踏，變成了廢墟。那些高大宏偉的亭台樓閣，遭到炮火的焚燒，都化為灰燼了。就跟着唐代一起覆亡，也沒有剩下多少完好的了。所以我也曾說過：「園林的興建和毀壞，就是洛陽興盛或衰落的先兆。」而且天下太平或喪亂，通過洛陽的盛衰就可以測知了；而洛陽的盛衰，通過園林的興建和廢置可以預知了。這樣說來，則《洛陽名園記》一書之作，我又怎會是白做呢。

唉，公卿大夫剛受到朝廷的進用，就放任自己胡作妄為，只為個人打算，而忘掉了天下的治亂，還妄想在這裏退休安養，這能夠做到嗎？唐代的覆亡就可作證明了。

賞析與點評

本文是《洛陽名園記》的後記，意在總結經驗，通過北宋洛陽的名園府第來預測天下的盛衰治亂。北宋的洛陽相對於京師開封來説，算是西京，很多達官貴人都在這裏建設豪宅，偏於苟安逸樂，希望能把一切美好的事物據為己有。但在這無窮欲壑之中，其實也侵佔了很多弱小社群的生活資源，使社會變得貧富不均，很容易引發動亂，導致社會遭受嚴重的破壞，人民流離失所，而富豪也只得倉惶撤離，最終洛陽變成廢墟。北宋是在唐末五代洛陽殘破的廢墟上建設起來的，可是本文寫成後不久，金兵南下，古都洛陽又受到戰火的蹂躪。一盛一衰之間，好像總有某些力量在支配。

本文對歷史的剖析相當精準，從園林小事中看出了治亂的大道理，眼光敏鋭，議論精闢，同時更表現出憂世的情懷，深悟盛衰之理，甚至提出了預警。可是改變不了北宋覆亡的命運，隨着金兵入侵，李格非的女兒李清照與丈夫趙明誠就押着大量的金石書籍，跟廣大的人民逃亡南奔了。

岳陽樓記

范仲淹

本篇導讀——

范仲淹（九八九——一〇五二），字希文，蘇州吳縣（江蘇蘇州市吳中區）人。大中祥符八年（一〇一五）進士，為廣德（安徽廣德縣）司理參軍。仁宗天禧五年（一〇二一）任西溪（江蘇東台市）鹽官。天聖二年（一〇二四）調任興化（江蘇興化市）縣令，在黃海灘頭修築綿延數百里的堤堰，保障鹽場和農田的生產，人稱之為范公堤。遷吏部員外郎，權開封府。忤呂夷簡，罷知饒州（江西鄱陽縣）。寶元三年（一〇四〇）以龍圖閣直學士經略陜西，守邊數年，號令嚴明，羌人呼為「龍圖老子」，西夏人亦不敢犯境，稱説「小范老子胸中自有數萬甲兵」。慶曆三年（一〇四三）拜樞密副使，參知政事，倡導新政，大事整飭吏治，裁減閒冗。其後罷相，出任陜西四路宣撫使。皇祐三年（一〇五一）知青州（山東青州市）。在赴潁州（安徽阜陽市潁州區）途中病卒，謚文正。著《范文正公集》。

岳陽樓建於唐初，在唐詩中屢見，宋代滕宗諒重修岳陽樓，請求范仲淹撰文為記。當時范仲淹任鄧州知州（河南鄧州市），一生從未到過岳陽，只是看圖撰文，就寫下這篇千古傑作。時以滕宗諒修樓，范仲淹撰記，蘇舜欽繕書，邵竦篆額，號稱四絕。

慶曆四年春，滕子京謫守巴陵郡[1]。越明年，政通人和，百廢具興，乃重修岳陽樓，增其舊制，刻唐賢今人詩賦於其上；屬予作文以記之[2]。

予觀夫巴陵勝狀，在洞庭一湖。銜遠山，吞長江，浩浩湯湯[3]，橫無際涯；朝暉夕陰，氣象萬千；此則岳陽樓之大觀也，前人之述備矣。然則北通巫峽，南極瀟湘，遷客騷人，多會於此，覽物之情，得無異乎？

若夫霪雨霏霏[4]，連月不開；陰風怒號，濁浪排空；日星隱曜，山岳潛形；商旅不行，檣傾檝摧[5]；薄暮冥冥，虎嘯猿啼；登斯樓也，則有去國懷鄉[6]，憂讒畏譏，滿目蕭然，感極而悲者矣。

至若春和景明，波瀾不驚，上下天光，一碧萬頃；沙鷗翔集，錦鱗游泳，岸芷汀蘭[7]，郁郁青青。而或長煙一空，皓月千里，浮光躍金，靜影沉璧，漁歌互答，此樂何極！登斯樓也，則有心曠神怡，寵辱皆忘，把酒臨風，其喜洋洋者矣。

嗟夫！予嘗求古仁人之心，或異二者之為，何哉？不以物喜，不以己悲。居廟堂之高[8]，則憂其民；處江湖之遠，則憂其君。是進亦憂，退亦憂；然則何時而樂耶？其必曰：先天下之憂而憂，後天下之樂而樂歟！噫！微斯人，吾誰與歸！

注釋

1 滕子京：名宗諒，河南人。范仲淹同年進士，曾知涇州，也是范氏抵抗西夏的戰友。慶曆中以司諫獲罪，謫為巴陵守。為人尚氣，倜儻自任，好施與，及卒，無餘財。傳見《宋史》。巴陵：即岳州（湖南岳陽市）。

2 屬：同囑，囑咐。

3 湯（粵：商；普：shāng）湯：水勢浩大的樣子。

4 霪雨：下了很久的雨。

5 檣傾楫摧：檣，帆柱。楫（粵：接；普：jí），船槳。

6 去國：去，離開。國，京師，即汴京（河南開封市）。

7 岸芷汀蘭：芷，白芷，傘形科；開白花，複傘形花序。蘭，蘭草，澤蘭，菊科；秋末開花，紫莖素枝，赤節綠葉，俱生水旁下濕地，嫩時並可挼而佩之。跟蘭花所屬蘭科不同。汀，小洲，水邊平地。

8 廟堂：指朝廷。

譯文

慶曆四年的春天，滕宗諒被貶為巴陵郡太守。到了第二年，政務推行順利，百姓安居樂業，很多荒廢了的工作都重新興辦起來。於是再次修葺岳陽樓，擴展舊有的規模，刻上了唐代名流和當代的詩賦作品，囑咐我撰文來記述這件事。

我看巴陵郡最優美的景色，全都聚焦在洞庭湖上。銜接着遠方的山巒，吞吐着長江的流水，水勢浩大波濤洶湧，周圍茫茫一片沒有盡頭。早晚湖上的光明暗不同，有着萬千種景象的變化。這就是岳陽樓最壯麗的景觀，前人的描述十分詳盡。而且北面通往巫峽，南面直達瀟水湘水，調遷的官員和善感的詩人，很多都來過這裏，他們觀覽景物時的心情，大概會有所不同吧？

有時下雨多時連綿不斷，好幾個月都不放晴；陰冷的寒風呼呼怒吼，渾濁的波浪拍打天空；太陽和星星匿藏了光芒，山嶺隱沒於陰霾之中；商人和旅客無法通行，看來桅杆吹倒船槳折斷了；傍晚時分湖上一片昏黑，就像猛虎的呼嘯和猿猴的悲啼似的。登上了這座高樓遠眺，就會產生遠離京師懷念家鄉的思緒，擔心遭到誹謗又怕被人譏笑，眼前一片蕭瑟的景象，感受很深不禁悲傷起來了。

到了春光和煦景色明媚，湖面波平如鏡，天光和湖水交相輝映，一片深碧，廣闊無垠，沙鷗迴旋飛舞聚在一起，美麗的魚兒游來游去，岸邊的白芷和小洲上的澤蘭，香氣濃郁顏色青蒼。有時空濛的煙霞完全消散，皎潔的月光照臨千里，波光浮動閃爍金輝，月亮的倒影像是沉於水中的玉璧；漁船上的歌音相互唱答，快樂的感覺哪有窮盡！登上這座樓的時候，就會感到心情開朗精神舒暢，榮辱得失全都忘懷了；舉起酒杯迎風而飲，心中一片快樂。

唉！我曾經探究過古代仁人志士的用心，或許跟上面所說悲、喜二者情況不同，這是甚麼原因呢？不因環境順心而高興，也不因為個人失意而悲傷。在朝廷做官的高據上位，就得為百姓的生計操心；退居江湖偏遠的地方，也得替君主分憂。這樣進升的會有所擔憂，退居的也有所擔憂。那麼甚麼時候才可以快樂呢？那一定要說：「在天下人擔憂之前已先行擔憂，在天下人享樂之後才會享樂啊！」唉！沒有這樣的人物，我還可以跟隨甚麼人走下去呢？

賞析與點評

〈岳陽樓記〉是古文中膾炙人口的名篇，摹寫洞庭湖的景色，煙波浩瀚，氣象萬千。其實更重要的還是范仲淹借題發揮，寫出了仁人志士的懷抱，不會計較個人的得失，而是保持着憂患的狀態，憂民憂君，進退皆憂，以服務國家社會為職志，立志做一位負責任的公務員。其實這也是擔任公職者的基本理念。

范仲淹指出修建岳陽樓絕無半點享樂之私，更藉此強調一種憂患精神。全文結構嚴謹，照應嚴密，范仲淹跟滕宗諒交往密切，當時都貶謫在外，很自然都懷有「憂讒畏譏」的心態，因此在寫這篇文章時就得特別小心了。本文以議論為主，「憂」是全篇的主線，幾乎無所不憂，而敘事寫景中的「樂」事只是陪襯角色，因此〈岳陽樓記〉描述的是純想像的世界，情理交融，峰迴路轉，讓讀者知所抉擇。

釋祕演詩集序

歐陽修

本篇導讀——

歐陽修（一〇〇七—一〇七二），字永叔，號醉翁，晚號六一居士，吉州廬陵（江西吉安市）人。四歲喪父，家貧，母鄭氏以荻畫地教子讀書。天聖八年（一〇三〇）進士。次年任西京（河南洛陽市）留守推官。康定元年（一〇四〇）任館閣校勘，後知諫院，改右正言，知制誥。慶曆五年（一〇四五）以上疏極諫，貶知滁州（安徽滁州市）。嘉祐五年（一〇六〇）拜樞密副使，六年參知政事。熙寧四年（一〇七一）以太子少師致仕退休，卒謚文忠。主張文章明道致用，反對華美綺靡的文風；積極培養後進，是北宋古文運動的領袖，其他五家或出於門下，或交往密切。著《歐陽文忠公集》、《新五代史》，又與宋祁合撰《新唐書》等。

〈釋祕演詩集序〉末云：「慶曆二年十二月二十八日，廬陵歐陽修序。」說明本文作於一〇四二年，《古文觀止》刪去此句，後人讀之，具體的時間就不清楚了。

案「祕演」亦作「秘演」，「祕」、「秘」二字文獻互見。祕演是一位和尚詩人，先與石延年為知交，又認識歐陽修、尹洙、蘇舜欽等人，歐、尹均為祕演的詩集贈序，蘇舜欽更約祕演開春後同作東南之行。

予少以進士遊京師[1]，因得盡交當世之賢豪。然猶以謂國家臣一四海[2]，休兵革，養息天下以無事者四十年[3]，而智謀雄偉非常之士，無所用其能者，往往伏而不出，山林屠販，必有老死而世莫見者，欲從而求之不可得。其後得吾亡友石曼卿[4]。曼卿為人，廓然有大志[5]，時人不能用其材，曼卿亦不屈以求合。無所放其意，則往往從布衣野老，酣嬉淋漓，顛倒而不厭[6]。予疑所謂伏而不見者，庶幾狎而得之[7]，故嘗喜從曼卿遊，欲因以陰求天下奇士[8]。

浮屠祕演者[9]，與曼卿交最久，亦能遺外世俗[10]，以氣節自高[11]。二人懽然無所間[12]。曼卿隱於酒，祕演隱於浮屠，皆奇男子也。然喜為歌詩以自娛，當其極飲大醉，歌吟笑呼，以適天下之樂，何其壯也！一時賢士，皆願從其遊，予亦時至其室。十年之間，祕演北渡河[13]，東之濟、鄆[14]，無所合，困而歸。曼卿已死，祕演亦老病。嗟夫！二人者，予乃見其盛衰，則予亦將老矣！

夫曼卿詩辭清絕，尤稱祕演之作，以為雅健有詩人之意[15]。祕演狀貌雄傑，其胸中浩然[16]。既習於佛，無所用。獨其詩可行於世，而懶不自惜。已老，胠其橐[17]，尚得三四百篇，皆可喜者。曼卿死，祕演漠然無所向。聞東南多山水，其巔崖崛峍[18]，江濤洶涌，甚可壯也，遂欲往遊焉。足以知其老而志在也。於其將行，為敍其詩，因道其盛時，以悲其衰。慶曆二年十二月二十八日，廬陵歐陽修序。

注釋

1 予少以進士遊京師：歐陽修於天聖五年（一〇二七）、八年兩次赴開封應禮部進士試。京師，北宋都城汴京（河南開封市）。

2 臣一四海：臣一，即臣服，統一。四海，《爾雅．釋地》云：「九夷、八狄、七戎、六蠻，謂之四海。」中國在四海之中，泛指全國。

3 無事者四十年：指宋真宗景德元年（一〇〇四）與契丹訂立澶淵之盟後，南北罷兵，至慶曆二年約四十年。

4 石曼卿：名延年，宋城（河南商丘市）人，當時有「天下奇才」之譽，但一生遭遇冷落，鬱鬱不得志。

5 廓然：博大空闊之貌。

6 顛倒：顛三倒四，指痛飲劇醉。

7 狎：親近而不拘禮節。

8 陰求：暗中尋求。

9 浮屠：或亦寫作「浮圖」，佛陀的譯音，亦指佛教，這裏指和尚。

10 遺外世俗：遺外，即超脱，拋棄世俗的功名富貴。

11 自高：或作「相高」。

12 懽然無所間：懽，或作「歡」。間，或作「閒」，指間隙，阻隔。

13 河：黃河。

14 濟、鄆：濟州（山東巨野縣）、鄆州（山東鄆城縣）。

15 雅健：高古有風骨。

16 浩然：剛直正大之氣。《孟子・公孫丑上》：「我知言，我善養吾浩然之氣。」

17 胠其橐：胠（粵：驅；普：qū），打開。橐，行囊，袋子。

18 崛嵂（粵：骨栗；普：jué lǜ）：高峻陡峭。

譯文

我年輕時為了考進士試來到了京城，因而有機會結交很多在位的賢人及豪傑之士。不過總還認為現在國家統一了，沒有戰爭，百姓休養生息乃至天下太平無事長達四十年之久，那些具有才智謀略英偉雄豪的傑出人才，沒有機會施展抱負，往往蟄伏不出。那些隱居山林，從事屠宰販賣的人，必然會有默默老死還沒有被世人發現的。想要追隨及訪求他們，看來都辦不到了。後來結識了我的亡友石曼卿。曼卿的為人，胸襟廣闊具有偉大的志向。當時沒有人重視他的才能，曼卿也不肯委屈自己來遷就別人。無法施展抱負的時候，就往往跟隨着那些平民百姓，盡情的飲酒嬉戲，鬧得痛快，醉起來顛三倒四的也不在乎。因此我懷疑那些躲藏起來而不被發現的人，也許只有親近他們才能找到他們。因此我很喜歡跟曼卿來往，想通過他暗中訪求天下的奇士。

和尚祕演，跟曼卿交往最久，也能夠超脫於一般世俗的眼光，大家都能推重氣節，相互激勵。兩個人相處融洽，沒有任何嫌隙。曼卿寄情於酒，祕演寄情於佛教天地，都算得上是奇男子。但祕演又喜歡作詩自得其樂；當他們狂飲大醉之時，唱着吟着笑着大聲叫喊，這就是天下間最適意的開懷境界，這是多麼豪邁啊！當時很多賢士，都願意跟從祕演遊樂，我也常常上他的居所去。近十年以來，祕演北渡黃河，東到濟州、鄆州，沒有遇上合意的事情，就很困頓的回來了。這時曼卿已經死了，祕演也是年老多病。唉！這兩個人，我看到了他們從壯年而至衰老，那麼我自己也將老了！

曼卿的詩歌清新絕妙，可他更稱道祕演的作品，認為典雅剛健，自有詩人的懷抱。祕演的相貌雄偉傑出，胸中自有浩然正氣。後來專研佛學，感到沒有大用。只有他的詩歌能夠流傳於世，可是懶散從不珍惜作品。年老的時候，打開他的行囊箱子，還有三四百首，都很值得玩味令人喜愛。曼卿死後，祕演變得惘然冷漠無處可去。聽說東南地方很多山水美景，高峰繚繞懸崖峭拔，江上波濤洶湧，就很壯觀了。就想到那些地方遊玩，足以讓人明白他雖然年老而志氣猶在。在他快要動身之時，我為他的詩稿撰序，因而回想當年的盛況，並為他的遭遇感到哀傷。

賞析與點評

歐陽修服膺儒道，以禮義為立身之本；他亦跟韓愈一樣，力闢佛老。但對於談吐清雅、能詩善藝的文化僧人則相當器重，而晚年的思想更逐漸向禪宗靠攏，祕演是他一直以來欲訪尋的「奇士」，可惜卻隱於佛而「無所用」，只靠詩作傳世。

〈釋祕演詩集序〉雖為詩集作序，但談詩不多，談祕演也不算多，主要是藉此抒發歐陽修心中抑鬱不平之氣，表現出「遺外世俗，以氣節自高」的人生理念。

文中的石延年也擔當了一個相當重要的角色，他的「已死」跟祕演的「老病」加重了時代的盛衰之感，相互襯托，更令人欷歔不已。

醉翁亭記

歐陽修

本篇導讀——

歐陽修在慶曆五年（一〇四五）因言事獲罪，貶謫為知滁州軍州事。翌年疏鑿水泉，並闢地修建豐樂亭，作〈豐樂亭記〉云：「修之來此，樂甚地僻而事簡，又愛其俗之安閒。」後來為瑯琊山僧智仙所修築的亭子命名為醉翁亭。〈醉翁亭記〉作於慶曆六年（一〇四六），作者四十歲。〈題滁州醉翁亭詩〉亦云：「四十未為老，醉翁偶題篇。醉中遺萬物，豈復記吾年。但愛泉下水，來從亂峰間。聲如自空落，瀉向兩檐前。流入巖下溪，幽泉助涓涓。響不亂人語，其清非管絃。豈不美絲竹，絲竹不勝繁。所以屢攜酒，遠步就潺湲。野鳥窺我醉，溪雲留我眠。山花縱能笑，不解與我言。惟有巖風來，吹我還醒然。」慶曆八年由滁州徙知揚州。現在醉翁亭尚存，其中歐陽修手植梅為全國四大梅壽星之一，蘇軾手書〈醉翁亭記〉碑堪稱稀世至寶。醉翁亭被譽為「天下第一亭」，亦為四大名亭之首。

環滁皆山也[1]。其西南諸峰，林壑尤美。望之蔚然而深秀者，瑯琊也[2]。山行六七里，漸聞水聲潺潺，而瀉出於兩峰之間者，釀泉也[3]。峰回路轉，有亭翼然臨於泉上者[4]，醉翁亭也。作亭者誰？山之僧智仙也。名之者誰？太守自謂也[5]。太守與客來飲於此，飲少輒醉，而年又最高，故自號曰醉翁也。醉翁之意不在酒，在乎山水之間也。山水之樂，得之心而寓之酒也。

若夫日出而林霏開[6]，雲歸而巖穴暝，晦明變化者，山間之朝暮也。野芳發而幽香，佳木秀而繁陰，風霜高潔，水落而石出者，山間之四時也。朝而往，暮而歸，四時之景不同，而樂亦無窮也。

至於負者歌於途，行者休於樹，前者呼，後者應，傴僂提攜[7]，往來而不絕者，滁人遊也。臨溪而漁，溪深而魚肥；釀泉為酒，泉香而酒洌[8]；山肴野蔌[9]，雜然而前陳者，太守宴也。宴酣之樂，非絲非竹[10]，射者中[11]，弈者勝[12]，觥籌交錯[13]，起坐而諠譁者，眾賓懽也[14]。蒼顏白髮，頹乎其中者[15]，太守醉也。

已而夕陽在山，人影散亂，太守歸而賓客從也。樹林陰翳，鳴聲上下，遊人去而禽鳥樂也。然而禽鳥知山林之樂，而不知人之樂；人知從太守遊而樂，而不知太守之樂其樂也。醉能同其樂，醒能述以文者，太守也。太守謂誰？廬陵歐陽修也。

注釋

1 環滁皆山也：朱熹《朱子語類》云：「歐公文亦多是修改到妙處。頃有人買得他〈醉翁亭記〉稿，初說滁州四面有山，凡數十字，末後改定，祇曰『環滁皆山也』五字而已。」案滁州處於江淮平原之中，只有西南面的瑯琊山，作者用的是誇張寫法，嚴格來說並不準確。

2 瑯琊：瑯琊山，在安徽滁州市西南。

3 釀泉：瑯琊溪源頭之一，又名醴泉；水清可以釀酒，故名。

4 翼然：展翅伸張之貌，形容亭子高翥的飛檐。

5 太守：秦置郡守，漢改為太守。歐陽修任滁州知州，行文中乃借以自稱。

6 林霏：林間的霧氣。

7 傴僂提攜：傴僂（粵：瘀呂；普：yǔ lǚ），脊樑彎曲，指長者；提攜，牽引照顧，指幼童。意即扶老攜幼。

8 洌：清澈，寒冷。

9 山肴野蔌：肴，熟肉；蔌（粵：速；普：sù），蔬菜。指山野間的佳肴野菜。

10 絲竹：絲，絃樂器；竹，管樂器。泛指音樂。

11 射：投壺。

12 弈：圍棋。

13 觥籌交錯：觥，酒杯；籌，算籌，指行酒令時計算勝負的籌碼。交錯，往來雜亂之意。

14 懽：同「歡」。

15 頹乎其中者：或作「頹然乎其間者」。頹，醉倒。

譯文

環繞着滁州城的都是山。城西南面那幾個山峰，樹林和山谷更為優美。遠望草樹茂密而又幽深秀麗的，就是琅琊山了。沿着山路走六七里，漸漸聽到水聲潺潺，從兩座山峰之間流瀉出來的，就是釀泉了。山勢迴環轉過路口，有一座亭子簷角伸張像鳥兒展翅般高踞在泉水上邊的，就是醉翁亭了。修建亭子的人是誰？就是山中的和尚智仙了。替亭子命名的人是誰？就是州官用自己的別號給它命名了。州官和客人來這裏喝酒，喝一點就醉了，而且年齡又最大，所以就自號為醉翁了。醉翁的寄意並不在於喝酒，而在於山水之間。山水中的樂趣，在心中自有領會而借酒來表現了。

就像太陽出來時樹林中的霧氣消散，雲霧聚攏時巖扉洞穴就變得昏暗，陰暗明朗交替變化，這就是山間的清晨和傍晚了。野花盛開散發出清幽的香氣，樹木枝葉繁茂形成濃密的綠蔭，天氣高爽霜露潔白，水位低落而溪石顯露出來，這就是山間的四季了。早晨往山中走去，傍晚返回城中，四季的景色不同，而樂趣也是無窮無盡了。

至於挑擔的人在路上唱歌，過路的人在樹下休息，前面的人呼喚，後面的人應答，大家扶老攜幼，往來不停的，就是滁州人出遊了。在溪邊捕魚，溪水很深魚兒肥美；取釀泉水來釀酒，泉水香甜酒色清澈；山中的佳肴野菜，交錯的擺在面前，這是州官舉行宴會了。宴會時盡情享樂，沒有甚麼絃樂管樂，投壺的人中了，圍棋的人贏了，酒杯和籌碼交互錯雜，站起來大聲喧嚷的，所有賓客都很開懷盡情了。容顏蒼老、頭髮花白、頹然醉倒於賓客之間的，是州官喝醉了。

不久夕陽落山，人影縱橫散亂，州官打道回府而賓客也跟着離開了。這時樹林裏濃蔭昏暗，鳥兒到處鳴叫，遊人離開後禽鳥都快樂了。可是禽鳥只能理解山林中的樂趣，卻不理解人間的樂趣；很多人只知道跟隨州官遊玩的樂趣，卻不知道州官在享受自己的樂趣了。喝醉了能夠與眾同樂，醒過來能夠寫成文章的人，就是州官了。州官是誰呀？就是廬陵人歐陽修了。

賞析與點評

〈醉翁亭記〉是一篇遊戲文章。歐陽修豪邁豁達，沒有將人生的逆境放在心上，就是在貶謫之中，他還是從容面對，寄情山水，與民同樂。他雖以「醉翁」為號，究竟是醉呢，還是醒呢？讀者心中自有判斷。

所謂遊戲文章，是因為本文有些特點，過去都很少看到。例如文中結句的地方，往往都用上了一個「也」字，連用了二十一個，有判斷的語氣，並不令人感到累贅，所以在譯文中用了一個現代的「了」字，以作對應，結果文句都很通達順暢。此外，山僧智仙請歐陽修為亭子命名，他身為滁州州官，也就當仁不讓，以自己的別號「醉翁」來給亭子命名了。因為有了這篇好文章作襯托，寫出了滁州人民幸福美好的生活，大家也就樂於接受了，千百年來沒有任何異議，可見歐陽修作為父母官，還是深得民心的。在文章的結尾，作者更老實不客氣的說出自己的籍貫和大名：「廬陵歐陽修也」，相當自信。更厲害的，是末段說的「醉能同其樂，醒能述以文者，太守也」，那更是敢於以文章自負了。這真是一篇充滿奇趣的遊戲文章，行雲流水，無心為文，是在半醉半醒之間，渲染出一個最真實的、無拘無束的，甚至官民共享、禽鳥共融的心靈境界，還帶出了「北宋風流」。

秋聲賦

歐陽修

本篇導讀——

〈秋聲賦〉作於仁宗嘉祐四年（一〇五九）秋，歐陽修五十三歲。二月，免權知開封府，轉給事中同提舉在京諸司庫務，充御試進士詳定官。四月，兼充群牧判官。同年歐陽修有致王素書簡二函，流露出頹唐的心境。當時歐陽修雖身居高位，然有感於宦海沉浮，政治改革屢遇挫折，乃以「秋聲」為題，抒發人生的無奈與感慨。

歐陽子方夜讀書，聞有聲自西南來者，悚然而聽之[1]，曰：「異哉！」初淅瀝以蕭颯[2]，忽奔騰而砰湃；如波濤夜驚，風雨驟至。其觸於物也，鏦鏦錚錚[3]，金鐵皆鳴。又如赴敵之兵，銜枚疾走[4]，不聞號令，但聞人馬之行聲。予謂童子：

「此何聲也？汝出視之。」童子曰：「星月皎潔，明河在天[5]。四無人聲，聲在樹間。」

予曰：「噫嘻，悲哉！此秋聲也，胡為乎來哉[6]？蓋夫秋之為狀也，其色慘淡，煙霏雲斂[7]；其容清明，天高日晶；其氣慄冽[8]，砭人肌骨[9]；其意蕭條，山川寂廖。故其為聲也，淒淒切切，呼號憤發。豐草綠縟而爭茂[10]，佳木葱蘢而可悅[11]；草拂之而色變，木遭之而葉脫。其所以摧敗零落者，乃其一氣之餘烈。

「夫秋，刑官也[12]，於時為陰[13]；又兵象也[14]，於行為金[15]。是謂天地之義氣[16]，常以肅殺而為心。天之於物，春生秋實。故其在樂也，商聲主西方之音[17]，夷則為七月之律[18]。商，傷也，物既老而悲傷；夷，戮也，物過盛而當殺[19]。

「嗟夫[20]！草木無情，有時飄零。人為動物，惟物之靈。百憂感其心，萬事勞其形。有動乎中[21]，必搖其精[22]。而況思其力之所不及，憂其智之所不能。宜其渥然丹者為槁木[23]，黟然黑者為星星[24]。奈何以非金石之質[25]，欲與草木而爭榮？念誰為之戕賊[26]，亦何恨乎秋聲！」童子莫對，垂頭而睡。但聞四壁蟲聲唧唧[27]，如助予之歎息[28]。

注釋

1 悚然：驚恐的樣子。

2 初淅瀝以瀟颯：淅瀝，落葉的聲音。以，同「而」字，連詞。瀟颯，風聲。瀟，一本作「蕭」。

3 鏦鏦錚錚：金屬器物撞擊的聲音。

4 銜枚：古代行軍襲敵時，令士卒把筷子狀的小木塊橫銜在口中，以繩繫於頸後，以防喧嘩。

5 明河：天河、銀河。

6 胡為乎來哉：乎，一本作「而」。

7 煙霏：煙氣飄散。

8 慄冽：凜冽，寒冷。

9 砭：刺也。

10 綠縟：碧綠稠密。

11 葱籠：青翠茂密。

12 刑官：周禮分六官，秋官司寇掌刑法邦禁之事，亦即刑官。

13 於時為陰：秋、冬二季屬於陰氣主導的季節。

14 兵象：用兵的象徵。古代征伐多在秋天。

15 於行為金：行，五行；《漢書．五行志》：「金，西方，萬物既成，殺氣之始也。」

16 天地之義氣：秋天主肅殺之氣，伸張正義，又稱義氣。《禮記．鄉飲酒義》：「天地嚴凝之氣，始於西南而盛於西北，此天地之尊嚴氣也，此天地之義氣也。」

17 商聲主西方之音：五音和四時相配，商聲屬秋，西方之位。

18 夷則為七月之律：夷則乃十二律之一，配應七月。《史記．律書》：「七月也，律中夷則。夷則，言陰氣之賊萬物也。」

19 殺：減退之意。

20 嗟夫：夫，一本作「乎」。

21 有動乎中：乎，一本作「于」。中，內心。全句指內心受到觸動。

22 必搖其精：搖，耗損。精，精神。

23 渥然丹者為槁木：渥然，沾潤。槁木，枯樹，指衰老。

24 黟（粵：衣；普：yī）：黑色。星星：頭髮斑白。

25 奈何以非金石之質：《古文觀止》原缺「以」字，今補，則文句較為順暢。金石，質地堅固。質，肉體。

26 戕賊：摧殘傷害。

27 唧唧：蟲鳴的聲音。

28 如助予之歎息：予，一本作「余」。

譯文

歐陽先生晚上剛要開始讀書，聽到有聲音從西南傳來，驚恐地聽着，說：「奇怪啊！」初時就像落葉的聲響伴着颯颯的風聲，忽然變成奔騰而又澎湃的聲響，好像晚上波濤洶湧而起，風雨突然來到。當它碰到物體的時候，就鏦鏦錚錚，好像金屬器物撞擊；又好像開往前線的軍隊，口裏含着小木塊迅速地奔走，聽不到號令，只聽到人馬疾走的聲音。我問書童：「這是甚麼聲音呢？你出去看看。」書童說：「星月明亮潔白，銀河橫在天空，周圍都沒有人聲，聲音從林間傳來。」

我說：「唉，悲哀啊！這是一種秋聲，為甚麼要來呢？大抵是秋天的形狀了，它的顏色暗淡，煙氣飄散，雲霞收斂；它的容貌清新明亮，天空高曠，陽光燦照；它的寒氣凜冽，刺入人體的肌骨；它的意象蕭瑟冷寂，大地一片寂靜空蕩。所以它發出的聲音凄涼悲切，叫呼激越。豐盛的青草碧綠稠密，爭繁競盛，美好的樹木青翠茂密，悅目可觀；可是青草遇到它就變了顏色，樹木遇到它也就葉片脫落了。草木之所以衰敗凋零，都是秋天寒氣的餘威所致。

「秋天，屬於刑官，在季節上由陰氣所主導；又是用兵的象徵，在五行中屬金。這是天地嚴凝的義氣，常常帶有摧殘毀滅的意味。上天對待萬物，春天生長，秋天結實。所以在音樂方面，商聲就跟西方的音調相配，夷則校正是七月的音律。商，就是悲傷，萬物衰老之後會感到悲傷。夷，就是殺戮，萬物過盛就應該減退了。

「唉！草木沒有感情，時候一到自會零落。人是一種動物，是萬物中最有靈性的。各種憂慮感動他的心靈，各種事務勞損他的身軀。心中有所感動，就會損耗他的精神。何況還要思慮他能力所無法達成的，擔憂他智慧所不能解決的；自然而然那紅潤的容顏會變得衰老，烏黑的頭髮會變得花白。怎麼以並不是質地堅固的肉體，跟草木爭妍鬥麗呢？想來究竟是誰來摧殘我們，又何必怨恨秋聲呢！」書童沒有回應，倒頭就睡着了。只聽得周圍的唧唧蟲聲，就好像附和我的歎息。

賞析與點評

本文以「秋聲」為題，文中也洋溢着各種不同的聲音。眾聲匯聚，摹寫精妙。加上又是賦體，採用跟童子對話的形式，語句叶韻，對仗亦多，或駢或散，流動自然，情景交融，有聲有色。從秋聲肅殺的氣氛中，反映作者政治生涯中深沉的感慨，以及個人年老體衰的無力感覺，點明只有順應自然的安排，坦然面對。因此〈秋聲賦〉所寫的，其實也是流露思想的歷程，浮想聯翩，化解哀傷之情，然後「星月皎潔，明河在天」，成熟的秋天還是回復一片明亮的境界。

瀧岡阡表

歐陽修

本篇導讀——

熙寧三年（一〇七一），歐陽修六十四歲，在青州（山東濰坊市青州市）任上，撰〈瀧岡阡表〉，表揚父母的言行和事跡，以示不忘訓誨，並表孝思。案歐父歐陽觀、歐母鄭氏先後葬於瀧岡，阡表即墓表，就是樹在墓道上的石碑碑文，官民都可使用。歐陽修四歲喪父，由母親教養成材，同時也通過母親了解到父親為官處世宅心仁厚、堅持操守，從而表彰父母的嘉言懿行，宣揚家教，情真意切，令人感慨。

嗚呼！惟我皇考崇公[1]，卜吉於瀧岡之六十年[2]，其子修，始克表於其阡[3]。非敢緩也，蓋有待也[4]。

修不幸，生四歲而孤[5]。太夫人守節自誓[6]，居窮，自力於衣食，以長以教[7]，俾至於成人[8]。太夫人告之曰：「汝父為吏，廉而好施與，喜賓客[9]。其俸祿雖薄，常不使有餘，曰：『毋以是為我累。』故其亡也，無一瓦之覆，一壠之植[10]，以庇而為生[11]，吾何恃而能自守耶[12]？吾於汝父，知其一二，以有待於汝也。自吾為汝家婦，不及事吾姑[13]，然知汝父之能養也[14]。汝孤而幼，吾不能知汝之必有立，然知汝父之必將有後也。吾之始歸也[15]，汝父免於母喪方逾年[16]，歲時祭祀，則必涕泣，曰：『祭而豐，不如養之薄也。』間御酒食[17]，則又涕泣，曰：『昔常不足，而今有餘，其何及也！』吾始一二見之，以為新免於喪適然耳[18]。既而其後常然，至其終身未嘗不然。吾雖不及事姑，而以此知汝父之能養也。汝父為吏，嘗夜燭治官書[19]，屢廢而歎。吾問之，則曰：『此死獄也，我求其生不得爾[20]。』吾曰：『生可求乎？』曰：『求其生而不得，則死者與我皆無恨也。矧求而有得耶[21]？以其有得，則知不求而死者有恨也。夫常求其生，猶失之死，而世常求其死也。』回顧乳者抱汝而立於旁[22]，因指而歎曰：『術者謂我歲行在戌將死[23]，使其言然，吾不及見兒之立也[24]，後當以我語告之。』其平居教他子弟，常用此語。吾耳熟焉，故能詳也。其施於外事，吾不能知；其居於家，無所矜飾，而所為如此，是真發於中者耶！嗚呼！其心厚於仁者耶！此吾知汝父之必將有後也。汝其勉之！夫養不必豐，要於孝；利雖不得博於物，要其心之厚於仁。吾不能教汝，此汝父之志也。」修泣而志之，不敢忘。

先公少孤力學，咸平三年進士及第[25]，為道州判官[26]，泗、綿二州推官[27]，又為泰州判官[28]。享年五十有九，葬沙溪之瀧岡。太夫人姓鄭氏，考諱德儀[29]，世為江南名族。太夫人恭儉仁愛而有禮，初封福昌縣太君[30]，進封樂安、安康、彭城三郡太君[31]。自其家少微時，治其家以儉約，其後常不使過之，曰：「吾兒不能苟合於世，儉薄所以居患難也。」其後修貶夷陵[32]，太夫人言笑自若，曰：「汝家故貧賤也，吾處之有素矣。汝能安之，吾亦安矣。」

自先公之亡二十年，修始得祿而養[33]。又十有二年，列官於朝，始得贈封其親。又十年，修為龍圖閣直學士[34]、尚書吏部郎中，留守南京[35]，太夫人以疾終於官舍，享年七十有二。又八年，修以非才，入副樞密[36]，遂參政事[37]，又七年而罷。自登二府[38]，天子推恩，褒其三世。蓋自嘉祐以來，逢國大慶，必加寵錫。
皇曾祖府君[39]，累贈金紫光祿大夫、太師、中書令[40]。曾祖妣，累封楚國太夫人。
皇祖府君[41]，累贈金紫光祿大夫、太師、中書令兼尚書令；祖妣累封吳國太夫人。
皇考崇公累贈金紫光祿大夫、太師、中書令兼尚書令。皇妣累封越國太夫人[42]。
今上初郊[43]，皇考賜爵為崇國公，太夫人進號魏國。

於是小子修泣而言曰：「嗚呼！為善無不報，而遲速有時，此理之常也。惟我祖考，積善成德，宜享其隆，雖不克有於其躬，而賜爵受封，顯榮褒大，實有三朝之錫命[44]，是足以表見於後世，而庇賴其子孫矣。」乃列其世譜，具刻於碑，既又載我皇考崇公之遺訓，太夫人之所以教而有待於修者，並揭於阡。俾知夫小子修之德薄能鮮，遭時竊位[45]，而幸全大節，不辱其先者，其來有自。

熙寧三年，歲次庚戌[46]，四月辛酉朔，十有五日乙亥[47]，男推誠保德崇仁翊戴功臣、觀文殿學士[48]、特進行兵部尚書、知青州軍州事[49]、兼管內勸農使、充京東路安撫使、上柱國[50]、樂安郡開國公，食邑四千三百戶，食實封一千二百戶，修表。

注釋

1 惟我皇考崇公：惟，文章發語詞，無義。皇考，指亡父歐陽觀，字仲賓，宋神宗熙寧元年（一〇六八）獲追封為崇國公。

2 卜吉：選擇吉祥的葬地。瀧（粵：雙；普：shuāng）岡：在今江西吉安市永豐縣沙溪鎮，歐陽觀夫婦墓地仍然保持完好。

3 克：能夠。表於其阡：表，表彰死者學行德履的碑文，這裏用作動詞，即撰寫墓碑。阡，墓道。表於其阡，在墓道立碑。

4 有待：等待適合的時候，皇帝的封贈是原因之一，而下文母親說的「以有待於汝也」，則是期望兒子事業有成。

5 孤：《孟子．梁惠王》：「幼而無父曰孤。」

6 太夫人：母親的尊稱，父歿後稱母親為太夫人，此指鄭氏。守節自誓：決心守寡，誓言不再嫁人。

7 以長以教：以，又要，一邊。全句即又要撫養又要教育。

8 俾：使也。

9 汝父為吏，廉而好施與，喜賓客：此句或可標點為「汝父為吏廉，而好施與，喜賓客」，兩者皆可。

10 無一瓦之覆，一壠之植：壠，一行分隔田畝的小徑。此句意謂沒有房子可住，也沒有田地耕種。

11 庇：庇蔭，庇護。

12 耶：一本作「邪」，以下各句同。

13 姑：丈夫的母親。

14 養（粵：讓；普：yàng）：奉養父母，舊讀去聲表示敬意，下文「不如養之薄也」、

「修始得祿而養」，音義亦同。《論語．為政》：「今之孝者，是謂能養；至於犬馬，皆能有養。不敬，何以別乎？」《釋文》「能養」之「養」讀去聲；「有養」之「養」（粵：仰；普：yǎng）及作養兒育女等義時則讀如字上聲。

15 始歸：女子出嫁曰歸；始歸，才嫁過來的時候。

16 免於母喪：母親死後，守喪期滿。免，指期滿，脫去喪服。

17 間御酒食：間，偶然。御，進用。食（粵：飼；普：sì），飯也。《論語．為政》：「有酒食，先生饌。」《釋文》「酒食」之「食」為名詞，讀去聲。

18 適然：適，當也。謂事理當然。

19 官書：官府的公文，指刑獄案件。

20 求其生不得：指無法免除他的死刑。

21 矧（粵：哂；普：shěn）：何況。

22 抱：一本作「劍」，謂挾於脅下，如帶劍也。

23 歲行在戌：歲，木星；古代以木星的方位紀年。歐陽觀卒於宋真宗大中祥符三年庚戌，證明看相者的算命準確。

24 吾：一本作「我」。

25 咸平三年：宋真宗年號，即一〇〇〇年。

26 道州判官：道州，今湖南道縣。判官，州郡長官的屬官，掌管文書工作。

27 泗、綿二州推官：泗，今安徽泗縣。綿，今四川綿陽市。推官，州郡長官的屬官，掌管刑獄。

28 泰州：今江蘇泰州市。

29 考諱德儀：考諱，母親亡父的名諱；指外祖父鄭德儀。

30 福昌縣太君：福昌縣，今河南洛陽市宜陽縣。縣太君，宋制朝廷卿監和地方知州等官員母親的封號。

31 樂安、安康、彭城三郡太君：樂安，今安徽霍山縣。安康，今陝西安康市漢陰縣。彭城，今江蘇銅山縣。郡太君，朝廷侍郎、學士、地方觀察等四品官員母親的封號。

32 夷陵：今湖北宜昌市。宋仁宗景祐三年（一〇三六），歐陽修因致書責備諫官高若訥「不復知人間有羞恥事爾」而被貶夷陵令，時年三十歲。

33 修始得祿而養：宋仁宗天聖八年（一〇三〇），歐陽修中進士，授將仕郎、試祕書省校書郎、充西京（河南洛陽市）留守推官，距父歿正二十年。

34 龍圖閣：宋真宗建，在禁中。初入直館閣，稱為直學士。

35 南京：宋時南京為應天府（河南商邱市）。

36 入副樞密：仁宗嘉祐五年，歐陽修入京任樞密院副使，掌全國軍事。

37 遂參政事：嘉祐六年，歐陽修任戶部侍郎參知政事，即宰相之副貳。

38 二府：宋制，中書省與樞密院分掌文武，號稱二府。

39 皇曾祖府君：皇，大也，子孫對祖先的尊稱。歐陽修曾祖為歐陽彬。

40 金紫光祿大夫：金紫，金印紫綬。光祿大夫為二品散官，殆屬虛銜，下文所封官銜亦同。

41 皇祖府君：祖父歐陽偃。

42 皇妣：指歐陽修的亡母鄭氏。

43 今上初郊：當今的皇上，指神宗趙頊。郊，祭天。熙寧元年十一月，初行郊祀之禮，故推恩封贈群臣。

44 三朝：指仁宗、英宗、神宗三朝。

45 遭時竊位：作者自謙之詞，言遇到好的時機獲得晉升卻自愧沒有才德以居高位也。

46 熙寧三年，歲次庚戌：即一〇七〇年，上距父喪剛好六十年。

47 四月辛酉朔十有五日乙亥：朔，初一；古代以干支計日，每月初一的干支下加朔字，以便推算。例如本文四月初一日辛酉，而阡表則立於四月十五日乙亥。

48 觀文殿學士：宋觀文殿置大學士、學士，非曾任執政者不授。本文末段所列封號既有實職，亦有勛銜，連食邑、食實封所列戶口都是虛數。

49 知青州：熙寧元年，歐陽修由亳州（安徽亳州市）調知青州軍州事。

50 上柱國：勛官之最尊者。

譯文

嗚呼！先父崇國公擇地安葬於瀧岡墓地，已經六十年了，我身為人子的才能在他的墓道上立碑撰寫表記。這並不是故意拖延，而是想等待適合的時機而已。

我運氣不好，四歲時父親就去世了。先母決心守寡，誓言不再嫁人。我們家境貧窮，先母得靠自己獨力謀生，又要撫養我又要教育我，使我得以長大成人。先母告訴我說：「你父親做官，廉潔和樂於助人，愛交朋友；他俸祿的收入雖然微薄，卻常常不讓它有所剩餘。他說：『不要因為這些財物使我受累。』所以當他去世時，沒有留下房子容身，也沒有田地耕種，用作維持生活。我憑甚麼能夠堅持守節呢？我對於你父親，大概有些了解，所以對你有很大期待。自從我做了你家的媳婦，來不及侍奉婆婆，但我知道你父親一定是孝順的。你從小失去了父親，我不能確信你長大後一定會有所成就，但我相信你父親必然有好的後代。當初我嫁進來的時候，你父親為祖母守喪期滿，脫去喪服才過了一年，每年拜祭時，必然哭着說：『祭祀時祭品再豐富，也比不上生前菲薄的奉養。』有時吃點酒飯，又會流着淚說：『過去常常感到不夠吃，現在有了剩餘，可惜都來不及了！』我開始看到一兩次，以為他是剛脫去喪服才會如此的。然而後來他經常這樣，終其一生，沒有不是如此的。我雖然來不及侍奉婆婆，卻因此相信你父親一定是孝順的。你父親做官，常在晚上燃燭處理公文，有時會停下來歎氣。我問他，他說：『這是判死罪的案件，我想給他一條生路，可就是沒有辦法。』我說：『生路可以得到嗎？』他說：『想替他找生路卻沒找到，那麼死囚和我都沒有遺憾了，何況有時是可以找到的。正因為有時可以找到，就知道不替他找生路而判死的，一定會有遺憾。就這樣常替他們找生路，但免不了還是要判死，而世人往往希望這些人死去！』回頭看見奶媽抱着你站在旁邊，就指着你歎氣說：『算命的說我遇到戌年就會死。如果他的預測靈驗，我將看不到兒子成人了，以後就把我這番話告訴他吧。』他平時教導別的子弟，也常說這些話，我聽多了，所以記得很清楚。他在外面所做的事，我無從知悉；他在家時，從來沒有半點誇耀矯飾，他的行為就是這樣的，是真正的出自內心啊！嗚呼！他的心就是厚積仁愛啊！因此我確信你父親必然會有好的後代。你要好好努力啊！奉養父母不一定要豐厚，但總要出於孝心；恩惠雖不能普施於萬物，但心意一定要厚積仁愛。我不懂得教導你，這是你父親的願望啊。」我流着眼淚記住了這番話，不敢忘掉。

先父小時候失去父親，努力讀書。咸平三年考中了進士。做過道州的判官，泗、綿兩州的推官，又擔任過泰州的判官。得年五十九歲，安葬在沙溪的瀧岡。先母鄭氏，外祖父名諱德儀，世代都是江南的望族。先母恭敬節儉仁厚慈愛而注重禮節；最初獲封為福昌縣太君，後來加封為樂安、安康、彭城三郡太君。由早年家道中落起計，先母管家都以節儉簡約為主，以後開支都不會超過這個限度。她說：「我的兒子不能以苟且態度迎合世俗，節儉才可以面對艱難窮困的日子。」後來我貶謫到了夷陵，先母談笑自若：「你家本來就是貧窮的，我過慣了。你能夠安於工作，我也就放心了。」

先父去世二十年後，我才開始獲得俸祿奉養母親。又過了十二年，在朝廷任職，才得到皇上恩典，贈封先人。又過了十年，我任職龍圖閣直學士、尚書吏部郎中、留守南京應天府，先母得病在官舍逝世，享年七十二歲。又過了八年，我並沒有很出色的才能，竟入京任樞密院副使，還有機會參知政事，又過了七年才解職。自進入中書省、樞密院二府以後，承蒙天子廣推恩澤，褒揚我的三代，所以由嘉祐開始，每逢國家的大慶典，必定予以恩寵賞賜。先曾祖父多次贈封金紫光祿大夫、太師、中書令；先曾祖母多次加封楚國太夫人。先祖父多次贈封金紫光祿大夫、太師、中書令兼尚書令；先祖母多次加封吳國太夫人。先父崇國公，多次贈封金紫光祿大夫、太師、中書令兼尚書令；先母加封越國太夫人。當今皇上初行郊祀祭典，先父進爵為崇國公，先母也進封為魏國太夫人。

於是小兒修哭着說：「嗚呼！做好事不會得不到好報，可是早晚的時間不同，這是常理啊。至於我的祖先，多做善事修養德性，應當享受豐厚的回報，雖然他們不能及身享有，但身後獲得賜爵贈封，光顯榮譽褒獎弘揚，先後得到三朝的贈封，這就足以揚名後世，甚至庇廕他們的子孫了。」於是我列出世代族譜，詳盡地刻在碑上，後又紀錄先父崇國公的遺命，以及先母督導教育我的原因，還有對我的期望，全都寫在墓表上揭示出來。使人知道小兒修無德無能，只因遇到好的時機獲得晉升，卻自愧沒有才德以居高位，幸而得以保全大節，不致辱及先人，實在是有原因的。

熙寧三年，庚戌歲，以四月初一日辛酉起計，今天十五日乙亥，兒子推誠保德崇仁翊戴功臣、觀文殿學士、特進行兵部尚書、知青州軍州事、兼管內勸農使、充京東東路安撫使、上柱國、樂安郡開國公、食邑四千三百戶、食實封一千二百戶，歐陽修撰表。

賞析與點評

〈瀧岡阡表〉是歐陽修在其父下葬六十年後所撰寫的追悼文章，也是晚年力作。本文自敍家世及一生艱苦的遭遇，父子兩代都少孤力學，正直做人，而歐陽修因緣際會，得以攀上高位，獲得三朝皇上的贈封，光宗耀祖，其實這都不是必然的。歐陽修終身努力不懈，謙卑自持。因此本文的寫作動機，與其說是歐陽修炫耀自己一生的成就，倒不如說是憶述成長之路，開導子孫，感化世道人心。歐陽修謹記父母的訓誨，弘揚孝道，以儉治家，積善成德，因此將自己所稟承的家教「具刻於碑」、「並揭於阡」，讓世人知道。

歐陽修以大節立朝，仗義執言，言必有據。本文以父母的嘉言懿行為主體，個人的成就只是襯托，情真意切，下筆矜慎。否則過度吹噓自己的官職，成為諛墓之文，也就不成體統了。

前赤壁賦

蘇軾

本篇導讀——

蘇軾（一〇三七—一一〇一），字子瞻，號東坡居士。蘇洵子。眉州眉山（四川眉山市）人。嘉祐二年（一〇五七）進士，深受主考歐陽修賞識，擢置第二。嘉祐六年應中制科入三等，除授大理評事簽書鳳翔府（陝西寶雞市鳳翔縣）判官。熙寧二年（一〇六九）還朝。王安石推行新法，蘇軾上書反對。乃請求外任，出知杭州、密州（山東諸城市）、徐州（江蘇徐州市）、湖州（浙江湖州市）的地方官，任職期間體恤民情，改革邑政。元豐二年（一〇七九）以作詩「謗訕朝廷」罪繫於御史台監獄，又稱「烏台詩案」。其後貶黃州（湖北黃岡市）團練副使。哲宗元祐元年（一〇八六）起用為登州（山東蓬萊市）知州，回京任中書舍人、翰林學士、知制誥等，官至禮部尚書。元祐四年出知杭州、潁州（安徽阜陽市潁州區）、揚州、定州（河北定州市）。紹聖元年（一〇九四）遠貶惠州（廣東惠州市）、儋州（海南儋州市），直到徽宗即位始奉命內遷，但北還路上病卒於常州（江蘇常州市）。追謚文忠。蘇軾詩、文、詞、書法等俱為大家，著作極多，其他尚有《東坡志林》、《東坡七集》等。唐宋八大家之一。

〈前赤壁賦〉作於元豐四年的八月十六日，是蘇軾責貶黃州後的第三年，與友人李委、楊世昌泛舟遊於黃州赤壁之下。楊世昌，字子京，綿竹（四川綿竹市）武都山道士。

壬戌之秋，七月既望[1]，蘇子與客泛舟遊於赤壁之下[2]。清風徐來，水波不興，舉酒屬客[3]，誦明月之詩，歌窈窕之章[4]。少焉，月出於東山之上，徘徊於斗牛之間[5]。白露橫江，水光接天。縱一葦之所如[6]，凌萬頃之茫然[7]。浩浩乎如馮虛御風[8]，而不知其所止；飄飄乎如遺世獨立[9]，羽化而登仙[10]。

於是飲酒樂甚，扣舷而歌之[11]。歌曰：「桂棹兮蘭槳[12]，擊空明兮泝流光[13]。渺渺兮予懷，望美人兮天一方[14]。」客有吹洞簫者[15]，倚歌而和之[16]，其聲嗚嗚然。如怨如慕，如泣如訴。餘音嫋嫋[17]，不絕如縷。舞幽壑之潛蛟[18]，泣孤舟之嫠婦[19]。

蘇子愀然[20]，正襟危坐，而問客曰：「何為其然也？」客曰：「『月明星稀，烏鵲南飛』[21]，此非曹孟德之詩乎[22]？西望夏口，東望武昌[23]。山川相繆[24]，鬱乎蒼蒼。此非孟德之困於周郎者乎[25]？方其破荊州[26]，下江陵[27]，順流而東也。舳艫千里[28]，旌旗蔽空，釃酒臨江[29]，横槊賦詩[30]。固一世之雄也，而今安在哉！況吾與子漁樵於江渚之上，侶魚蝦而友麋鹿。駕一葉之扁舟，舉匏樽以相屬[31]。寄蜉蝣於天地[32]，渺滄海之一粟。哀吾生之須臾，羨長江之無窮。挾飛仙以遨遊，抱明月而長終。知不可乎驟得，託遺響於悲風[33]。」

蘇子曰：「客亦知夫水與月乎？逝者如斯[34]，而未嘗往也。盈虛者如彼[35]，而卒莫消長也。蓋將自其變者而觀之，則天地曾不能以一瞬。自其不變者而觀之，則物與我皆無盡也[36]。而又何羨乎？且夫天地之間，物各有主。苟非吾之所有，雖一毫而莫取。惟江上之清風，與山間之明月，耳得之而為聲，目遇之而成色。取之無禁，用之不竭。是造物者之無盡藏也，而吾與子之所共適[37]。」客喜而笑，洗盞更酌[38]。肴核既盡[39]，杯盤狼藉。相與枕藉乎舟中，不知東方之既白。

注釋

1 既望：農曆每月十五日，叫作望日，既，已，既望即十六日。

2 赤壁：山名，湖北境內稱赤壁者約有四處，此指黃岡市外的赤鼻磯，為東坡所遊之處。

3 屬：勸酒。

4 誦明月之詩，歌窈窕之章：窈窕，舒緩也。二句指《詩經・陳風・月出》首章：「月出皎兮，佼人僚兮。舒窈糾兮，勞心悄兮。」

5 斗牛：二十八星宿中的南斗和牽牛。

6 一葦：比喻小舟。如：往也，動詞；所如，要去的地方。

7 凌：飄浮，越過。

8 馮虛御風：馮，即「憑」。虛，太空。御風，乘風。全句意即在空中乘風馳走。

9 遺世而獨立：遠離俗世塵囂，自由自在。

10 羽化而登仙：身輕羽化，飛往仙境。

11 舷：船邊。

12 桂棹兮蘭槳：棹、槳，行船撥水之具，棹在船尾，槳在船邊。全句意即以桂木為棹，以木蘭為槳。

13 擊空明兮泝流光：擊，指搖槳。空明，指月光映照下澄明的江水。泝，同「溯」，衝着水流。流光，波光粼粼。

14 美人：理想人物，或喻在朝的賢人君子。

15 客有吹洞簫者：客指楊世昌。當日同遊者尚有李委，善吹笛。

16 倚歌而和之：倚，《古文觀止》作「依」。

17 嫋嫋：形容聲音輕盈柔揚貌。

18 潛蛟：潛藏在水底的蛟龍。

19 嫠（粵：梨；普：lí）婦：寡婦。

20 愀（粵：悄；普：qiǎo）然：神色憂愁的樣子。

21 月明星稀，烏鵲南飛：曹操〈短歌行〉首章的詩句。

22 曹孟德：曹操，字孟德，東漢末為丞相，進封魏王，挾獻帝劉協以號令天下。

23 西望夏口，東望武昌：夏口，古城名，在今湖北武漢市黃鵠山上。武昌，今湖北鄂州市。

24 繆（粵：了；普：liǎo）：同「繚」，纏繞，繚繞。

25 孟德之困於周郎：周郎，周瑜。建安十三年（二〇八），曹操揮軍由荊州沿江而下，孫權使周瑜與劉備合力破之，大敗曹軍於赤壁（湖北嘉魚縣東北）。

26 破荊州：荊州（湖北襄樊市）轄南陽、江夏等七郡，相當於今湖北、湖南一帶。

27 江陵：今湖北江陵縣。

28 舳艫千里：舳，船尾；艫，船頭。指船首、船尾相連，綿延千里。

29 釃（粵：私；普：shī）酒：濾酒，斟酒。

30 槊：長矛。

31 匏樽：匏，葫蘆，以葫蘆外殼製成的酒器，泛指酒杯。

32 寄蜉蝣於天地：蜉蝣，蟲名，朝生暮死。比喻人生短暫。

33 遺響：餘音。悲風：悲涼的秋風。

34 逝者如斯：《論語．子罕》云：「子在川上曰：逝者如斯夫！不捨晝夜。」斯，指江水，代詞。比喻時光的消逝如同河水般日夜不停地流去。

35 盈虛：指月圓月缺。

36 無盡藏：無盡，無窮。藏，寶藏。

37 適：欣賞，享用。《蘇軾文集》從別本作「食」。

38 更酌：更，蘇軾手稿在「更」字下注有「平」字，即讀平聲。更酌即換酒。

39 肴核：熟肉為肴，水果為核。

譯文

壬戌年秋天，七月十六日，蘇先生與友人在赤壁下泛舟遊賞。清風陣陣吹來，水面波瀾不起。舉起酒杯向友人敬酒，吟誦〈月出〉的詩篇，高唱着「窈窕」的樂章。過了一會兒，月亮從東邊的山上升起，在南斗和牽牛兩個星座之間緩緩移動。白茫茫的露珠鋪滿江面，水光與天色連成一氣。任小船隨水流去，飄浮於萬頃蒼茫的江面之上。浩浩蕩蕩地在空中乘風馳走，不知道要到哪裏才會停止。飄飄然像是遠離了俗世塵囂，自由自在，身輕羽化似的飛往仙境。

這時候大家喝酒喝得十分高興，用手拍打着船舷應聲高歌。歌詞說：「桂木船棹啊木蘭船槳，搖曳着江面澄明的月色啊衝着水流泛起粼粼的波光。我的情懷啊幽渺悠遠，想望伊人啊天各一方。」友人吹奏洞簫，按着節奏與歌聲相和，洞簫的聲音嗚嗚作響，像是憂怨像是傾慕，像是啜泣像是傾訴，餘音迴旋繚繞，絲絲縷縷的沒有停頓。深谷中的潛龍為之起舞，孤舟上的孀婦也忍不住哭起來了。

蘇先生神色憂傷，整理衣襟端坐着問友人：「為甚麼會這麼哀怨呢？」友人說：「『月明星稀，烏鵲南飛』，這不是曹孟德的詩句麼？向東望向夏口，向西望到武昌，山水繚繞交錯，草木青蒼深黑暗淡。這不就是曹操被周瑜所圍困的地方嗎？當初曹操攻陷荊州，佔領了江陵，沿長江順流東下，戰船頭尾相接綿延千里，旗幟飄揚遮蔽了天空，在江上斟酒而飲，握着長矛吟詩作賦的，自然是一代英雄人物，現在又在哪裏呢？何況我與你在江邊的沙洲上打漁砍柴，跟魚蝦作伴，與麋鹿為友，駕着一條小船，舉起葫蘆酒杯相互敬酒，就像蜉蝣置身於天地之中，渺小得像滄海中的一粒粟米。哀歎我們生命的短暫，羡慕長江的無窮無盡。與仙人攜手暢遊，擁抱着明月長在長存。明知道這些都不可能平白得到，只好把餘音寄託於悲涼的秋風了。」

蘇先生說：「你也知道這流水和月亮的關係嗎？流逝着的像這流水，其實並沒有真正的逝去；時圓時缺的就像這月亮，最後既沒有減少也沒有增長。大抵從事物變化的角度來看，天地都沒有一個瞬間不發生變化的；而從事物不變的角度來看，萬物與我的生命同樣是無窮無盡的，又有甚麼值得羨慕呢？何況天地之間，事物各有歸屬。如果不是自己應該擁有的，就絲毫不該取得。只有江上的清風，以及山間的明月，耳朵聽到了就是音樂，眼睛碰上了就成了景色，想要的沒有人禁止，要用的也不會用完。這是大自然無窮無盡的寶藏，而我與你都可以一起享用。」友人高興地笑了，洗淨酒杯重新倒酒。菜肴果品吃完以後，杯子盤子散亂。大家互相枕着靠着睡在船上，不知不覺東方已經發白了。

後赤壁賦

蘇軾

本篇導讀——

蘇軾〈後赤壁賦〉寫於元豐四年十月十五日，距離前賦剛好三個月。《施注蘇詩》卷二十〈次韻孔毅父久旱已而甚雨三首〉注引蘇軾為楊道士書一帖云：「十月十五日夜，與楊道士泛舟赤壁，飲醉。夜半，有一鶴自江南來，翅如車輪，戛然長鳴，掠余舟而西，不知其為何祥也，聊復記云。」輯入《蘇軾文集》附《佚文彙編》。楊道士即楊世昌。

是歲十月之望，步自雪堂[1]，將歸於臨皋[2]。二客從予[3]，過黃泥之坂[4]。霜露既降，木葉盡脫。人影在地，仰見明月。顧而樂之，行歌相答。已而歎曰：「有客無酒，有酒無肴，月白風清，如此良夜何？」客曰：「今者薄暮，舉網得魚。

巨口細鱗，狀似松江之鱸[5]。顧安所得酒乎？」歸而謀諸婦[6]。婦曰：「我有斗酒，藏之久矣，以待子不時之需。」於是攜酒與魚，復遊於赤壁之下。

江流有聲，斷岸千尺。山高月小，水落石出。曾日月之幾何，而江山不可復識矣！予乃攝衣而上，履巉巖，披蒙茸[7]。踞虎豹[8]，登虬龍[9]。攀栖鶻之危巢[10]，俯馮夷之幽宮[11]。蓋二客不能從焉。劃然長嘯[12]，草木震動。山鳴谷應，風起水湧。予亦悄然而悲，肅然而恐。凜乎其不可留也[13]！反而登舟，放乎中流，聽其所止而休焉。

時夜將半，四顧寂寥。適有孤鶴，橫江東來。翅如車輪，玄裳縞衣[14]。戛然長鳴[15]，掠予舟而西也。須臾客去，予亦就睡。夢一道士[16]，羽衣翩躚[17]，過臨皋之下，揖予而言曰[18]：「赤壁之遊樂乎？」問其姓名，俯而不答。嗚呼噫嘻！我知之矣，疇昔之夜[19]，飛鳴而過我者，非子也耶？道士顧笑，予亦驚悟。開戶視之，不見其處。

注釋

1 雪堂：蘇軾在黃州築室五間，乃在大雪天落成，四壁又畫有雪景，自書「東坡雪堂」，因以雪堂為名，並自稱東坡居士。在今黃岡市東。

2 臨皋：蘇軾至黃州，初居定惠禪寺，後移居臨皋亭。在今黃岡市南的長江邊上。

3 二客：其一為道士楊世昌，另一人不詳。

4 坂：或作「阪」，斜坡。從雪堂至臨皋的斜坡地帶。

5 松江之鱸：松江，即今吳淞江，下游為蘇州河，流經江蘇及上海市一帶，盛產四鰓鱸魚。長五、六寸，冬至前後，最為肥美。

6 謀諸婦：謀，商量。諸，之於。婦指蘇軾的繼室王閏之，字季璋，王介幼女，同時也是蘇軾亡妻王弗的堂妹，小名二十七娘，二十一歲嫁給蘇軾，生下蘇迨及蘇過，善盡母職，深明大義，是一位很賢慧的妻子。

7 披蒙茸：披，分開。蒙茸，雜草。

8 踞虎豹：踞，蹲坐。虎豹，指猙獰的怪石。

9 登虬龍：登，攀上。虬龍，有角的小龍，這裏指盤曲的樹木。

10 栖鶻之危巢：栖，同「棲」。鶻（粵：闕；普：gǔ），隼也，鷹屬，猛禽。飛行輕捷迅速，兇猛有力，常馴以捕捉鳥兔。危巢，高險的鳥窩。

11 馮夷：馮（粵：朋；普：píng）夷，水神名，即河伯。

12 劃然：突然分開，形容長嘯的聲音。

13 凜乎：淒清。

14 玄裳縞衣：玄，《古文觀止》作「元」，清代避康熙諱改字。玄裳，黑色裙子。縞，白綢上衣。鶴身白而尾黑，如人之白衣黑裳。

15 戛然：形容鶴聲的尖利。

16 夢一道士：相傳朱熹所見蘇軾真跡作「夢二道士」，或為筆誤，當以「一」字為是。

17 羽衣：鳥羽所製之衣，道家之服。翩躚：輕快的樣子。

18 揖：拱手為禮。

19 疇昔：疇，語首助詞，無義。昔指昨天，昔日。

譯文

這年十月十五日，我從雪堂出來，準備回到臨皋亭。兩位友人跟着我走過了黃泥坂。節氣過了霜降，樹葉完全脱落，身影倒映在地上，抬頭就看見明月，大家看着十分開心，一路上邊走邊唱着歌，互相應和。過了一會兒我歎氣説：「有朋友可沒有酒，有了酒卻又沒有菜；月光皎潔，金風清爽，這麼好的晚上該怎樣度過呢？」友人説：「今天傍晚，張網抓到了一條魚，大嘴巴，幼細的鱗片，看樣子就像松江的鱸魚。不過怎樣才能弄到酒呢？」回家跟妻子商量，妻子説：「我有一斗酒，貯藏了很久，就是準備給你有需要的時候用的。」於是帶着酒和魚，再到赤壁下遊玩。

江濤發出了聲響，峭壁陡峭挺立千尺，山峰高聳，月亮顯得小了，水位退落，石頭都露出來了。說來沒隔多少日子，而江山景色幾乎再也認不出來了！我撩起衣服登岸上去，踩着險峻的山崖，撥開了茂密的雜草，蹲在像虎豹一樣的怪石上，登上虬龍般蟠曲的樹枝上，攀上了住着鷹隼的高巢，俯瞰着水神馮夷幽邃的宮殿。兩位客人無法跟隨上來。突然傳來劃破夜空的長嘯，草木都為之震動，山谷鳴響回聲相應，夜風吹過，水流洶湧。我隱隱感到了悲傷，很可怕地生出了恐懼，毛骨悚然，覺得不可以再留下來了。回去上船再遊，我們把船划到了江心，就任它漂到哪裏就到哪裏休息了。

那時差不多快到半夜了，四面看看都寂靜無聲。恰好有一隻孤鶴，從東邊橫掠江面飛來。翅膀像車輪，身上像穿着黑裙白衣，尖利地長鳴一聲，掠過我的船向西飛去。不久友人回家去了，我也就睡覺了。夢見一位道士，披着羽毛織製的氅衣，飄逸輕盈，經過臨臯亭下，向我作揖說：「赤壁的旅程，玩得開心嗎？」問他的姓名，低頭不答。啊！啊！我知道了。昨天晚上，飛着叫着經過我的船，不就是您嗎？道士看着我笑，我也就驚醒了。開門去看，也看不到他的所在了。

賞析與點評

〈後赤壁賦〉的作意比較複雜，情節由實而虛，心情則由平靜而趨於激動，最後化為孤鶴飛去，天地之間復歸於寂滅空無。關於〈赤壁賦〉、〈後赤壁賦〉中的赤壁遺址、賦中「變」與「不變」的哲學命題，以及文章詭祕氣氛，其實還牽涉了深層的寫作背景問題，可能都跟時局有關，作者不吐不快，但為了遠禍，又不得不隱約其辭，所以感情十分複雜。

元豐四年（一〇八一）八月，宋軍五路伐夏。高遵裕縱兵深入，圍靈州城（寧夏靈武市），夏人決黃河水灌宋營壘，又絕宋軍運輸線，餓死者眾，於是高遵裕軍潰，又值大雪，遂大敗而回。翌年九月，徐禧築永樂城（陝西米脂縣西），以兵萬人守之。夏起舉國之兵來攻，永樂城被圍，城中水源涸乏，士卒渴死大半；而援兵未至。其後永樂城被攻陷，徐禧以下蕃漢官兵役夫死難者二十餘萬，輜重損失尤重。

蘇軾〈赤壁賦〉二篇寫於兩次戰役前後。〈前赤壁賦〉赤壁之戰乃是影射宋夏之戰，曹操困於周郎也就是暗寓宋、遼、夏三分之勢已成，一時難以逆轉。〈後赤壁賦〉寫於第二次伐夏戰敗之後，蘇軾不禁嗟歎「曾日月之幾何，而江山不可復識矣」，時局委靡不振，奸臣誤國，蘇軾因而顯得愈發激動，而摸黑登山呼嘯一節，激情勃發，不可壓抑，也就特別驚心動魄了。最後蘇軾孤鶴飄飛，割棄塵緣，忘情於江湖，意境高逸。

六國論

蘇轍

本篇導讀——

蘇轍（一〇三九—一一一二），字子由，一字同叔，晚號潁濱遺老。眉州眉山（四川眉山市）人。嘉祐二年（一九五七）進士，與兄蘇軾同時及第，名動京師。嘉祐六年亦同登制科，初授試祕書省校書郎充任商州（陝西商洛市）軍事推官。熙寧二年（一〇六九）為制置三司條例司檢詳文字，因對新法提出異議，調任為河南府（河南洛陽市）留守推官、陳州（河南淮陽縣）教授、齊州（山東濟南市）書記等。元豐二年（一〇七九）因蘇軾繫獄，蘇轍亦坐貶監筠州（江西高安市）鹽酒稅。元豐七年調任為歙州績溪（安徽績溪縣）令。元豐八年為祕書省校書郎，元祐元年（一〇八六）擢為右司諫，升為起居郎，再升中書舍人，官至尚書右丞、門下侍郎等職，身居要位。但跟蘇軾一樣牽涉黨爭事件，浮沉宦海累遭貶謫。徽宗即位後遇赦，最後寓居許昌（河南許昌市）潁水之濱，杜門謝客。後追復為端明殿學士，謚文定。著《欒城集》

等。唐宋八大家之一。

嘗讀六國世家[1]，竊怪天下之諸侯，以五倍之地，十倍之衆，發憤西向，以攻山西千里之秦[2]，而不免於滅亡，常為之深思遠慮，以為必有可以自安之計。蓋未嘗不咎其當時之士[3]，慮患之疎，而見利之淺，且不知天下之勢也。

夫秦之所與諸侯爭天下者，不在齊、楚、燕、趙也，而在韓、魏之郊；諸侯之所與秦爭天下者，不在齊、楚、燕、趙也，而在韓、魏之野。秦之有韓、魏，譬如人之有腹心之疾也[4]。韓、魏塞秦之衝，而蔽山東之諸侯，故夫天下之所重者，莫如韓、魏也。

昔者范雎用於秦而收韓[5]，商鞅用於秦而收魏[6]，昭王未得韓、魏之心[7]，而出兵以攻齊之剛壽[8]，而范雎以為憂。然則秦之所忌者可見矣[9]。秦之用兵於燕、趙，秦之危事也。越韓過魏而攻人之國都，燕、趙拒之於前，而韓、魏乘之於後，此危道也。而秦之攻燕、趙，未嘗有韓、魏之憂，則韓、魏之附秦故也。夫韓、魏諸侯之障，而使秦人得出入於其間[10]，此豈知天下之勢耶？委區區之韓、魏，以當強虎狼之秦[11]，彼安得不折而入於秦哉[12]？韓、魏折而入於秦，然後秦人得通其兵於東諸侯，而使天下徧受其禍。

夫韓、魏不能獨當秦，而天下之諸侯，藉之以蔽其西，故莫如厚韓親魏以擯秦。秦人不敢逾韓、魏以窺齊、楚、燕、趙之國，而齊、楚、燕、趙之國，因得以自完於其閒矣。以四無事之國，佐當寇之韓、魏，使韓、魏無東顧之憂，而為天下出身以當秦兵[13]。以二國委秦[14]，而四國休息於內，以陰助其急，若此，可以應夫無窮[15]。彼秦者將何為哉？不知出此，而乃貪疆埸尺寸之利[16]，背盟敗約[17]，以自相屠滅，秦兵未出，而天下諸侯已自困矣。至於秦人得伺其隙[18]，以取其國，可不悲哉！

注釋

1 嘗讀六國世家：嘗，一本作「愚」。六國，戰國時代秦嶺以東之韓、魏、齊、楚、燕、趙六國。世家，記諸侯王之世系的史傳，本文特指《史記》所載六國世家。

2 山西千里之秦：山，指殽山（河東陜縣東）。秦國在殽山以西，據有關中之地，沃野千里，最為富庶。

3 咎：歸罪，責備。

4 腹心之疾：猶言心腹之患。

5 范睢（？——公元前二五五）：戰國魏人，秦昭王相，提出遠交近攻的策略，封應（河南平頂山市寶豐縣西南）侯。

6 商鞅：衞人，亦稱衞鞅、公孫鞅。秦孝公相，定變法之令，改賦稅之法，重農抑商，濫用酷刑。

7 昭王：秦昭王（稷，公元前三二五——前二五一），在位五十六年（公元前三〇六——前二五一）。

8 剛壽：今山東聊城市陽谷縣南壽張鎮，與河南台前縣僅一堤之隔。

9 然則秦之所忌者可見矣：一本作「然則秦之所忌者可以見矣」，增一「以」字。

10 而使秦人得出入於其間：間，一本作「間」，音義相同。下文「因得以自完於其間矣」，亦同。

11 以當強虎狼之秦：一本作「以當虎狼之強秦」，惟「強虎狼」與上文「區區」強弱相對，似以《古文觀止》的原文為是。

12 折：屈服。

13 出身：挺身而出。

14 委：對付。

15 應夫無窮：長期運作下去。

16 疆場：埸（粵：亦；普：yì），《古文觀止》作「場」，誤。疆埸，邊境。

17 背盟敗約：周顯王三十六年（公元前三三三），蘇秦（？—公元前二八四）遊說六國，結成合縱之約以抗秦，秦兵不敢闖函谷關者十五年。秦使張儀（？—公元前三一〇）倡連橫之說，分化齊、楚，脅誘韓、趙、魏。周赧王二年（公元前三一三），楚、齊絕交，縱約乃解。

18 至於秦人得伺其隙：一作「至使秦人得間其隙」。伺，窺伺。間，離間。

譯文

過去讀《史記》的六國世家，心裏覺得疑惑，當時天下諸侯國，以五倍於秦國的土地，十倍於秦國的軍隊，決心振作向西部發展，攻打殽山以西關中千里的秦國，卻免不了一一亡國。我常常為這件事深入思考，相信一定會有可以自保的計策。因此不得不責備當時的謀士，考慮禍患的過於疏略，而貪圖利益的就失之膚淺，而且不知天下大勢的發展。

秦國有能力跟諸侯國爭奪天下的重地，不在於齊國、楚國、燕國、趙國等，而在於韓國、魏國的邊境。諸侯國有能力跟秦國爭奪天下的重地，不在於齊國、楚國、燕國、趙國等，而在於韓國、魏國的邊境。秦國面對着韓國、魏國，就好像人有腹心的疾病一樣。韓國、魏國堵住了秦國東侵的要道，掩護殽山以東的諸侯國，所以當時天下的重地，沒有比得上韓國、魏國的。

從前范雎得到秦國的重用，就近攻韓國；商鞅得到秦國的重用，也就攻打魏國了。秦昭王沒得到韓國、魏國的認可，就出兵攻佔齊國的剛壽，而范雎就為此而擔憂了。那麼秦國所顧忌的，就清楚可見了。秦國要攻打燕國、趙國，這是秦國的危險舉動。越過韓國、魏國攻打他國的國都，燕國、趙國在前線抗敵，韓國、魏國乘機在後方發動攻擊，這就是危險的舉動了。然而秦國攻打燕國、趙國，卻不必擔心韓國、魏國的襲擊，那是因為韓國、魏國已經歸附秦國了。韓國、魏國一直都是諸侯的屏障，卻讓秦國人能夠自由出入於國境之中，這哪裏算是了解天下的大勢呢？任由小小的韓國、魏國，去抵抗強如虎狼一般的秦國，他們怎能不屈服而投向秦國呢？韓、魏屈服了而倒向秦國，然後秦國人就可以派兵通過他們的國境攻打東方的諸侯國，使天下人到處都遭受秦國的禍害。

韓國、魏國不能單獨抵擋秦國，而天下的諸侯國，藉着他們掩護西方的邊境，這樣就不如厚待韓國、魏國來抵抗秦國。秦國人不敢跨越韓國、魏國來窺伺齊國、楚國、燕國、趙國等，而齊國、楚國、燕國、趙國等，就可以保存自我實力了。以四個沒有兵患的國家，輔助面臨強敵的韓國、魏國，使韓國、魏國不用擔心東方的威脅，就為天下人挺身而出抵擋秦兵。以韓國、魏國來對付秦國，其餘四國在後方休養生息，暗中援助他們的急難，這樣長期運作下去，那秦國還有甚麼作為呢？不知道用這計謀，卻貪圖邊境上尺寸土地的小利，違背盟誓，破壞條約，甚至自相殘殺。秦國還沒派兵出來，而天下諸侯都各自陷入困境了。至於秦國人能夠把握時機，殲滅他們的國家，這不是很悲哀嗎？

賞析與點評

蘇轍〈六國論〉主張聯合抗秦，跟蘇秦合縱之說相近，而析論天下大勢，亦見準確。當然，蘇轍只是從後代的角度回望歷史，有點書生論政、紙上談兵的意味，對整個形勢和發展，自然掌握得比較透徹；而蘇秦處身六國的政治漩渦之中，諸侯國各懷鬼胎，見利忘義，互不信任，又怎能統一抗秦呢？六國中如有能脱穎而出的，例如齊、楚，恐怕也只是另一個強秦而已，強勢的諸侯一樣會殲滅其他各國的，可不慎哉！蘇秦的失敗，應該是意料中事。後來信陵君救趙及率五國之兵以攻秦，果然取得成功，看來合作真的是最好的出路。蘇轍倡導諸國合作，並特別看重韓、魏之郊的重地，認為這是抗秦的最前線，可惜歷史不容假設。

讀孟嘗君傳

王安石

本篇導讀——

王安石（一〇二一—一〇八六），字介甫，號半山，撫州臨川（江西撫州市）人，慶曆二年（一〇四二）進士，初知鄞縣（浙江寧波市鄞州區），「起堤堰，決陂塘，為水陸之利；貸穀與民，立息以償，俾新陳相易，邑人便之。」（《宋史》本傳）重視地方建設，推行政務改革，豐富行政經驗。至和二年（一〇五五）入京為群牧判官。嘉祐三年（一〇五八）〈上仁宗皇帝言事書〉，主張改革政治。熙寧元年（一〇六八）上〈本朝百年無事劄子〉。二年任為參知政事。三年拜相，推行新法。由於遭到反對，新法推行受到阻礙。熙寧七年辭退；次年再相，九年再辭，退居江寧（江蘇南京市），封荊國公。卒謚文。著《臨川集》等。唐宋八大家之一。

孟嘗君（？—公元前二七九），姓田名文，齊靖郭君田嬰之子。襲父封爵，封於薛（山東滕州市東南），養賢士食客數千人，戰國四公子之一。齊湣王二十五年（公元前二九九）入秦，秦昭王（請孟嘗君入秦，以為丞相。其後信讒，囚孟嘗君，欲殺之。賴食客中有能為雞鳴狗盜者，得免於難。翌年脱歸為齊相。《史記・孟嘗君列傳》云：「始孟嘗君列此二人於賓客，賓客盡羞之，及孟嘗君有秦難，卒此二人拔之。自是之後，客皆服。」又《戰國策・齊策》（四）記述魯仲連對孟嘗君說：「君之廄馬百乘，無不被繡衣而食菽粟者，豈有騏驎騄耳哉？後宮十妃，皆衣縞紵，食粱肉，豈有毛嬙西施哉？色與馬取於今之世，士何必待古哉？故曰：君子好士，未也！」

世皆稱孟嘗君能得士，士以故歸之，而卒賴其力，以脫於虎豹之秦[1]。嗟乎！孟嘗君特雞鳴狗盜之雄耳[2]，豈足以言得士？不然，擅齊之強[3]，得一士焉，宜可以南面而制秦[4]，尚何取雞鳴狗盜之力哉？夫雞鳴狗盜之出其門[5]，此士之所以不至也。

注釋

1 虎豹：形容兇暴。當時秦國最強，六國都懼怕秦國。

2 雞鳴狗盜：言學雞鳴，為狗作盜，指為宵小之徒，擅於某種卑下技能的人。雄，首領。

3 擅：靠着，憑着，據有。

4 南面：君臨天下。古代人君聽政之位居北，朝向南方，引申為帝位。制秦：降服秦國，使秦國向齊國國君朝拜稱臣。

5 夫雞鳴狗盜之出其門：夫，句首發語詞，以引起論述。《古文觀止》原缺此字，今補。

譯文

世人都稱讚孟嘗君能夠羅致人才，士人因此而投靠他的門下；而後來也是憑他們的力量，從虎豹一般兇暴的秦國逃脱出來。唉！孟嘗君只不過是那些扮雞啼叫、學狗作盜等人的首領而已，哪裏説得上能夠羅致人才呢？要不是這樣，憑着齊國強大的力量，只要得到一個真正的士人，就應該可以君臨天下降服秦國了，哪裏還要用雞鳴狗盜的力量來幫忙呢？連雞鳴狗盜之徒都在他的家門出入，這就是士人不去投靠他的原因了。

賞析與點評

〈讀孟嘗君傳〉快人快語，議論獨到，一共四句，句句都提到「得士」或「士」；末三句都提到「雞鳴狗盜」，甚至將孟嘗君本人當作這些人的領袖，可見其身不正。「士」與「雞鳴狗盜」彼此對立，物以類聚，兩者根本就不可能混在一起。王安石的思維是十分清晰的。不過，諷刺的是，宋朝的政府重視知識分子，人才輩出，但在朝廷中卻分為兩派，互相攻訐。王安石推行新法，就需要很多人才的支持，可是歷史告訴我們，王安石的失敗主要就在於用人不當，號稱新黨，卻全以勢利小人為骨幹；而反對新法的多屬舊黨，例如歐陽修、蘇軾等，都是正人君子。歐、蘇與王安石相互推重，私交甚篤，可惜在政治上都站在王安石的對立面。那麼，誰是「雞鳴狗盜」之徒？誰是真正的「士」呢？

當然，「士」的涵義非常複雜，王安石所指的「士」，必然具有經邦濟世的雄才大略，自然是一流的人才，可惜並不多見。此外，凡據有一技之長的，能夠在適當時候發揮作用，例如雞鳴狗盜之徒剛好就救回孟嘗君一命，其實這也是「不拘一格」的人才。才與不才之間，有時是很難辨認的。本文寫作的年份不詳，如果是王安石拜相之前，那麼王安石心中可能自以為「士」，欲為國家推行改革；如果是晚年作品，可能就充滿反諷的意味，為甚麼真正的人才不來，而雞鳴狗盜之徒卻不斷出入於自己門下呢？

閱江樓記

宋濂

本篇導讀——

宋濂（一三一〇—一三八一），字景濂，號潛溪，浙江浦江（浙江金華市）人。元末至正間，以薦授翰林院編修，因親老辭謝不受，隱居龍門山十餘年。朱元璋取婺州（浙江金華市），召任郡學五經師、江南儒學提舉，累官至翰林院學士承旨知制誥。奉命主修《元史》。洪武十四年（一三八一）因長孫宋慎牽涉胡惟庸案，全家謫茂州（四川茂縣），中途病卒於夔州（重慶市奉節縣）。謚文憲。著《宋學士文集》等。宋濂的文章醇深渾穆，自中節度，主張「宗經」、「文道合一」，繼承唐宋古文傳統。明太祖稱其文章為「開國文臣之首」，劉基譽之為「當今文章第一」。他是明初的散文大家，開創一代文風。

元順帝至正二十年（一三六〇），朱元璋在盧龍山以八萬軍隊擊潰陳友諒四十萬之眾，即位後將盧龍山易名為獅子山；洪武七年（一三七四）初下令在山頂上建造閱江樓，親自撰寫〈閱江樓記〉，又命朝臣各撰一篇，以宋濂的作品最佳。同年二月二十一日，再撰〈又閱江樓記〉：「今年欲役囚者建閱江樓於獅子山，自謀將興，朝無入諫者。抵期而上天垂象，責朕以不急。即日惶懼，乃罷其工。」突然指為不急之務，乃仿作朝臣諫章，停建閱江樓。直到二〇〇一年，南京市政府重新依照元璋的構想興建閱江樓，樓高五十二米，共七層，碧瓦朱楹，龍飛鳳翥，結構華美，具有古典的皇家氣派，很快就躋身於江南四大名樓之列，同時也結束了六百年來「有記無樓」的缺憾。

本文原見《宋學士文集》之《鑾坡後集》卷十，略有若干異文。

金陵為帝王之州[1]，自六朝迄於南唐[2]，類皆偏據一方，無以應山川之王氣。逮我皇帝，定鼎於茲[3]，始足以當之。由是聲教所暨[4]，罔間朔南[5]，存神穆清，與天同體[6]。雖一豫一遊[7]，亦可為天下後世法。京城之西北有獅子山[8]，自盧龍蜿蟺而來[9]。長江如虹貫，蟠繞其下[10]。上以其地雄勝，詔建樓於巔，與民同遊觀之樂，遂錫嘉名為閱江云。

登覽之頃，萬象森列，千載之祕，一旦軒露[11]。豈非天造地設，以俟大一統之君，而開千萬世之偉觀者歟？當風日清美，法駕幸臨[12]，升其崇椒[13]，凭闌遙矚，必悠然而動遐思。見江、漢之朝宗[14]，諸侯之述職，城池之高深，關阨之嚴固，必曰：「此朕櫛風沐雨[15]、戰勝攻取之所致也。」中夏之廣[16]，益思有以保之。見波濤之浩蕩，風帆之下上，番舶接跡而來庭[17]，蠻琛聯肩而入貢[18]，必曰：「此朕德綏威服[19]，覃及內外之所及也[20]。」四陲之遠[21]，益思有以柔之。見兩岸之間，四郊之上，耕人有炙膚皸足之煩[22]，農女有捋桑行饁之勤[23]，必曰：「此朕拔諸水火，而登於衽席者也[24]。」萬方之民，益思有以安之。觸類而思，不一而足。臣知斯樓之建，皇上所以發舒精神，因物興感，無不寓其致治之思，奚止閱夫長江而已哉！

彼臨春、結綺[25]，非不華矣；齊雲、落星[26]，非不高矣。不過樂管絃之淫響，藏燕趙之豔姬，不旋踵間而感慨係之[27]，臣不知其為何說也？雖然，長江發源岷山[28]，委蛇七千餘里而始入海[29]，白湧碧翻。六朝之時，往往倚之為天塹[30]。今則南北一家，視為安流，無所事乎戰爭矣。然則果誰之力歟？逢掖之士[31]，有登斯樓而閱斯江者，當思聖德如天[32]，蕩蕩難名，與神禹疏鑿之功，同一罔極。忠君報上之心，其有不油然而興耶[33]？臣不敢，奉旨撰記，欲上推宵旰圖治之功者[34]，勒諸貞珉[35]。他若留連光景之辭，皆略而不陳，懼褻也。

注釋

1 金陵：江蘇省南京市。明太祖洪武元年（一三六八）定都金陵，直至明成祖永樂十八年（一四二〇）遷都北京，凡五十二年。

2 自六朝迄於南唐：六朝指吳、東晉、宋、齊、梁、陳六代，皆定都於金陵。南唐乃五代十國之一，歷時三十九年（九三七—九七五），亦都金陵。

3 定鼎：建都。相傳夏禹鑄九鼎，為國家重器，置於都城，代表政權所在。

4 聲教所暨：聲教，指風氣和教化。暨，及也，到達。

5 罔間朔南：罔，無也；間（粵：諫；普：jiàn），區分，動詞。朔，北方。

6 天：《宋學士文集》作「道」，即天道，其義一也。

7 豫：逸豫，享樂。

8 獅子山：在今江蘇省南京市江寧區北，以山形似獅子得名。

9 盧龍：盧龍山在今江蘇省南京市江寧區西北，朱元璋嘗大破陳友諒於此。有山蜿蜒如龍，號曰盧龍。

10 蟠繞：曲折盤旋。

11 軒露：開朗坦露。

12 法駕：天子的車駕。

13 崇椒：崇，高也。椒，山頂。

14 見江、漢之朝宗：諸侯朝見天子，春見曰朝，夏見曰宗。這裏指江漢之水朝宗入海。

15 櫛風沐雨：櫛，梳頭。沐，洗沐。形容風吹雨打，勤苦奔波，以風雨來梳洗之意。

16 中夏：中國。

17 番舶：外國的商船。

18 蠻琛：琛，玉石。蠻琛指外邦的珍寶。

19 綏：安撫。

20 覃及內外：覃（粵：談；普：tán），延長，伸展。內外，《宋學士文集》作「外內」。

21 陲：《宋學士文集》作「夷」。

22 炙膚皸足：炙，曬焦。皸（粵：軍；普：jūn），凍裂。形容生活艱苦。

23 捋（粵：劣；普：luō）：採摘。行饁（粵：業；普：yè）：送飯給在田裏工作的人吃。

24 衽席：牀鋪，比喻安逸之境。

25 臨春、結綺：南朝陳後主所建的兩座閣樓，故址在今南京市。

26 齊雲：五代韓浦所建之樓，故址在今蘇州市。落星：三國時東吳孫權所建之樓，故址在今南京市東北落星山上。

27 不旋踵間：「不」，《宋學士文集》作「一」。踵，腳後跟，旋踵形容時間極短。

28 岷山：在四川省松潘縣，古人誤以為是長江的源頭。

29 委蛇（粵：威移；普：wēi yí）：蜿蜒曲折的樣子。而始入海：《古文觀止》原缺「始」字，今據《宋學士文集》補。

30 天塹：塹，防禦用的壕溝。天塹即天然防線。

31 逢掖之士：穿着寬袍大袖的人，古代儒者之服。指儒士。

32 聖：《宋學士文集》作「帝」。

33 油然：自然而然。

34 宵旰：旰（粵：幹；普：gàn），下午。宵旰即宵衣旰食，指天未亮就穿衣服，日落後才進食，表示勤於政事。圖治之功者：圖治指極力謀求國家的長治久安之道。「功」，《宋學士文集》作「切」。

35 珉：碑石的美稱。

譯文

金陵是帝王定都之所，從六朝到南唐，大抵都是偏安割據一方，不能配合山川河嶽的帝王氣象。到了今上即位，在這裏建都，才配得上金陵的氣勢。皇上從這裏宣示風氣和教化到全國各地，不分南北，具有和穆清朗的神情，與天道合為一體。就是一時宴樂，一次出遊，都希望能為天下萬世樹立榜樣。京城的西北方有獅子山，從盧龍山延伸過來。長江就像彩虹般横貫當中，盤旋縈繞於山下。皇上認為這地方形勢雄偉，下令在山頂上建樓，跟百姓一起遊樂觀賞，於是賜予一個美好的名字叫閱江樓。

我們登上閱江樓觀望的時候，各種景象森然排列，千年以來大自然的奧祕，一旦完全呈現出來，這不就是天地早就作好了安排，為了等待大一統的君王，才能揭開這千秋萬世以來的盛大景觀嗎？碰上天朗氣清，皇上的車駕來到這裏，登上高高的頂峰，倚着闌干遠望，自然會生出深長的遐想。當看到長江漢水奔赴大海，諸侯回到京師交代政務，城池修繕建好，邊疆關隘嚴防穩固，皇上必然會說：「這是寡人經歷過風吹雨打，千辛萬苦，攻城掠地戰勝敵人才能取得的成果。」中國是泱泱大國，更必須考慮怎樣來好好保護我們的國家。當皇上看到長風浩蕩波濤洶湧，帆船在江上出沒，外國的商船一艘接一艘來到京城，蠻夷的珍寶並排着接連不絕的送來貢品，一定會說：「這是寡人德威並施人心歸順，伸延所及內外一體才能達至的成果。」對於四方民族、遼遠的邊陲地方，更希望好好安撫他們。當皇上看到長江兩岸，以及郊野四方上下的土地，農民耕種時經受着太陽烤炙皮膚、冰雪凍裂足踝的痛苦，而農家婦女要採桑送飯奔波辛勞，一定會說：「這是寡人拯救於水火，而安置於牀席之上的人呀！」對於全國的老百姓，更希望他們都能安居樂業。從這些方面可以聯想開去，不只是解決一項問題。小臣知道要修建這一座閣樓，皇上可以抒發博大的精神，藉着觀看景物而生出不同的感想，其實無不寄託了達致太平的理想，又怎麼會僅僅只為觀賞長江的風光呢！

過去那些臨春閣、結綺閣的名樓，並不是不夠華麗；齊雲樓、落星樓，並不是不夠高大。不過只是用來享受管絃音樂漫無節制的演出，珍藏很多燕、趙地區的豔姬美女，短短的時間裏只留給後人很多感慨，小臣也不知道該怎樣評說了。話雖如此，長江發源於岷山，蜿蜒曲折經過七千多里才流入大海，白浪滔滔碧波翻滾。六朝時往往倚靠長江視作天然防線。現在南北統一了，長江看來可以平安的流淌，也沒有備戰的必要了。那麼這到底要靠誰的力量來維繫國家呢？士子穿上了儒服，有機會登上這座高樓來觀賞長江，便該想到皇上的聖德就像上天一樣，浩蕩博大難以形容，就跟聖皇大禹疏導江河治理水患的功績，同樣都是無盡的。每個人身懷忠君報國之心，哪有不自然奮起呢？小臣不是甚麼聰明人，謹奉聖旨撰寫閱江樓記。因此想到將皇上早晚憂勤治國的功績，刻在美好的石碑之上。至於其他觀賞玩樂消遣光陰的話語，都省略不說，怕褻瀆聖明，那就不好了。

賞析與點評

這是一篇應制之作，由皇帝親自出題目，要為即將新建的閱江樓大作文章，同時也是一篇無中生有的作品。大家都沒有見過閱江樓，純是設想之辭，可謂空中樓閣，實在不好下筆。

當然，本文只是宋濂的一面之詞，善頌善禱，祈求政治清明。可是萬一到了亂世，吏治敗壞，流寇蜂起，動亂也還是免不了的。而歷史證明，沒過多久，建文四年（一四〇二），明成祖朱棣的軍隊就攻入了京師，可見長江天塹也沒用。但當時宋濂的文章就只能往好的一面設想，不敢説任何壞話。反而明太祖有自知之明，見朝臣無一敢進諫，自己寫了一篇〈又閱江樓記〉，模仿朝臣反對的聲音，停建閱江樓了。或者我們從心術的方面設想，當時明太祖建樓拆樓可能也有引蛇出洞之意，試探群臣的忠誠，結果沒有人敢上當。天威難測，寫給皇上的文章可真的要小心。

賣柑者言

劉基

本篇導讀——

劉基（一三一一——一三七五），字伯溫，處州青田（浙江青田縣）人。元順帝元統元年（一三三三）舉進士，任江西高安縣丞、江浙儒學副提舉，旋棄官歸隱。至正十六年（一三五六）出任江浙行省元帥府都事，未幾革職。至正二十年到應天府（江蘇南京市）任朱元璋的謀臣，輔助明朝開國，北伐中原，統一天下。官至御史中丞，兼太史令，封誠意伯。洪武四年（一三七一）辭官，後被胡惟庸所構陷，憂憤而卒。謚文成。劉基性情剛直，氣昌而奇，著《誠意伯文集》、《郁離子》、《覆瓿集》等。詩文亦足為一代宗匠，尤精於天文曆算，能知過去未來，民間流傳的〈燒餅歌〉相傳也是他的作品。

本篇為寓言文體，選自《誠意伯文集》卷七。

劉基生活於元末，社會貪污腐敗，亂局已成，其實也沒有甚麼好說的。本文借題發揮，借一個爛柑隱喻腐敗的社會，抨擊文臣武將都虛有其表，貪財瀆職，導致社會大亂，尤能發人深省。

《古文觀止》在「出之燁然」句下原缺「置於市，賈十倍，人爭鬻之。予貿得其一，剖之，如有煙撲口鼻；視」等字，今據《誠意伯文集》補回去。

杭有賣果者，善藏柑，涉寒暑不潰，出之燁然[1]，玉質而金色；置於市，賈十倍，人爭鬻之[2]。予貿得其一，剖之，如有煙撲口鼻；視其中，則乾若敗絮[3]。予怪而問之曰：「若所市於人者[4]，將以實籩豆[5]、奉祭祀、供賓客乎？將衒外以惑愚瞽乎？甚矣哉，為欺也。」

賣者笑曰：「吾業是有年矣。吾賴是以食吾軀[6]。吾售之，人取之，未聞有言，而獨不足子所乎？世之為欺者不寡矣，而獨我也乎？吾子未之思也。今夫佩虎符、坐皋比者[7]，洸洸乎干城之具也[8]，果能授孫、吳之略耶[9]？峨大冠、拖長紳者[10]，昂昂乎廟堂之器也[11]，果能建伊、皋之業耶[12]？盜起而不知禦，民困而不知救，吏奸而不知禁，法斁而不知理[13]，坐糜廩粟而不知恥[14]；觀其坐高堂，騎大馬，醉醇醴而飫肥鮮者[15]，孰不巍巍乎可畏，赫赫乎可象也？又何往而不金。

玉其外，敗絮其中也哉？今子是之不察，而以察吾柑！」

予默默無以應[16]。退而思其言，類東方生滑稽之流[17]。豈其忿世嫉邪者耶[18]？而託於柑以諷耶？

注釋

1 燁（粵：業；普：yè）：色澤光鮮。

2 鬻（粵：育；普：yù）：買也。

3 敗絮：爛棉花。

4 若：你，代詞。

5 實籩豆：實，裝滿。籩是竹簍子，盛載果品；豆是木碗，盛載肉食物品。籩豆都是祭祀用的禮器。

6 吾賴是以食吾軀：吾，《古文觀止》原作「吾業」，今據《誠意伯文集》刪去「業」字，主語為「吾」，比較清楚。食（粵：飼；普：sì），解為供養、養活自己，動詞的使動用法。

7 虎符：虎形的兵符，古代領兵的憑證。皋比：比（粵：皮；普：pí），通作「皮」。皋比就是虎皮褥子，指武將的座席。

8 恍（粵：光；普：guāng）恍：勇武貌。《誠意伯文集》作「洸洸」，音義皆同。干城之具：干，盾也；城，城郭。都有捍衞的作用。干城之具指保衞國家的將才。

9 孫、吳之略：指孫武、吳起的兵法韜略。

10 長紳：腰間的大帶。

11 廟堂：天子的宗廟，比喻朝廷。

12 伊、皋：指伊尹、皋陶（粵：堯；普：yáo），伊尹是商湯的賢相，皋陶相傳是舜時的刑官。

13 斁（粵：到；普：dù）：敗壞。

14 縻（粵：眉；普：mí）：損失，耗費，《誠意伯文集》作「糜」。廩：糧倉。

15 飫（粵：淤；普：yù）：飽食。

16 默默：《誠意伯文集》作「默然」。

17 東方生：即東方朔，本姓張，字曼倩，平原厭次（山東德州市陵縣神頭鎮）人。漢武帝時為太中大夫，善辭賦，性詼諧，常以滑稽的言詞進行諷諫。漢武帝把他當俳優看待，不予重用。滑稽：詼諧，使人發笑。「滑」有兩讀，古代讀「骨」（普：gǔ），現代一般讀「猾」（普：huá）。

18 忿：《誠意伯文集》作「憤」。

譯文

杭州有個賣水果的人，善於保藏柑子，柑子經過寒暑季節都不會變壞，拿出來還很光鮮，現出玉質的堅實和金色的光澤。擺在市場上，叫價十倍，大家都搶着買。我買得一個，剖開之後，好像有股煙味嗆人的口鼻；再看柑子裏面，乾枯得像爛棉花。我感到奇怪，問他：「你賣給人的柑子，是打算用竹簍子盛着，用來拜祭先人，或招待客人呢，還是外表打扮漂亮以迷惑愚鈍盲目的人？你太過分了，這樣欺騙人啊。」

賣柑的人笑着說：「這份工作我做了好幾年，就靠它來養活自己。我賣柑子，別人買柑子，都沒聽到有意見，就只有你感到不能合乎期望嗎？世上騙子不算少了，難道只有我嗎？你對這個問題好像從來都沒有想過。現在握着兵符，坐在虎皮褥子上的，樣子威武，應該都是保家衛國的將材，他們能像孫武、吳起般展示出兵法謀略嗎？那些戴着高大的官帽，拖着一條長腰帶，高高在上的朝廷大臣，又真能像伊尹、皋陶般有所建樹嗎？盜賊蜂起不懂得防備，人民生活艱難不懂得救助，官吏作惡不懂得禁止，法制敗壞不懂得處理，就是不斷耗費國庫的米糧都不知道羞恥的。看他們坐在大廳裏面，或騎着高大的馬匹，或醉飲醇醪美酒而又飽嘗佳餚美食，哪一位不是高大威猛看起來嚇人、顯赫亮麗具有美好的形象呢？他們的作為又何嘗不是外表裝扮得很漂亮，而內裏塞滿了爛棉花啊！現在你不去檢舉他們的惡行，卻來查驗我的柑子嗎？」

我靜默的沒有反應，離開之後思考他的話，看來他有點像東方朔詼諧滑稽一類的人物，難道是不滿現實憎厭邪惡的人嗎？也就借用柑子的故事來諷勸世人嗎？

賞析與點評

本文借物言志，託喻以諷。作者買到了一個爛柑子，竟然氣沖沖跑回去跟果販理論。從維護消費者權益的角度來說，作者要討回公道，不能說錯，到了今天，也還是該這樣做，不然可真的做了冤大頭了。

可是果販比作者更厲害，他沒有因為賣了爛柑子而怯場認錯，反而理直氣壯，指斥滿朝文武都欺世盜名，更是大騙子。兩相對比，果販騙的只是小錢，而高官們的所作所為才真的是惡行了；柑子爛了是小事，國家社會病了才是大問題啊！不過更嚴重的，就是所有人都認為這是正常的社會現象。可能大家寧願一起麻木，一起沉淪，都不想首先出聲，帶頭反抗。

本文的結語「今子是之不察，而以察吾柑」，果販用了反詰語調，冷峻尖鋭，作出了有力的反擊，並簡單直接地揭出社會不公義的所在。

藺相如完璧歸趙論

王世貞

本篇導讀——

王世貞（一五二六—一五九〇），字元美，號鳳洲、弇州山人。南直隸太倉（江蘇太倉市）人。嘉靖二十六年（一五四七）進士。初任刑部主事，歷員外郎、郎中，為官正直，不肯阿附權貴。嘗聲援楊繼盛，力抗權奸嚴嵩，出為青州兵備副使，以致父親被害，自己罷官。隆慶元年（一五六七）伏闕伸冤，獲得平反。官至南京刑部尚書。王世貞乃後七子之首，自李攀龍死後，即獨力主持文壇風氣二十年，詩賦散文，都負盛名，高唱「文必西漢，詩必盛唐，大曆以後書勿讀」，與標榜唐宋派者持論不同。晚年主張漸趨平和，能採唐宋勝處，行文雖然摹周仿漢，而不失爽朗俊逸。撰有《弇州山人四部稿》、《弇山堂別集》、《藝苑卮言》等。

「完璧歸趙」故事發生於趙惠文王十六年（公元前二八三），《史記・廉頗藺相如列傳》云：「趙惠文王時得楚和氏璧。秦昭王聞之，願以十五城請易璧。趙王與大將軍廉頗諸大臣謀：欲予秦，秦城恐不可得，徒見欺；欲勿予，即患秦兵之來。計未定，求人可使報秦者，未得。宦者令繆賢曰：『臣舍人藺相如可使。』……『臣竊以為其人勇士，有智謀，宜可使。』於是王召見。……相如曰：『王必無人，臣願奉璧往使。城入趙而璧留秦，城不入，臣請完璧歸趙。』趙王於是遂遣相如奉璧西入秦。」這是藺相如初登歷史舞台的創舉，睥睨秦王，威震諸侯，前人多稱藺相如機智。太史公曰：「知死必勇，非死者難也，處死者難。方藺相如引璧睨柱，及叱秦王左右，勢不過誅，然士或怯懦而不敢發。相如一奮其氣，威信敵國，退而讓頗，名重太山，其處智勇，可謂兼之矣！」讚揚藺相如睥睨秦王，將生死置之度外，智勇兼備。但王世貞卻提出了與眾不同的見解，本文也可以說是翻案文章。

藺相如之完璧[1]，人皆稱之。予未敢以為信也。夫秦以十五城之空名，詐趙而脅其璧。是時言取璧者情也[2]，非欲以窺趙也。趙得其情則弗予，不得其情則予；得其情而畏之則予，得其情而弗畏之則弗予。此兩言決耳，奈之何既畏而復挑其怒也！

且夫秦欲璧，趙弗予璧，兩無所曲直也[3]。入璧而秦弗予城，曲在秦。秦出城而璧歸，曲在趙。欲使曲在秦，則莫如棄璧；畏棄璧，則莫如弗予。夫秦王既按圖以予城，又設九賓[4]，齋而受璧，其勢不得不予城。璧入而城弗予，相如則前請曰：「臣固知大王之弗予城也。夫璧非趙璧乎？而十五城秦寶也。今使大王以璧故，而亡其十五城，十五城之子弟，皆厚怨大王以棄我如草芥也。大王弗與城，而紿趙璧[5]，以一璧故而失信於天下，臣請就死於國，以明大王之失信。」秦王未必不返璧也。今奈何使舍人懷而逃之[6]，而歸直於秦？

是時秦意未欲與趙絕耳。令秦王怒，而僇相如於市[7]，武安君十萬眾壓邯鄲[8]，而責璧與信[9]，一勝而相如族[10]，再勝而璧終入秦矣。吾故曰：藺相如之獲全於璧也，天也。若其勁澠池[11]，柔廉頗[12]，則愈出而愈妙於用。所以能完趙者，天固曲全之哉！

注釋

1 藺（粵：吝；普：lìn）相如（公元前三二九—前二五九）：趙人，為趙宦者令繆賢的舍人。完璧歸趙後拜為上大夫。

2 璧：邊大孔小，圓環狀的美玉，指和氏璧。楚卞和發現美玉於荊山，先後獻之於厲王、武王，被誣為欺君之罪，遭受刖刑，削去膝蓋，雙足皆廢，哭於荊山之下。文王剖而出之，琢為和氏璧，乃天下貴重的寶物。情：實情，真正的動機。

3 曲直：是非。

4 九賓：周天子接見萬邦、使臣朝聘最高級別的禮儀。晚周諸侯橫恣，紛紛僭用天子的禮儀。

5 紿（粵：怠；普：dài）：欺哄，欺騙。

6 舍人：親近左右的通稱。

7 僇於市：僇，殺戮。指公開執行死刑。

8 武安君：秦將白起兵威振天下，號武安君。其後長平一役坑殺趙卒四十萬人。邯鄲：趙國國都，今河北邯鄲市。

9 責：責問。

10 族：族人牽連受誅。

11 勁澠池：趙惠文王二十年（公元前二七九），趙惠文王與秦昭王為好會於西河外澠池，秦王令趙王鼓瑟，藺相如則脅逼秦王擊缻，保存趙國的體面，秦亦不敢妄攻趙國。勁指表現威武。澠池在今河南黃河南岸，洛陽與三門峽之間。

12 柔廉頗：柔，柔服。廉頗乃趙國名將，不服藺相如的地位在自己之上，想公開羞辱藺相如，藺相如多次避見，不欲兩虎共鬥，曰：「以先國家之急而後私讎也。」從而感化廉頗，其後廉頗負荊請罪，二人結為好友。

譯文

藺相如保護和氏璧安然歸國，人人都稱讚他，我就不敢相信這是真事。秦國以十五城的虛假名義，欺騙趙國，脅逼交出和氏璧，當時想取得和氏璧倒是真的，並不是想藉此攻佔趙國。趙國明白秦國真正的動機就不必給他，不明白秦國真正的動機就給他，明白秦國的動機又怕秦國就給他，明白秦國的動機而不怕秦國就不必給他了。這是兩句話就決定得了的，為甚麼既害怕秦國又挑起對方的怒火呢？

而且秦國想得到和氏璧，趙國不肯給，兩方面都沒有對錯可言。奉上了璧而秦國不肯給十五城，這是秦國不對。秦國如果給了城池而和氏璧又回到了趙國，那麼趙國就不對了。想使秦國不對，不如放棄和氏璧；怕失去和氏璧，不如不給。現在秦王已答應按圖交出城池，又舉行最隆重的九賓之禮，齋戒之後才接受和氏璧，看形勢不可能不交出城池的。獻上了和氏璧，而對方不交出城池，藺相如就可上前請求說：「我當然知道大王是不會交出城池的。和氏璧並不是趙國的寶物，而十五城則是秦國珍貴的寶物。現在大王為了和氏璧而失去了十五城，十五城的百姓都會埋怨大王把人民看作雜草一樣丟棄。大王不肯交出城池而騙取趙國的玉璧，就是為了一塊玉璧而失去了天下人對秦國的信任。我希望現在就死於秦國，以證明大王失信。」秦王未必不肯交回和氏璧，現在為甚麼反而叫舍人抱着和氏璧逃回趙國，反而使秦國顯得有道理了?

當時秦國還不想跟趙國翻臉。假如秦王發怒,將藺相如公開處決了,白起又帶領十萬軍隊威壓邯鄲,以求取和氏璧和承諾。一戰得勝,藺相如就會族誅,再勝之後和氏璧就會送到秦國了。所以我說:「藺相如能將和氏璧保存完好,自是天意安排。」至於在澠池之會中表現出強硬,在與廉頗爭位中表現出柔順,真是愈來愈神乎其技了。趙國之所以能夠保全完好,看來是天意盡量成全了!

賞析與點評

本文是一篇史論之作,專論完璧歸趙故事。此事《史記》已有詳載,刻劃的藺相如的形象,是智勇雙全、剛柔並濟。珠玉在前,如果與之觀點差不多,王世貞可就完全不必寫了。明乎此,王世貞評論此事,必然要帶出獨特的見解,才能讓人耳目一新。

但王世貞翻空立説,只能説是書生之見,缺乏實戰經驗。其實秦王擺明欺負趙國,滅趙只是早晚的事。索取和氏璧只是一個藉口,趙國給與不給都是一道難題,不會像王世貞説的這麼簡單。根據《史記》的記載,藺相如就是憑着一股鋭氣把秦王壓住了,他先是抱着必死之心,人璧共存亡;跟着又拖延五日,齋而授璧,就是爭取時間,以將和氏璧送回趙國。事情被揭發之後,秦王固然可以殺死藺相如,但於事無補,加以趙國廉頗亦早已備戰,也就順着形勢做一場好戲。沒有藺相如的膽色和必死的決心，試問又怎能完成任務呢？王世貞說是天意，倒不如說還是個人的氣魄重要。秦王識英雄重英雄，不殺藺相如還是對的，否則更是貽笑於天下了。最後做不成交易，秦國並沒有損失。《史記》在藺相如歸趙後還有兩句，「其後秦伐趙，拔石城。明年，復攻趙，殺二萬人。」可見秦國在隨後的兩三年都發動了對趙國的戰爭，那麼索取和氏璧的動機不就昭然若揭嗎？所以，藺相如對當時的形勢判斷正確，完璧就是維護國家形象，反而王世貞以天意為說，可能就不夠踏實了。

徐文長傳

袁宏道

本篇導讀——

袁宏道（一五六八——一六一〇），字中郎，號石公，湖廣公安（湖北公安縣）人。萬曆十六年（一五八八）舉鄉試，為諸生，即結社於城南，自為領導。二十年進士及第。萬曆二十三年授吳縣知縣，疏於公事，一年多就辭職，流連山水之中，自得其樂。萬曆二十六年起任順天府教授，遷國子監助教、補禮部儀制主事等，不久亦請假回鄉。三十四年起任吏部郎官，累官至吏部驗封主事稽勛郎中，做不到兩年再以病告歸。袁宏道與兄袁宗道、弟袁中道並有才名，時稱三袁，為公安派的創始者。其思想深受李贄的影響，反對明代前後七子長期籠罩文壇的模擬風氣。強調要抒寫性靈，不拘格套，重視民歌小説及通俗文學。推動晚明文學的解放思潮，使整個文學空氣活躍起來。袁宏道英才早發，詩文挺秀，寫作皆從自己胸中流出，抒發自然的真聲；惟亦多刻露之病，不夠含蓄，缺少深度。著《袁中郎全集》四十卷。

袁宏道〈徐文長傳〉有兩個不同的版本。案《徐文長文集》卷首亦載此文，但跟本文比較，詳略互見，差異很大。本文又載《袁中郎全集》，似經增訂刪減，文字的改動亦多，洗煉傳神，更為緊湊，可能是袁宏道後來的改寫本。兩篇對讀，以文論文，自以後者所錄的版本較佳。

徐渭，字文長，為山陰諸生[1]，聲名藉甚[2]。薛公蕙校越時[3]，奇其才，有國士之目[4]。然數奇[5]，屢試輒蹶。中丞胡公宗憲聞之[6]，客諸幕[7]。文長每見，則葛衣烏巾，縱談天下事，胡公大喜。是時公督數邊兵，威鎮東南[8]，介胄之士[9]，膝語蛇行，不敢舉頭；而文長以部下一諸生傲之。議者方之劉真長、杜少陵云[10]。會得白鹿[11]，屬文長作表[12]。表上，永陵喜[13]。公以是益奇之，一切疏計[14]，皆出其手。文長自負才略，好奇計，談兵多中，視一世事無可當意者[15]，然竟不偶。

文長既已不得志於有司，遂乃放浪麴櫱[16]，恣情山水，走齊魯燕趙之地，窮覽朔漠。其所見山奔海立，沙起雲行[17]，風鳴樹偃[18]，幽谷大都，人物魚鳥，一切可驚可愕之狀，一一皆達之於詩。其胸中又有勃然不可磨滅之氣，英雄失路托足無門之悲；故其為詩，如嗔如笑，如水鳴峽，如種出土，如寡婦之夜哭，羈人之寒起。雖其體格時有卑者，然匠心獨出，有王者氣，非彼巾幗而事人者所敢望也[19]。文有卓識，氣沉而法嚴，不以模擬損才，不以議論傷格，韓、曾之流亞也[20]。文長既雅不與時調合[21]，當時所謂騷壇主盟者[22]，文長皆叱而怒之[23]，故其名不出於越。悲夫！

喜作書，筆意奔放如其詩，蒼勁中姿媚躍出；歐陽公所謂妖韶女，老自有餘態者也[24]。間以其餘，旁溢為花鳥，皆超逸有致。卒以疑殺其繼室[25]，下獄論死。張太史元忭力解[26]，乃得出。晚年憤益深，佯狂益甚；顯者至門，或拒不納。時攜錢至酒肆，呼下隸與飲。或自持斧，擊破其頭，血流被面，頭骨皆折，揉之有聲。或以利錐，錐其兩耳，深入寸餘，竟不得死。周望言晚歲詩文益奇[27]，無刻本，集藏於家。余同年有官越者[28]，托以鈔錄，今未至。余所見者，《徐文長集》、《闕編》二種而已。然文長竟以不得志於時，抱憤而卒。

石公曰[29]：「先生數奇不已，遂為狂疾；狂疾不已，遂為囹圄[30]。古今文人，牢騷困苦，未有若先生者也！」雖然，胡公間世豪傑[31]，永陵英主，幕中禮數異等，是胡公知有先生矣。表上，人主悅，是人主知有先生矣，獨身未貴耳。先生詩文崛起，一掃近代蕪穢之習；百世而下，自有定論，胡為不遇哉？梅客生嘗寄予書曰[32]：「文長吾老友，病奇於人，人奇於詩。」余謂文長無之而不奇者也。無之

而不奇，斯無之而不奇也。悲夫！

注釋

1 **山陰**：浙江紹興市。**諸生**：科舉縣試合格，稱為童生。童生經過考試，錄取為府州縣學的生員，則稱為諸生，俗稱秀才。徐渭自嘉靖十九年（一五四〇）考獲生員資格後，當時才二十歲。此後一連考了八次鄉試，都不及格，嘉靖四十年以後不再應考。

2 **聲名藉甚**：藉甚即「藉藉」，訓為雜亂，盛多。指聲名遠播。《古文觀止》作「籍」，誤。

3 **薛公蕙校越**：薛蕙，字君采，安徽亳州人，累官吏部考功司郎中，嘉靖中獲罪解職。早卒，也沒有在浙江擔任學使的經歷。校（粵：教；普：jiào），通「較」，即考拔人才之意。案當時提拔徐渭的當為薛應旂，嘗任浙江學使，或因同姓致誤。《徐文長文集》卷首所載本文即刪去「薛公蕙校越時，奇其才，有國士之目」一句。

4 **國士**：國中傑出的人物，德業品格，都可作國人典範。

5 **數奇**：數，命運、際遇。奇音奇偶之奇（粵：基；普：jī），訓矛盾、抵觸、不順之意，本文最後一句「斯無之而不奇也」音同。數奇即命運不好。其他「奇其才」、

「公以是益奇之」、「好奇計」、「晚歲詩文益奇」等句均依如字讀，音奇特之奇（粵：旗；普：qí）。

6 **中丞胡公宗憲**：胡宗憲，字汝貞，號梅林，安徽績溪人。曾任浙江巡撫，俗稱中丞。嘉靖三十五年任總督大臣，剿滅倭寇，屢建軍功。後因嚴嵩父子案牽連入獄，自殺而死。著《籌海圖編》十三卷，明確標注了釣魚台的位置。

7 **客諸幕**：客，禮聘。諸，之於，之指徐渭。幕指幕府，在政府建制之外另聘人才，作為特別顧問及襄助政務。徐渭入幕在世宗嘉靖三十六年冬，參與設計誘捕海盜的頭目徐海、陳東、麻葉、汪直等，並將他們治罪。

8 **威鎮東南**：鎮，或作「振」。

9 **介冑**：介，甲也；冑，頭盔。代指軍人。

10 **劉真長**：名惔，東晉沛國相人，善清談，曾入會稽王導幕中，活躍於晉穆帝永和年間，三十六歲卒。杜少陵：杜甫，曾任劍南節度使嚴武幕僚。

11 **白鹿**：嘉靖三十七年，胡宗憲得白鹿於舟山，上獻朝廷，被視作祥瑞之物。

12 **屬**：通作「囑」，吩咐。

13 **永陵**：明世宗朱厚熜，年號嘉靖，在位四十五年，葬永陵。

14 **疏計**：計，或作「記」，指奏章報表。

15 視一世事無可當意者：事，或作「士」，似誤。

16 麴糵（粵：曲熱；普：qū niè）：釀酒的發酵物，又稱酒母。此處指酒。

17 雲行：《古文觀止》作「雷行」。

18 風鳴：《古文觀止》作「雨鳴」。

19 彼巾幗而事人者：巾，頭巾；幗，髮飾。指婦女服飾。此句意謂以女性般柔媚姿態取悅有權勢者。古人以女子無才為尚，通達如袁宏道亦不免有此觀念。用現代的標準來看，即有性別歧視之嫌。

20 韓、曾之流亞也：韓，韓愈。曾，曾鞏。流亞，同一流人物。

21 雅：常也。

22 騷壇：詩壇，文壇。

23 怒之：怒，或作「奴」。怒指怒罵，而奴則有鄙視之意。

24 歐陽公所謂妖韶女，老自有餘態者也：歐陽修〈水谷夜行寄子美聖俞〉詩云：「譬如妖韶女，老自有餘態。」妖韶，嬌豔嫵媚；餘態，指風韻猶存。

25 以疑殺其繼室：徐渭初娶潘氏，早卒。其後入贅王氏，不一年即離異。復續娶張氏，嘉靖四十五年，文長四十六歲，因小故誤殺張氏，入獄七年。穆宗隆慶六年（一五七二）遇赦。

26 張太史元忭：張元忭，字子藎，山陰（浙江紹興市）人。隆慶五年狀元，授翰林院修撰。太史是中進士而授翰林者的美稱。

27 周望：陶望齡，字周望，號石簣。會稽（浙江紹興縣）人。萬曆十七年（一五八九）會試第一，廷試第三。授翰林院編修、國子監祭酒等，以講學著名。著《歇菴集》。

28 同年：同一年登科之人。

29 石公：袁宏道號石公，以號自稱。

30 囹圄：牢獄。

31 間世：隔代，不常出現的。

32 梅客生：梅國楨，字客生，一字克生，號衡湘，湖北麻城人。能詩文，善騎射。萬曆十一年進士，官至兵部右侍郎總督宣府大同及山西軍務。著有《梅司馬遺文》、《燕台集》、《性理格言》等。

譯文

徐渭，字文長，是山陰的秀才，聲名很響亮。薛蕙（薛應旂）任浙江學使考拔人才，賞識徐渭的奇才，認為他是國中傑出之士，德業出眾。可惜際遇不順，多次應考鄉試都不成功。浙江巡撫胡宗憲聽到他的聲名，禮聘他當幕僚。文長每次見到胡公，都穿着葛布衣服，戴黑頭巾，暢談天下大勢，胡公十分欣賞他。當時胡公總督各地邊防，在東南一帶聲威卓著，將士們見到他，跪下稟告事項，匍匐在地像蛇一樣爬行，不敢抬頭平視，而文長只是部屬中的一名秀才，卻態度傲岸，論者認為是劉惔、杜甫之類的人物。胡公有次捕獲白鹿，吩咐文長作表文，奏上朝廷，嘉靖皇帝見文十分高興。胡公因而特別看重他，一切奏章表疏，都出於他的手筆。文長自信具有才略，又多奇謀妙計，討論軍情大多數都很準確。他看世上的事情竟然完全沒有合意的地方，但最後還是遇不上好時機。

文長既然在科場上得不到考官的賞識，不能中舉，於是放浪形骸，恣意狂飲，盡情遊山玩水，歷遊山東、河北、河南等地，還到過北方考察大漠。他所看到的是山嶽的奔騰，海水的洶湧澎湃，胡沙漫天，雷霆千里，風雨交鳴，大樹傾頽，幽森的山谷，繁華的都會，種種人物和魚鳥之類，一切令人驚愕怪異的景象，全都在詩中呈現出來。而他心中又含有鬱悶不能磨滅的壯氣、英雄末路無地容身的悲哀，所以他所寫的詩，好像嗔怒，好像發笑，好像河水穿透峽谷奔騰的聲響，好像種子發芽冒出土地，好像寡婦在晚上哭泣，好像旅客在寒夜中披衣起來。雖然詩的體裁格調有些卑下，但總有他獨到的見解，不乏王者的氣派，不像那些婦女般以柔媚姿態討人喜歡的詩所能相比的。徐渭的文章有很高的見識，氣韻沉雄而法度嚴謹，不肯模擬別人來折損他的才情，不因議論激烈而影響文章的格調，應該就是韓愈、曾鞏之類的級數了。文長既然不願迎合俗世的標準，當時有所謂詩壇盟主之類，文長都一一叱罵，激怒他們，以致聲名不出於浙江之外。真的可悲啊！

徐渭喜歡書法，下筆奔放，就跟寫詩一樣，蒼勁之中帶有嫵媚的姿態，即歐陽修所謂妖豔的女子老了也會風韻猶存。有時會用他的餘力，向其他方面發展，畫些花卉禽鳥，也都超妙飄逸有韻味。最後因為疑心殺害了他續娶的妻子，被捕下獄，判了死刑，張元忭太史大力為他辯護，才遇赦放了出來。晚年更為憤世，就像狂人似的，貴人來到了門口，有時都不肯接見。有時會帶錢上酒店，招呼低下層的僕役跟他喝酒。又拿起斧頭砍破自己的頭顱，血流滿面，連頭骨都敲斷了，摸上去都有聲音。又以銳利的錐子刺入兩隻耳朵，深入一寸多，竟然沒有死去。

陶望齡說他晚年的詩文更為奇崛，但沒有刻本傳世，詩文集都藏在家中。與我同一年登科的人有在浙江做官的，託他鈔錄一些，現在還沒有收到回覆。我只看到《徐文長集》、《闕編》二種著作而已。但徐渭最終無法及時實踐抱負，懷着幽憤死了。

袁宏道說：「先生命運不順，遂患有狂妄病。狂妄病一直都不好，遂犯法坐牢。古往今來文人的抑鬱不安和貧困痛苦，再沒有能超過先生的。」儘管如此，仍有胡公這樣世上不多見的傑出人物、世宗這樣英明的皇帝賞識他。在幕府中以最高的規格禮待他，可見胡公已經很尊重先生了。奏上表章而皇上欣然接納，可見皇上已經賞識先生了，只是先生未躋身顯貴之列。先生詩文表現卓越，掃清了近代蕪雜淺近的習尚，在以後的世代中自然會有很高的評價，又怎算是不遇於時呢？梅國楨曾經寫信給我說：「徐渭是我的老友，他的毛病比別人奇怪，他的為人又比他的詩奇怪。」我說：「徐渭沒有甚麼是不奇特的，因為沒有甚麼不奇特，所以他的遭遇就沒有一處不坎坷了。真的可悲啊！」

賞析與點評

〈徐文長傳〉以寫人記事為主，文筆生動，更寫出徐渭狂放的精神境界。徐渭目空一切，漠視社會行為規範，能盡情露才揚己，但同時也付出了一生的代價。全文以「奇」字作主腦，如「奇其才」、「公以是益奇之」、「好奇計」，這麼一位奇才，得到的卻是「然竟不偶」（不偶就是「數奇」，但音義不同），考試落第，事業無成，甚至發「狂疾」，也就是精神病，以致孤獨終老。末段通過梅國楨與作者信中的對話，句句圍繞着兩個音義不同的「奇」字大作文章，真令人歎為觀止。

徐渭在科場考試中是失敗的，但胡宗憲敢破格用人，將他招入幕府之中。徐渭乃文武全才，在抗倭鬥爭中出謀獻策，屢建戰功；而所上的奏章也討得當朝皇帝的歡心。這樣的人才竟然不遇於時，袁宏道想問的，究竟是徐渭出了問題呢，還是時代、社會和制度出了問題？

名句索引

一至三畫

四畫

五畫

六畫

七畫

八畫

九畫

是以泰山不讓土壤，故能成其大；河海不擇細流，故能就其深；王者不卻眾庶，故能明其德。一三四

背城借一。○六九

苛政猛於虎也。二六四

苟非吾之所有，雖一毫而莫取。三二四

十畫

倉廩實而知禮節，衣食足而知榮辱。一七二

唇亡則齒寒。一○四

師者，所以傳道、受業、解惑也。二五一

神所馮依，將在德矣。○三八

十一畫及以上

國人莫敢言，道路以目。○八九

新視野

中華經典文庫

新 視 野
中華經典文庫